GEBUNDENER

Buch Vier

Englische Bücher von R. A. Steffan

The Circle of Blood Series

Circle of Blood: Books 1-3
Circle of Blood: Books 4-6

The Last Vampire World

The Last Vampire: Books 1-3
The Last Vampire: Books 4-6
Vampire Bound: The Complete Series, Books 1-4
Forsaken Fae: The Complete Series, Books 1-3
The Sixth Demon: Complete Series, Books 1-4

The Eburosi Chronicles

The Complete Horse Mistress Collection
The Complete Lion Mistress Collection
The Complete Dragon Mistress Collection
Master of Hounds

The Love and War Series

Antidote: Love and War, Book 1
Antigen: Love and War, Book 2
Antibody: Love and War, Book 3
Anthelion: Love and War, Book 4
Antagonist: Love and War, Book 5

GEBUNDENER Vampir

Buch Vier

R. A. STEFFAN

Gebundener Vampir: Buch Vier

Copyright © 2023 von OtherLove Publishing, LLC
Alle Rechte vorbehalten

Aus dem Englischen von Marijke Kirchner, Aberdream Media

Lektoriert von Liane Baumgarten

Umschlaggestaltung durch
Deranged Doctor Design

ISBN: 978-1-955073-74-5 (Taschenbuch)

Für Informationen kontaktieren Sie den Autor unter http://www.rasteffan.com/contact/

Erste Auflage: Februar 2024

INHALTSVERZEICHNIS

KAPITEL EINS	1
KAPITEL ZWEI	11
KAPITEL DREI	25
KAPITEL VIER	39
KAPITEL FÜNF	53
KAPITEL SECHS	69
KAPITEL SIEBEN	81
KAPITEL ACHT	91
KAPITEL NEUN	105
KAPITEL ZEHN	117
KAPITEL ELF	133
KAPITEL ZWÖLF	145
KAPITEL DREIZEHN	159
KAPITEL VIERZEHN	169
KAPITEL FÜNFZEHN	179
KAPITEL SECHZEHN	193
KAPITEL SIEBZEHN	207
KAPITEL ACHTZEHN	217
KAPITEL NEUNZEHN	227
KAPITEL ZWANZIG	239
KAPITEL EINUNDZWANZIG	247
KAPITEL ZWEIUNDZWANZIG	259
KAPITEL DREIUNDZWANZIG	271
KAPITEL VIERUNDZWANZIG	283
KAPITEL FÜNFUNDZWANZIG	297
KAPITEL SECHSUNDZWANZIG	311
KAPITEL SIEBENUNDZWANZIG	321
KAPITEL ACHTUNDZWANZIG	335
EPILOG	347

KAPITEL EINS

VONNIE MORGAN, DU IDIOTIN ... wo bist du da reingeschlittert?, schimpfte ich im Stillen und ärgerte mich über meine eigene Dummheit, während ich gefesselt und von Wachen flankiert den bösen Blicken eines halben Dutzend Fae ausgeliefert war, die sich hier, nach meiner Gefangennahme, wie eine Jury versammelt hatten.

Mein vermeintlicher Verbündeter – Albigard von den Unseelie – war beim ersten Anzeichen von Gefahr verschwunden und hatte mich mit meinen Erzfeinden allein gelassen. Wir hatten versucht, uns in das Lager der Fae auf die Osterinsel zu schleichen, wo mein Sohn Jace gefangen gehalten wurde, doch unsere Tarnung flog auf, noch bevor die erste Stunde vergangen war.

Nach all der Zeit, die ich damit verbracht hatte, nach ihm zu suchen, war ich immer noch geschockt, dass er mich sofort an die Wachen verriet, als ich ihn endlich gefunden hatte. *Er wusste nicht, dass du es bist*, redete ich mir immer wieder ein, als wäre es mein neues Mantra. Albigard hatte vor unserer Ankunft unser Aussehen mit einem Schimmer verändert. In Jace' Augen war ich eine Fremde – nur ein weiteres Mädchen mit Magie, das entführt worden war, um den Komplott der Unseelie zur Übernahme der Welt zu unterstützen.

2

Es war der Grund, weshalb ich jetzt in der Klemme saß. Mein wunderschöner, tapferer Sohn, dem ich immer beigebracht hatte, richtig und falsch zu unterscheiden, war einer Gehirnwäsche unterzogen worden, um den Befehlen seiner Entführer blindlings zu folgen. Trotzig hob ich das Kinn und zog die Schultern zurück, in der Hoffnung, so mein Zittern unter dem Blick des Fae-Aufsehers verbergen zu können.

„Okay, du Fae-Bastard", sagte ich und ließ jedes Quäntchen mütterlicher Wut, das ich in den letzten Wochen mit mir herumgetragen hatte, in meine Stimme einfließen. „Was zum Teufel hast du mit meinem Sohn gemacht?"

Meine Worte hätten genauso gut das Quieken einer Laborratte sein können, die gegen das Experiment protestierte, das ihr bevorstand. Die schaulustigen Unseelie nahmen nicht einmal zur Kenntnis, dass ich den Mund geöffnet hatte.

Der Aufseher wandte sich an Master Balfour – die gebückte, weißhaarige Fae, die meinen Schimmer mit einer Berührung gebrochen und meine wahre Gestalt enthüllt hatte. Er winkte nachlässig mit einer Hand in meine Richtung. „Bring diese Kreatur an einen Ort, an dem ihre Schreie niemanden stören, und verhöre sie. Finde heraus, was sie über die Fae weiß, die sich als Oren ausgegeben hat, und woher sie unseren Aufenthaltsort wusste. Wenn du fertig bist, lass sie hinrichten."

Mir lief ein Schauer über den Rücken angesichts der absoluten Gleichgültigkeit, mit der die Fae mein Schicksal besiegelte. Das eines empfindungsfähigen Lebewesens. *Sie sind rücksichtslos,* hatte Zorah einmal gesagt, als sie die Fae beschrieb, *und sie betrachten uns eher als Vieh und nicht als Menschen.*

„Natürlich, Aufseher", sagte Balfour. Ich glaubte, einen Hauch Überdruss in seinem Tonfall zu erkennen. Er nickte den Wachen zu, die mich mit unsichtbaren magischen Fesseln festhielten. „Kommt. Wir werden eines der leer stehenden Gebäude am Ende der Straße für das Verhör nutzen."

Als ich aus dem Raum geschleppt wurde, bemühte ich mich, ein Gefühl für die magischen Stränge in meiner Umgebung zu bekommen und meine eigenen armseligen Fähigkeiten zu bündeln. Doch kurz bevor Jace die Fae auf mich gehetzt hatte, hatte ich ihm meinen Anhänger aus Granat gegeben, womit ich meine Kräfte hätte fokussieren können. Ohne ihn war alles ein einziges Wirrwarr und meine eigenen Kräfte waren denen der Fae hoffnungslos unterlegen. Wenn ich etwas Zeit und Ruhe gehabt hätte, um daran zu arbeiten, hätte ich mich vielleicht mit einem Luftstoß verteidigen können, doch im Moment stand mir nichts von beidem zur Verfügung.

Mein einziger, winziger Hoffnungsschimmer war, dass ich mich aus Balfours hypnotischem Einfluss befreien konnte, sobald er mich nicht mehr berührte. Fae konnten den menschlichen Geist verändern und in ihnen das kranke Verlangen heraufbeschwören, alles zu tun, was nötig war, um ihnen zu gefallen. Ich hatte gespürt, wie mein Bewusstsein hilflos an diesen Ort glitt, als sich Balfour mir genähert und Albigards Schimmer gebrochen hatte. Wenn sich mir Balfour noch einmal näherte, würde ich mich wahrscheinlich sofort wieder unterwerfen.

Es würde wahrscheinlich ein sehr kurzes und demütigendes Verhör werden, dachte ich.

Bei dem Gedanken, dass ich unter Zwang jeden Fetzen meines Wissens über Albigard und die anderen preisgeben könnte, wurde mir übel. Es wurde noch schlimmer, als ich daran dachte, was das für Jace bedeuten könnte. Würde mein gescheiterter Rettungsversuch ihm noch mehr schaden?

Die Wachen führten mich aus der Sporthalle, die an den öffentlichen Fußballplatz der Insel angeschlossen war, wo die Kinder in einer Art Zeltstadt untergebracht waren. Balfour ging uns voran und sein Gewand wehte im Wind, als wäre er eine Art Zauberer. Sein langes, wallendes, weißes Haar untermauerte den Eindruck nur noch mehr.

Ich suchte meine Umgebung ab und versuchte dabei so unauffällig wie möglich zu bleiben, denn ich wusste, dass ich nur noch eine Hoffnung hatte. Albigard und ich waren bei unserer Ankunft nicht ganz allein gewesen – nur die einzigen beiden *sichtbaren* Personen, die über die Kraftlinie auf die Osterinsel gelangten.

Ein Vampir, der von Anfang an gegen diesen Plan gewesen war, hatte uns hierher begleitet und war in Form einer Nebelwolke mit uns gereist.

Vampire, die sich so fortbewegten, waren jedoch nicht völlig unsichtbar, aber ich hatte keine Spur von Leonides gesehen, seit er kurz nach unserer Ankunft von uns weggeflogen war. Ich war mir nicht sicher, was das für mich bedeutete, aber ich konnte zumindest sicher sein, dass er die Insel nicht zur gleichen Zeit wie Albigard verlassen hatte. Das flammende Reiseportal, das Albigard herbeigerufen hatte, war nur einen Augenblick lang offen gewesen. Er war rückwärts hineingetreten, und unmittelbar danach schloss sich der feurige Ring, ohne dass ihm ein Nebelschleier gefolgt war.

Ich erwartete nicht, dass mich Leonides hier allein lassen würde, aber ... ich hätte mich besser gefühlt, wenn ich ihn jetzt herumschweben sehen könnte.

Wir liefen die Straße hinunter, in die entgegengesetzte Richtung, aus der Albigard und ich gekommen waren. Die Sporthalle und der Fußballplatz befanden sich am Rande eines Regierungsviertels, und wir ließen dieses schnell hinter uns. Unsere Umgebung war weniger bebaut und die größeren Gebäude wichen kleinen Einfamilienhäusern, die von Bäumen und Büschen umgeben waren. Ich wusste, dass ich kämpfen sollte, um mich zu befreien. Momentan marschierte ich ganz eindeutig in den Tod, und auf dem Weg dorthin sollte ich auch noch meine Freunde und Verbündeten verraten. Aber ... wie sollte ich mich wehren? Und wohin konnte ich fliehen?

Balfour deutete auf eine lange Einfahrt, an deren Ende, von der Straße zurückgesetzt, ein baufälliges Haus stand. „Das wird unserem Zweck dienen." Er blieb stehen und erlaubte den Wachen, mich ihm gegenüber festzuhalten. Seine stechenden Augen trafen meine, und ich wandte schnell den Blick ab, in der Hoffnung, dass dies seine Macht über meinen Verstand abwehren würde. „Du hast eines der Adepten-Kinder gezeugt, Mensch? Vielleicht das Kind, das die Wachen gerufen hat?"

Ich biss die Zähne zusammen und schwieg.

Balfour ließ mich einen Moment lang gewähren, bevor er fortfuhr. „Es ist eine beeindruckende Leistung, den ganzen Weg hierherzukommen, um deinen Nachwuchs zu finden. Wir täten gut daran, uns daran zu erinnern, dass auch Menschen für das, was ihnen wichtig ist, extreme Anstrengungen unternehmen können."

Das war das Netteste, was ich seit meiner Ankunft von einem von ihnen gehört hatte, und kam fast einem Kompliment gleich. Leider war sein Kommentar immer noch ziemlich daneben.

Du hast ja keine Ahnung, Kumpel, wollte ich erwidern, doch biss mir auf die Zunge.

„Was sollen wir sonst tun, wenn ihr Menschen-Kinder stehlt?", fragte ich stattdessen.

„Eure Nachkommen sind weniger wert als unsere", erwiderte Balfour herablassend. „Wenn es das Leben von Fae-Kindern rettet, bedarf es keiner Skrupel."

Okay. So viel zum Thema Empathie.

Wenigstens redet er mit mir, dachte ich. Wenn ich eine paranormale Superheldin wäre, würde ich einen Weg finden, ihn in ein Gespräch zu verwickeln und ihn davon abzulenken, dass ich mich zu befreien und entkommen versuchte. Ärgerlicherweise war ich aber nur eine dreißigjährige, alleinerziehende Mutter, mitten in der Ausbildung zur Rechtsanwaltsgehilfin, mit einer Barkeeper-Lizenz, die ihren magischen Anhänger weggegeben hatte und nun praktisch schutz- und machtlos war.

„Du irrst dich", entgegnete ich. *Nimm das*, dachte ich und erinnerte mich an meinen nutzlosen Debattier-Club-Trainer aus der Highschool.

Eine Brise ließ die Äste über uns rascheln und erlaubte einigen wenigen Sonnenstrahlen, durch die Zwischenräume zwischen den Blättern zu fallen. In Ermangelung besserer Ideen unternahm ich einen weiteren verzweifelten Versuch, die magischen Felder um mich herum ohne die Hilfe meines Granatanhängers zu entwirren. Es war ein großes Durcheinander. Ich versuchte, meine Angst vor dem Tod in einem Offensivangriff zu bündeln, der die Wachen von mir wegstoßen würde. Der Wind wirbelte um mich herum auf und hob mein Haar. Unfokussiert. Nutzlos.

Balfour hob eine seiner grauen, fast weißen Augenbrauen. „Du hast Magie, die stark genug ist, um sich physisch zu manifestieren. Interessant." Er schnippte mit den Fingern in Richtung des abgelegenen Hauses. „Wachen, bringt es hinein."

Ich grub meine Fersen in die unbefestigte Auffahrt und riskierte es, ihn direkt anzuschauen. „Ich dachte, dein Volk sieht es nicht gerne, wenn magische Wesen unnötig gebrochen werden." Das hatte unser Seelie-Guide Leonides gesagt, als wir das Fae-Reich *Dhuinne* besucht hatten. Irgendwie bezweifelte ich, dass das auf meine aktuelle Situation zutraf.

Balfours Blick huschte gelangweilt über mich, als hätte er bereits das Interesse an dem Gespräch verloren. „Ob ich es mag oder nicht, hat damit nichts zu tun, Mensch. Und das Verhör ist wohl kaum *unnötig*."

Eine der Wachen zog an der unsichtbaren magischen Schlinge, die um meinen Hals geschlungen war, und schnitt mir jedes weitere Wort ab, das ich hätte sagen können. Ich würgte und stolperte – nur die starke Hand, die meinen Arm festhielt, hielt mich aufrecht, sodass ich gehen konnte. Wir gingen die Auffahrt hinauf. Ich reckte mich, als würde es mir irgendwie helfen, die Hauptstraße im Blick zu behalten.

Das war nicht der Fall.

Balfour schlüpfte an den Wachen vorbei und versuchte, die Tür des alten Hauses zu öffnen. Das Gebäude war außen in leuchtenden Gelb- und Grüntönen gestrichen. Grell. Aber die Farbe blätterte bereits an vielen Stellen ab. Die winzigen Details brannten sich in mein Gedächtnis ein. Eines der Fenster war gesprungen und die Überdachung der Veranda stand nicht wie normal im 90-Grad-Winkel zu den Pfosten, die sie stützten, sondern hing teilweise durch. Die Handabdrücke eines Kindes waren in die Betonstufen der Eingangstreppe eingelassen.

Die ältere Fae murmelte etwas, und ich hörte das Klicken des Schlosses – ein Geräusch, das in meinen Ohren wie eine Totenglocke widerhallte. Mir blieb keine Zeit mehr. Ich musste handeln. Fliehen ... aber es gab kein Entkommen. Ich war sowohl physisch als auch magisch gefangen, bewacht von zwei Fae, die viel größer und stärker waren als ich, ganz zu schweigen von einer dritten, die meinen Geist mit einem Blick oder einer Berührung ihrem Willen unterwerfen konnte. Mein Herz hämmerte immer härter gegen meine Rippen.

Die Tür schwang auf, und Balfour schaute ins Innere. „Ja. Das reicht für unsere Zwecke. Bringt sie hinein und fesselt sie an den Tisch."

Wieder versuchte ich, mich zu wehren, und wieder wurde ich gegen meinen Willen nach vorn gezerrt. Meine Wachen zerrten mich zu einem schweren Holztisch im großen Hauptraum des Hauses, der eine Kombination aus Küche, Ess- und Wohnzimmer zu sein schien.

„*Nein!*", schrie ich, so gut es eben ging. „Verdammt noch mal, *lasst mich los!*"

Wieder versuchte ich, meine Macht zu bündeln, doch sie manifestierte sich als kaum mehr als eine Brise, unfokussiert und nutzlos. Dennoch genügte es, um das Vorbeirauschen eines anderen, sich bewegenden Lufthauchs zu überdecken. Ich hätte es selbst nicht bemerkt, wenn ich nicht gleichzeitig den kühlen Nebel auf meiner Haut gespürt hätte. Ich erstarrte.

„*Was ist das?*", zischte Balfour. Er machte einen Schritt rückwärts, seine Augen huschten durch den Raum, seine Hand hob sich in einer abwehrenden Geste und glühte vor Magie.

Die Nebelschwaden verdichteten sich zu einem dunklen Strudel und gewannen an Masse, bis Leonides in der Ecke des Raumes auftauchte und eine Selbstladepistole auf die Fae richtete, den Finger am Abzug.

KAPITEL ZWEI

ICH REGISTRIERTE EINEN OHRENBETÄUBENDEN KNALL in der Nähe meines rechten Ohrs. Meine Wache auf dieser Seite taumelte rückwärts und schlug Sekunden später auf dem rauen Holzboden auf. Im nächsten Augenblick knallte es erneut, und die andere Wache ging mit einem Schmerzensschrei in die Knie. Die magischen Fesseln um meinen Hals und um meine Handgelenke lösten sich und fielen von mir ab.

„*Vampir!*" Balfours wütender Ausruf war kaum mehr als ein wütendes Zischen, als er seine Hand ruckartig in Leonides' Richtung ausstreckte.

Leonides löste sich in Nebelschwaden auf, als ein Feuerball durch den Raum in Richtung der Ecke raste, in der er gerade noch gestanden hatte. Der Feuerball schlug an der Wand dahinter ein und verschlang das trockene Holz und den Putz innerhalb weniger Augenblicke. Leonides tauchte auf der anderen Seite des Raumes wieder auf.

„Renn!", schrie er, während er mit der Pistole auf Balfour feuerte.

Die Fae wich viel schneller aus, als ich es ihr zugetraut hätte. Allerdings nicht schnell genug – ich sah, wie der alte Mann stöhnte und sich seitlich krümmte, als Blut aus seiner Schulter spritzte, anstatt wie erhofft aus seinem Herzen oder seinem

Kopf. Leonides zielte erneut, doch Balfour riss ein Portal aus dem Nichts auf und taumelte hindurch. Das feurige Oval schloss sich einen Moment später und hinterließ nichts als das Knistern der Flammen und meines rasenden Atems. Der Rauch brannte in meinen Lungen.

Leonides fluchte, steckte die Pistole in das dafür vorgesehene Holster, ergriff meine Hand und zerrte mich durch die Tür hinaus ins grelle Sonnenlicht. „Ich dachte, ich hätte dir gesagt, du sollst rennen. Er ist wahrscheinlich gegangen, um Verstärkung zu holen. Wir müssen fliehen."

Ich stolperte hinter ihm her und versuchte, mit seinen längeren Schritten Schritt zu halten. Meine Ohren klingelten von den Schüssen.

„Hättest du das nicht … ein bisschen früher machen können?", keuchte ich.

„Ich dachte, eine Schießerei in einem Wohnhaus wäre vielleicht etwas unauffälliger als es mitten auf der Straße zu tun", sagte er. „Aber ich gebe zu, ich hatte die magischen Feuerbälle nicht einkalkuliert."

Ich riskierte einen Blick über die Schulter, und siehe da – die Flammen stiegen bereits wie ein Leuchtfeuer in den Himmel.

„Wo ist Albigard?", fragte Leonides.

Unsere Schritte hallten laut in der Stillen der leer gefegten Stadt wider. „Er hat sich verpisst … kurz bevor seine … Tarnung aufgeflogen wäre", keuchte ich und kämpfte bereits gegen ein Stechen in meiner Seite an. „Hast du das nicht gesehen?"

„Die Sporthalle ist von einer Art unsichtbarer Barriere umgeben", sagte er, ohne sein Tempo zu drosseln. „Dematerialisiert konnte ich nicht hineingelangen, und in meiner physischen Gestalt wäre es kontraproduktiv gewesen. Wenn Albigard unversehrt entkommen ist, müsste er jetzt mit Zorah und Rans auf dem Rückweg sein. Wir müssen zum Ausgangspunkt der Kraftlinie gehen, wo wir angekommen sind. Von dort werden sie kommen."

„Wie kommen wir dahin?", fragte ich und überlegte bereits, wie wir Jace auf dem Weg dahin am besten holen könnten.

„Wir müssen ein Pferd stehlen. Denn selbst wenn die Magie der Fae die Mechanik der Autos auf der Insel nicht zerstört hat, wird der sechsmonatige Stillstand wahrscheinlich nicht gut für sie gewesen sein."

„Wir müssen ... zuerst Jace holen", keuchte ich. „Ich weiß, wo wir ihn finden können."

Ich versuchte, nicht daran zu denken, wie viel Zeit es kosten würde, ihn zwischen all den anderen Kindern aufzuspüren und was nötig wäre, um ihn ungesehen von hier fortzuschaffen. Wir mussten irgendwie durch das Hauptgebäude gelangen und dann die Schutzmauern der Zeltstadt durchbrechen, in der die Kinder lebten.

Und Leonides konnte nicht einmal als Nebelwolke in das Gebäude gelangen ...

„Zuerst stehlen wir das Pferd", sagte Leonides einen Moment später.

Das ergab Sinn, aber ...

„Wir brauchen zwei Pferde", erwiderte ich, was wiederum ein kleines Problem darstellte, da wir bereits festgestellt hatten, dass ich nicht gerade die geborene Reiterin war. Egal, wenn Jace mit Leonides reiten würde, würde ich schon irgendwie mit dem Pferd zurechtkommen. Ich hatte keine andere Wahl.

„Wir kümmern uns um ein Problem nach dem anderen", sagte Leonides.

Er zerrte mich in eine Seitenstraße. Wir befanden uns wieder im Regierungsviertel, das an die Sporthalle angrenzte, allerdings in einem anderen Teil. Wie zuvor gab es auch hier Anzeichen von Bewohnern. Wahrscheinlich hatte Balfour inzwischen Alarm geschlagen, Wachen versammelt und sich direkt zu dem Haus zurückbegeben, aus dem wir gerade geflohen waren. Sie würden nicht wissen, ob wir in Richtung Stadtzentrum oder in Richtung Außenbezirk gelaufen waren.

Konnten sie uns mit ihrer Magie aufspüren? Ich war mir nicht sicher.

Während wir weiter rannten, versuchte ich, mir einen brauchbaren Plan auszudenken. Leonides ging auf das erste Pferd zu, das uns begegnete. Es war gesattelt und an einem Pfosten in der Nähe eines der moderner aussehenden Gebäude angebunden. Er wurde langsamer, als das Tier zur Seite wich und nervös mit den Augen rollte.

„Verdammte Pferde", murmelte er und näherte sich mit erhobener Hand dem Kopf des Tieres, um es zu beruhigen, bis er dessen Zügel vom Pfosten losbinden konnte. Befreit machte es einige Schritte zurück, und er folgte ihm, bis es ihm endlich gehorchte. Es schnaubte und beugte seinen Hals.

„Kannst du reiten?", konnte ich mir nicht verkneifen zu fragen. Irgendwie passte das nicht zu dem, was ich über ihn zu wissen glaubte.

„Ich habe in den späten Siebziger- und frühen Achtzigerjahren Polo gespielt", sagte er grimmig und machte sich daran, den Sattelgurt des Pferdes zu überprüfen und die Steigbügel einzustellen. Das Pferd stampfte unruhig auf der Stelle. „Das hat es mir damals möglich gemacht, mit einer bestimmten Klientel ins Gespräch zu kommen. Leider mögen Pferde keine Vampire. Rans hat sieben Jahrhunderte lang Horrorgeschichten zu diesem Thema gesammelt, die er gerne mit jedem teilt, der lange genug still sitzen kann, um ihm zuzuhören. Komm schon. Aufsitzen."

Er winkte mich heran und half mir hinauf. „Rutsch im Sattel ganz bis nach vorne."

Ich tat, was er mir sagte, und er schwang sich hinter mir auf das Pferd und fluchte, als es wieder zur Seite tänzelte. Ich griff nach der dicken Mähne des Tiers, um mich daran festzuhalten, und spürte, wie sich Leonides hinter mir niederließ. Er legte einen Arm um meine Mitte und hielt mich, während er in der anderen Hand die Zügel anzog.

„Halt dich fest", mahnte er, wendete das Pferd und spornte es zu einem schnellen Galopp an.

Ich drehte meinen Kopf herum und war mir einen Moment lang nicht sicher, ob ich irgendwie meinen Orientierungssinn verloren hatte, aber ...

„Hey! Halt! Du reitest in die falsche Richtung!" Wir entfernten uns immer weiter von der Straße, die zur Sporthalle führte und ich biss die Zähne bei jedem Aufschlagen der Hufe des Pferdes fest zusammen. Leonides ignorierte meine Einwände. „Was *machst* du da?", verlangte ich panisch zu wissen, während wir im Galopp immer weiter von Jace wegritten.

„Das, was jeder in dieser Situation machen würde", sagte Leonides grimmig.

Ich versuchte, nach den Zügeln zu greifen, um das Pferd anzuhalten und umzudrehen. Schnell wie eine Schlange schnellte Leonides' Hand vor, mit der er mich festgehalten hatte, und packte meine beiden Handgelenke, damit er sie gegen meine Brust drücken konnte.

„Nein! Lass mich los!", knurrte ich und wehrte mich mit aller Kraft, bis mich nur noch der Schutz seiner Arme davon abhielt, vom Pferderücken zu fallen.

Zwischen den Häusern und Geschäften von Hanga Roa streckte sich bereits eine größere Fläche ländlichen Grüns aus. Ich ruckte vor und zurück, stieß mich seitwärts und fluchte weiter, bis das Pferd ein unzufriedenes Wiehern ausstieß, wobei sein Rücken nach oben bockte, bevor er abrupt unter mir verschwand. Ich knallte ungezügelt auf das Horn des Sattels und Leonides' starke Arme rissen mich wieder in die richtige Position.

„Verdammt noch mal, Vonnie", fluchte er und trieb das Pferd wieder in den Galopp. „Ich schwöre bei Gott, ich werde dich ausbluten, bis du nicht mehr geradeaus sehen kannst, wenn du nicht *aufhörst*, dich gegen mich zu wehren."

„*Dreh dieses verdammte Pferd um!*", schrie ich, aber die Worte verflogen im Wind, der an uns vorbei peitschte. „Ich werde nicht ohne meinen Sohn gehen!"

„Schau mal hinter uns und sag das dann noch mal", knurrte er.

Ruckartig sah ich über seine Schulter und kämpfte gegen das Schwindelgefühl an, als die Landschaft an meinen Augen vorbeirauschte. In der Ferne, auf der Straße hinter uns, verfolgten uns ein Dutzend Motorradfahrer.

„Einige von ihnen haben sich wahrscheinlich auch zur Kraftlinie vorgearbeitet", sagte Leonides. „Also hör auf, gegen mich zu kämpfen und halte dich fest."

Er trieb das Pferd zu einem noch schnelleren Tempo an. Ich konnte dessen rhythmische, schnaubende Atemzüge hören. Auf seinem Hals, wo die Lederzügel an seinem Haar rieben, begann sich ein Schweißfilm zu bilden. Ein schreckliches Gefühl überkam mich, als wäre ich gefangen, machtlos – es war schlimmer als von den Fae-Wachen zu dem Tisch gezerrt zu werden und noch schlimmer als der Moment, in dem Ivan seine Waffe auf meine Kniescheiben gerichtet hatte.

Ich war mir nicht sicher, ob ich das überstehen konnte, nachdem ich so weit gekommen war, nur um Jace wieder zu verlieren. „Leonides ... *du hast es versprochen*", würgte ich hervor, während die Verzweiflung mich übermannte.

Er antwortete nicht.

Vor mir konnte ich durch einen Tränenfilm, der vom Wind oder meiner eigenen Verzweiflung herrührte, einen einzelnen Reiter ausmachen, der auf uns zu galoppierte. Leonides wurde nicht langsamer – nicht, bis wir fast aneinanderstießen und beide Reiter abrupt zum Stehen kamen, wobei Schmutz und Kies unter den Hufen in alle Richtungen spritzte. Ohne Leonides' Griff um meine Handgelenke wäre ich über den Hals unseres Pferdes geflogen.

Der andere Reiter sprang ab, und ich blinzelte schnell, bis Albigards unscheinbare Gestalt klar wurde. Leonides stieg ebenfalls vom Pferd und zog mich mit sich, bevor ich mich genug sammeln konnte, um die Zügel zu ergreifen und davon zu galoppieren. Wieder hielt mich sein harter Griff zurück.

„Wo sind die anderen?", fragte er.

Zwei Gestalten materialisierten sich vor uns auf der Straße und erschreckten beide Pferde. „Wir sind hier", sagte Rans. Seine blauen Augen blickten an uns vorbei. „Wir bekommen in circa fünfundvierzig Sekunden Besuch."

Ich folgte seinem Blick und sah, wie unsere Verfolger immer näher kamen.

„Nimm sie", sagte Leonides und schob mich zu Rans.

Ein nicht zu brechender Griff löste den anderen ab, auch wenn ich mich wehrte und schrie: „Wir können nicht ohne Jace gehen!" Ich trat um mich und meine Ferse traf mit erfreulicher Wucht auf ein Schienbein. Rans zuckte nicht einmal mit der Wimper.

Albigard packte mein Kinn zwischen Daumen und Zeigefinger und ich riss meinen Blick nach oben, um seinen grünen Augen zu begegnen. „Du willst nicht gegen uns kämpfen", sagte er.

Ich schrie ihm ins Gesicht, aber sosehr ich mich auch bemühte, ich konnte mich seinem Willen nicht entziehen, der mir sagte, dass er recht hatte – gegen sie zu kämpfen war dumm, und es wäre besser, sich dem zu fügen, was sie wollten. Ein Schluchzen entrang sich meiner Kehle, aber es war zu spät. Mein Kampfgeist war gebrochen und es dauerte nicht lange, bis ich schlaff in Rans' Armen hing.

„Bring die anderen irgendwohin, wo sie die Fae nicht sofort aufspüren können", sagte Leonides zu Albigard.

Albigard runzelte die Stirn. „Die anderen? Was ist mit dir?"

„Ich bleibe", sagte Leonides unbeugsam. „Also, schaff sie hier weg, und danach komm sofort hierher zurück, um mir zu helfen. Ich fordere den Gefallen ein, den du uns schuldest, weil wir dir in Dhuinne das Leben gerettet haben."

Albigard schürzte die Lippen, und die beiden starrten sich einen Moment lang unverwandt an. Steif nickte Albigard schließlich kurz und beschwor ein Portal herauf. Leonides warf mir einen Blick zu, den ich nicht deuten konnte, und verschwand in einer Nebelwolke.

Rans und Zorah drängten mich durch das Portal und hielten mich fest, als meine Füße auf zerklüftetes, schwarzes Gestein trafen, das von der Gischt überzogen war. Ich blinzelte schnell, während der Wind um mich toste, und erkannte den Leuchtturm an der Südspitze der Isla Salas y Gomez. Albigard erschien neben uns und sah aus, als hätte er etwas Saures geschluckt.

„Schnell", sagte er. „Wir werden entlang der Kraftlinie nach Qosqo reisen und euch von dort aus durch ein Portal in Sicherheit bringen."

Er hockte sich hin, legte seine Hand auf den Stein unter uns und murmelte seltsame Worte, bis uns das Licht der Kraftlinie umgab. Die Realität verschwand unter meinen Füßen, die Zeit dehnte sich wie ein Toffee, das auseinandergezogen wurde, und zog sich wieder zusammen. Mein ohnehin schon verstimmter Magen kribbelte. Ich war mir bewusst, dass mich Rans und Zorah hochhielten, spürte auch das starke Gefühl der Ungerechtigkeit, das unter dem Mantel der Ruhe lauerte, den Albigard über meine Gedanken gelegt hatte. Ich war mir sicher, dass mich diese Grube in dem Moment verschlingen würde, in dem ich sie zu genau betrachtete.

Wir taumelten an einem mir unbekannten Ort zurück in die Realität. Unsere Umgebung war mir fremd, aber uralt und gleichzeitig etwas vertraut, so wie die Steinköpfe auf der Osterinsel. Dieser Ort mochte von Menschen erbaut worden sein, aber er strahlte ein Gefühl von unveränderlicher Beständigkeit aus und hatte nichts von der normalen menschlichen Essenz an sich.

Es war eine Festung ... jetzt eine Ruine. *Qosqo*, hatte Albigard gesagt. Der Name weckte eine verschwommene Erinnerung an die Inkas, und genau dort befanden wir uns. Massive Steine, manche doppelt so hoch wie ich, waren zu Mauern aufgeschichtet worden. Die Fugen waren unregelmäßig breit, doch die Steine passten perfekt aufeinander, als hätten die Erbauer Jenga mit riesigen Bausteinen gespielt und gleichzeitig Psychedelika genommen.

Es gab mehrere Ebenen. Wir standen auf der mittleren und blickten auf das Skelett einer längst untergegangenen Stadt hinunter. Ein paar Touristen wanderten durch andere Teile der Ruinen, aber keiner schien unsere plötzliche Ankunft bemerkt zu haben. Ein flammendes Portal würde zweifellos Aufmerksamkeit erregen, also führte uns Albigard eine steile Steintreppe hinunter in eine schattige Nische, die auf drei Seiten von massiven Felswänden geschützt war.

Mit einer brüsken Handbewegung öffnete er ein ovales Portal, und der Stein vor ihm verschmolz zu einem feurigen Ring. Der Raum hinter dem dunstigen Kreis war in Dunkelheit getaucht. Rans schob mich kommentarlos hindurch. Zorah war uns dicht auf den Fersen, und hinter ihr Albigard. Der Ring schloss sich mit einem Zischen der erlöschenden Flammen.

„Wo sind wir?", fragte Rans abrupt.

„Eine Lagerhalle im Hafen von Callao", sagte Albigard schnippisch, als ob Rans ihn beleidigt hätte.

„Wir werden hier zwölf Stunden warten", entgegnete Rans. „Versuch dich zu beeilen, Tinkerbell."

Die Lagerhalle war nur schwach beleuchtet, aber ich konnte erkennen, dass Albigard *wütend* aussah. Mein Herz setzte einen Schlag aus und ich hatte nur einen einzigen Gedanken – ich wünschte mir, dass er nicht auf mich wütend war. Ein Wimmern entkam mir.

„Wenn wir so lange weg sind, dann sind wir tot", schnauzte er und öffnete ein weiteres Portal.

Er verschwand augenblicklich, und die Stille, nachdem sich das Portal hinter ihm geschlossen hatte, war ohrenbetäubend, nur durchbrochen vom Trommeln des Regens auf dem Metalldach. Wie durch einen Nebel nahm ich den hallenden Raum um uns herum wahr, der bis auf ein paar hoch gestapelter Kisten, Fässer und Verschläge leer war. Zorah sah mich besorgt an.

Warum sah sie mich so an?

Ich blinzelte und tat es dann noch einmal. Eine schreckliche Erkenntnis überkam mich ... ein Gefühl, als ob Hunderte von Spinnen über meine Haut krabbelten. Wir waren in einem Lagerhaus. In ... *Callao*, wo auch immer das sein mochte. Es klang südamerikanisch. Wir waren Tausende Kilometer von der Osterinsel entfernt, und Albigard hatte meinen *verdammten* Verstand manipuliert, damit sie mich kampflos von meinem Sohn wegzerren konnten. Meine Glieder begannen in einem Strudel aus kalter Wut, Angst und Trauer zu zittern, so stark, dass ich in die Knie ging.

„Vonnie ...", sagte Zorah behutsam.

Wind wirbelte um mich herum auf. Das sanfte Prasseln des Regens über unseren Köpfen ging in ein kräftiges Hämmern über, als Hagelkörner auf das Blechdach einzuschlagen begannen. Schotter schoss vom Boden nach oben und prasselte auf die Vampire ein.

Ich war so wütend, dass ich die Welt *niederbrennen* wollte – wenn ich jetzt nur Feuer heraufbeschwören könnte.

„*Vonnie*", sagte Rans scharf und griff nach mir, als wolle er mich hochziehen.

„*Fass mich nicht an!*", schrie ich. Ein Energiestoß riss Rans von den Füßen.

24

KAPITEL DREI

RANS LÖSTE SICH IN NEBEL AUF, bevor sein Körper auf dem Boden aufschlagen konnte, und tauchte ein paar Meter links von mir wieder auf.

„Sie versuchen, ihn zu retten, Vonnie!" Zorah musste ihre Stimme erheben, um über den Lärm hinweg gehört zu werden.

Nach einem kurzen Augenblick drangen ihre Worte zu mir durch und brachen den Bann, der mir die Kraft verliehen hatte, diese zerstörerische Magie auf meine Mitmenschen loszulassen. Und all das, ohne meinen Anhänger, um meine Macht zu zentralisieren. Ein erstickter Schluchzer blieb mir in der Kehle stecken, als der Wind abflaute und das Prasseln des unnatürlichen Hagels nachließ.

„Sie versuchen gerade, Jace zu retten", sagte sie etwas leiser. „Was glaubst du, warum Guthrie zurückgeblieben ist?"

Meine Brust fühlte sich an, als hätte sich das Pferd, auf dem wir geritten waren, daraufgesetzt.

„Er hält seine Versprechen immer", flüsterte ich kaum hörbar. „Oh, Gott. Er hat versprochen, dass er versuchen wird, uns beide herauszuholen."

„Natürlich hat er das, verdammt noch mal", murmelte Rans resigniert. „Warum bin ich nicht überrascht?"

„Und dann hat er auch noch den Gefallen eingefordert, den Albigard ihm schuldet", sagte Zorah. „Tinkerbell wird monatelang darüber meckern."

„Eher Jahrzehnte", erwiderte Rans.

Ich zitterte immer noch, aber fühlte mich gleichzeitig ausgelaugt, weil ich so viel Magie auf einmal eingesetzt hatte. Meine Zähne begannen zu klappern. War es kalt hier drin? Hatte ich das irgendwie verursacht, als ich den Regen eingefroren hatte?

„Vonnie, Süße ... du stehst unter Schock." Zorah hockte sich so vorsichtig vor mich hin, als würde sie sich einem wilden Tier nähern.

„Werden sie Jace retten?", fragte ich sie leise und suchte in ihrem Gesicht verzweifelt nach der Gewissheit, dass ich nicht gerade meine einzige Chance, ihn zu retten, verloren hatte.

„Sie werden es auf jeden Fall versuchen", sagte Rans.

Zorah setzte sich neben mich, legte einen Arm um meine Schultern und sah zu Rans auf. „Ich kann hier keine Decke oder etwas Ähnliches sehen, was wir als Decke benutzen könnten. Kannst du ihr etwas Blut geben?"

Rans gab ein bejahendes Brummen von sich und hockte sich vor uns. Einen Moment später tauchte ein blutendes Handgelenk in meinem Blickfeld auf. Zum ersten Mal seit Langem drehte sich mir bei diesem Anblick der Magen um. Ich hielt es trotzdem mit zittrigen Händen fest und trank so viel ich konnte. Wie immer waren die Löcher in Rans' blassem Handgelenk bereits wieder verheilt, noch bevor sich meine Lippen darum schlossen. Doch sein Blut war stark, also brauchte ich nicht viel.

Danach schloss ich meine Augen und lehnte mich an Zorah. Die vertraute kribbelnde Wärme des Vampirbluts, das mich heilte, ließ mich den Schock des Tages vergessen. Mein Steißbein hörte auf zu schmerzen. Das Zittern ließ nach. Und mit neuer Kraft kam die Scham.

„Es ... ähm ... tut mir leid", sagte ich zögernd. „W-wegen ... allem." Ich begriff die gesamte Lagerhalle in einer ausschweifenden Armbewegung ein.

„Hey, das ist doch nicht nötig. Er ist dein Sohn", sagte Zorah, was Vergebung und Erklärung in einem war. „Ich bin mir ziemlich sicher, dass du ein Nervenbündel sein darfst, da es hier um dein Kind geht."

„Und vergiss nicht", fügte Rans hinzu, „dass Len Alby einen rechten Haken verpasst hat, als er versucht hat, ihn mit seinem Fae-Mojo zu beeinflussen."

„Es ist also alles in Ordnung", sagte Zorah beruhigend.

Ein paar Augenblicke lang herrschte Schweigen, dann: „Was ist, wenn sie ihn nicht retten können?" Die Worte entschlüpften mir, fast gegen meinen Willen.

„Dann werden wir uns etwas anderes einfallen lassen", erwiderte Zorah sofort.

„Wir wissen, dass er am Leben und unverletzt ist", betonte Rans. „Und wir wissen zumindest im

Moment, wo er ist. Das ist ein Fortschritt gegenüber dem, wo wir vorher standen."

„Die Fae haben ihn verändert", sagte ich niedergeschlagen.

„Erzähl uns, was passiert ist, Von", bat mich Zorah. „Wir haben es von Albigard nur in groben Zügen gehört, aber er hatte nicht viel Zeit."

Ich holte tief Luft und erzählte die Geschichte, vom Gespräch mit den Kindern bis zu Jace' Verrat … wie ich vor den Aufseher und sein Tribunal gezerrt wurde … Albigards strategischer Rückzug. Meine Stimme zitterte ein wenig, als ich erzählte, wie ich zum Verhör und zu meiner Hinrichtung abgeführt wurde.

Zorah spannte tröstend ihren Arm um mich.

Schnell ging ich zu Leonides' dramatischer Rettung über, wie er ein Pferd stahl und wie wir uns aus dem Staub machten. „Und den Rest kennt ihr schon", endete ich.

„Vielleicht wird er mir jetzt glauben, dass Pferde von Natur aus böse sind", überlegte Rans laut. „Schreckliche Biester."

Wir warteten in der schlecht beleuchteten Lagerhalle. Der Regen ließ nach und als es draußen wärmer wurde, knarrten und knackten die Balken des riesigen Gebäudes.

„Wie lange, glaubt ihr, werden sie brauchen?", fragte ich, unfähig, mir selbst die Frage zu beantworten. Ich konnte nicht sagen, wie lange wir schon hier saßen, aber ich war mir ziemlich sicher, dass ich den nächsten Schritt in Richtung Nervenzusammenbruch machen würde, lange bevor die versprochenen zwölf Stunden vergangen waren.

Wenn wir so lange weg sind, dann sind wir tot.
Albigards Worte hallten wie eine unheilvoll läutende Glocke in meiner Erinnerung wider.

„Schwer zu sagen", antwortete Rans. „Es wird davon abhängen, ob sie einen Überfall planen oder versuchen, sich zu verstecken."

Ich öffnete den Mund, um zu antworten, wurde aber durch das Auftauchen eines Portals unterbrochen. Mein Atem stockte, als drei Gestalten hindurch stolperten. Ich wich einen Schritt zurück und sah das Gesicht der Wache Creed, der aus einer langen Wunde an der Wange blutete. Leonides war direkt hinter ihm und hielt eine Gestalt – schlank, mit dunklem, wirrem Haar, die versuchte, ihn zu bekämpfen.

„Jace!", rief ich, doch ich schien nicht zu ihm durchzudringen. Er kämpfte erbittert weiter.

„Lass mich los!", rief Jace, dessen Protest meinem auf unheimliche Weise ähnelte. *„Bring mich zurück!"*

In seiner Stimme schwang ein Hauch von Hysterie mit, als wäre seine Rettung und die Rückkehr zu seiner Mutter das Schlimmste, was ihm passieren könnte.

„Jace, ich bins!", rief ich verzweifelt. „Weißt du nicht, wer ich bin?"

Die Person, die ich für Creed gehalten hatte, trat einen Schritt von dem sich windenden Jungen und dem Vampir weg, der ihn festhielt. Sie strich mit einer Hand über ihren Körper, und der Schimmer verschwand, um Albigard preiszugeben, aber der Schnitt in seiner Wange, aus dem das Blut tropfte, blieb.

„Loslassen!", schrie Jace wieder. „Dafür werden sie dich umbringen! Wenn ich ihnen sage, was ihr getan habt, werden sie euch alle töten!"

Zorah sah mit Entsetzen zu. Rans warf mir einen besorgten Blick zu und registrierte zweifellos meine Verzweiflung. Seine Miene hatte sich verhärtet und war nun fast unleserlich. „Das reicht", sagte er bestimmend. „Vonnie muss sich das nicht mehr anhören. Mesmerisiere ihn."

„Haha, daran habe ich aber auch schon gedacht, Klugscheißer", sagte Leonides über Jace' wütendes Knurren hinweg. „Er trägt ihren Anhänger. Unser Vampir-Mojo wirkt bei ihm nicht."

„Dann nimm ihm den Anhänger ab!", rief Zorah, ihre Stimme schrill vor Entsetzen.

Als hätte die Erwähnung meines Anhängers um seinen Hals seine Aufmerksamkeit erregt, wurde Jace ganz still.

Ich spürte, wie sich etwas in der Luft aufbaute, und holte scharf Luft. „Er wird –", begann ich und wurde von einer gewaltigen Explosion unterbrochen, in deren Zentrum Jace stand.

Alle drei Vampire flogen nach hinten und prallten mit voller Wucht gegen die Wände oder die Kistenstapel hinter uns. Es geschah so schnell, dass sich kein Einziger von ihnen rechtzeitig in Nebel auflösen konnte, um dem Aufprall zu entgehen. Die Druckwelle ließ auch meine Haare um mein Gesicht peitschen und riss an meiner Kleidung, schleuderte mich aber nicht quer durch die Lagerhalle. Auch Albigard blieb stehen.

Er erholte sich schneller als ich, nahm eine unbekümmerte Haltung ein und klatschte langsam in die Hände, was vor Spott triefte. „Gut gemacht, Adept. Deine Fähigkeiten werden immer besser. Jetzt hör auf zu reagieren und fang an zu *denken*."

Jace blinzelte ihn im schummrigen Licht an, während sich seine Brust schnell hob und senkte. Ich hielt den Atem an.

„D-du ...", sagte Jace. „Du bist eine Fae."

„Wie schön, dass du es bemerkt hast." Albigard musterte ihn auf die typische Unseelie-Art, voller Verachtung, was Jace paradoxerweise zu beruhigen schien, wie nichts anderes es bisher getan hatte.

„Was ist hier los?", fragte Jace und klang plötzlich sehr jung.

Meine Brust schmerzte und ich verspürte das dringende Bedürfnis, zu ihm zu rennen. Ich ballte meine Fäuste an meinen Seiten, während sich die anderen vom Boden der Lagerhalle, wo sie hingeschleudert worden waren, aufrappelten und den Schlagabtausch mit Argwohn beobachteten.

„Ist dir nicht in den Sinn gekommen, dass dies ein Test sein könnte, Adept?", fragte Albigard mit spöttischer Geduld.

Jace schluckte hörbar in der darauffolgenden, hallenden Stille. „Ein ... Test? Habe ich bestanden?"

Albigard sah ihn von oben herab an. „Ich bezweifle nicht, dass der Aufseher deine Reaktion gutheißen würde", erwiderte er, und ich wusste, dass er die Wahrheit sagte. „Jetzt müssen wir nur noch herausfinden, ob man dir trauen kann, Befehle außerhalb des Lagers zu befolgen. Verstehst du, was ich sage?"

Jace schluckte erneut, sein hervorstehender Adamsapfel wippte. „Ich ... verstehe, Sir. Aber was ist mit ...?"

Sein besorgter Blick flackerte über uns, und als er mich entdeckte, erkannte er mich genauso wenig wie die drei Vampire. Der gleichgültige Ausdruck fühlte sich wie eine Klinge an, die in mein Herz gestochen wurde.

„Ihre Anwesenheit hier geht dich nichts an", sagte Albigard kühl. „Komm. Wir werden jetzt gehen."

Ich sah, wie Jace einen Moment lang mit sich rang, bevor er Albigards Worte akzeptierte. Ich registrierte abwesend, wie Zorah zu mir herüberkam und eine Hand um meinen Ellbogen legte, als hätte sie Angst, dass ich ohne Unterstützung umkippen würde. Wenn ich so darüber nachdachte, hatte sie damit vielleicht gar nicht so unrecht.

„Wohin gehen wir als Nächstes?", hörte ich mich fragen.

Es war Rans, der antwortete. „Zum Friedhof von Santa Rosa. Oder besser gesagt, zu den an den Friedhof angrenzenden Slums."

„Oh", sagte ich dümmlich.

Ich hatte angenommen, wir würden durch ein weiteres Fae-Portal reisen, doch ich hatte mich geirrt.

„Es ist nur etwa eineinhalb Kilometer entfernt", sagte Rans, und so lief ich mit drei Vampiren, einer blutenden Fae und meinem Sohn, der einer Gehirnwäsche unterzogen worden war und mich entweder nicht wiedererkannte oder mich einfach nur noch hasste, durch das Lagerhallen-Viertel einer unbekannten südamerikanischen Stadt.

Die Straße war alles andere als menschenleer – Callao, wo auch immer es sich auf der Karte befand, war eindeutig eine große und dicht besiedelte Stadt. Fast jeder, an dem wir vorbeikamen, starrte mich an oder warf mir zumindest einen Blick hinterher. Das lag an meinen Haaren, wurde mir klar. Ich war die einzige Person mit heller Haut und rotem Haar.

Der schmale Randstreifen an der viel befahrenen Straße wurde immer breiter, bis wir auf einem richtigen Bürgersteig liefen. Jace ging mit Albigard vor mir her und klebte an der Seite der Fae, als wäre sie sein Rettungsanker. Auch Albigard erntete seltsame Blicke, aber sie wichen schnell von dem unsichtbaren Schimmer ab, der ihn umgab. Etwas berührte meine Hand, und ich erschrak, als ich Leonides neben mir sah. Er musterte mich genau.

Als mir bewusst wurde, was für eine Bitch ich ihm gegenüber gewesen war, seit er mich vor der Hinrichtung gerettet hatte, errötete ich. Ich begegnete seinem Blick und hielt ihn gefangen.

„Danke", murmelte ich. „Das hätte ich schon früher sagen sollen." *Ich hätte dir vertrauen sollen.* „Es tut mir wirklich leid, wegen –"

„Du standest unter Schock", unterbrach er mich.

„Warum sagt das jeder zu mir?", fragte ich frustriert.

Er antwortete nicht direkt. Stattdessen verschränkte er seine Finger mit meinen und ließ nicht los.

Wir bogen links in eine schmalere Straße ein, die mit einer Kombination aus Wohn- und Geschäftshäusern gesäumt zu sein schien. Viele der Gebäude waren in grellen Farben gestrichen – sie unterschieden sich wenig von denen in Hanga Roa, aber zeigten noch deutlichere Anzeichen von Verfall. Fast jede einzelne Haustür und jedes Fenster war mit rostigen Metallstangen vergittert. Nach einer kurzen Diskussion machte Rans einen Abstecher in das örtliche Äquivalent eines kleinen Supermarktes und kehrte nach ein paar Minuten mit prall gefüllten Plastiktüten zurück.

„Was hat es mit dem Ort auf sich, an den wir gehen?", fragte Zorah, was mir die Mühe ersparte, selbst danach zu fragen. „Ein Slum auf einem Friedhof, sagtest du? Klingt ... äh ... *nett*?"

„Nicht wirklich", antwortete Rans. „Aber es ist so ziemlich der letzte Ort, an dem in nächster Zeit jemand nach uns suchen wird."

„In der Vergangenheit war es ein nützlicher Zufluchtsort", stimmte Albigard zu. „Wenn auch nicht in letzter Zeit."

Jace sah zu Albigard auf, während er sprach, und hing an jedem Wort. Ich versuchte, ihm das nicht übel zu nehmen, aber scheiterte kläglich.

„Aber ein Friedhof?", drängte Zorah. „Wieso gerade da?"

„Es ist einfacher, es dir zu zeigen, als es zu erklären", meinte Rans zu ihr. „Wir sind fast da."

Die Straße bog Richtung Norden und die Landschaft zu unserer Linken veränderte sich und stieg zu einem Hügel an, der immer steiler wurde, je weiter wir gingen. Grauer Schiefer und Erdbrocken erhoben sich hinter den Gebäuden, die sich dicht an der Straße drängten, bis die Häuser selbst in den Hang hineinwuchsen und schließlich endeten.

Dahinter lag ... etwas anderes. Ich war mir nicht ganz sicher, was ich da sah. Jedenfalls nicht, bis mich der süßliche Geruch der Verwesung traf. Die Mauern der Krypten ragten in gestaffelten Reihen aus dem Hang heraus, einige waren zehn Stockwerke hoch. Die Mauern selbst bestanden aus Betonblöcken, die auf der Vorderseite weiß gestrichen waren und sich von dem staubigen Grau des Hügels abhoben. Die Türen waren in sanften Pastelltönen gehalten – ein seltsam schöner Gesamteffekt. Einzelne unterirdische Gräber waren vor den Wandgruften über das Gelände verteilt und Gedenksteine ragten in seltsamen Winkeln aus der Erde und inmitten des Schotterwegs heraus. Tore und Torbögen zwischen den Krypten führten tiefer in das Labyrinth der Ruhestätte.

Ich starrte wie gebannt und machte den Mund erst zu, als der unangenehme Geruch auf meine Zunge traf. Der Friedhof erstreckte sich immer weiter den Hügel hinauf. Tausende mussten hier begraben liegen, wahrscheinlich Zehntausende.

Doch es waren auch Menschen hier. Lebendige, meine ich. Mehr als man mit einem bloßen Besuch bei einem verstorbenen Verwandten erklären konnte. Mein Blick schweifte über den gelegentlichen Blumenverkäufer, der Lilien und Nelken am Straßenrand verkaufte.

Kinder tobten zwischen den Toten herum, lachten und schrien, während sie Fangen spielten und sich im Schatten der Krypten versteckten. Frauen schleppten Wassereimer durch enge, Labyrinthlücken in der chaotischen Gräberstadt. Je mehr ich mich an den seltsamen Hügelfriedhof gewöhnte, desto schneller erkannte ich die Stellen, an denen die Menschen behelfsmäßige Hütten errichtet hatten, die sie an die vorhandenen Mauern lehnten – und Seite an Seite mit den Toten lebten.

Wenigstens waren sie ruhige Nachbarn.

Wir waren gut zehn Minuten außen an dem endlos erscheinenden Friedhof entlanggegangen, bevor sich die Szenerie schließlich änderte. Der Übergang von den Gruften zu den kahlen Hängen war überraschend abrupt. Nach einem kurzen, mit Müll übersäten Abschnitt, begann erneut die normale Bebauung mit Häusern und dergleichen, als ob die Straße nicht durch Tausende von Gräbern unterbrochen worden wäre.

Die Lücke zwischen den beiden Welten ermöglichte mir einen Blick auf mehrere behelfsmäßige Behausungen, die sich hangaufwärts hinter dem Friedhof befanden. Einige von ihnen sahen stabiler aus als die anderen und hatten eine anständige Größe. Eine Betontreppe führte den Hang hinauf und grenzte an den hinteren Teil der Gruftenstadt. Albigard ging ohne zu zögern darauf zu und sprang leichtfüßig die Treppe hinauf, während sich Jace an seine Fersen heftete.

Rans und Zorah folgten ihnen wortlos, ebenso wie Leonides und ich.

„Sind Hausbesetzer nicht typisch für einen Ort wie diesen? Was ist, wenn jemand in deinem Unterschlupf lebt?", fragte Leonides. „Du sagtest, dass es schon eine Weile her ist, seit du hier warst."

„Der Unterschlupf ist mit einem Schutzzauber belegt", antwortete Rans, als sich Albigard dem größten und beständigsten der Gebäude näherte, die sich an das obere Ende der Friedhofsmauer schmiegten. „Es sollte sicher sein."

„Bist du sicher?", fragte Zorah skeptisch. „Ich will dich nur ungern enttäuschen, aber ich kann es mir durchaus vorstellen, dass jemand eingebrochen ist."

„Es ist nicht diese Art von Schutzzauber", sagte Rans trocken und Zorah blieb abrupt stehen.

Einen Moment später standen Leonides und ich an ihrer Seite und schleichende Abneigung überkam mich so abrupt, dass ich fast die Treppe wieder hinunterstürzte. Um mich abzufangen, schlug ich mit einer Hand gegen die nächstgelegene Mauer, hinter der ein Haufen toter Menschen ruhte.

„Oh", sagte Leonides. „Das ist … unangenehm."

Albigard beäugte Jace, der den ganzen Weg bis zur Tür bei ihm geblieben war. „Adept. Spürst du den Abwehrzauber nicht?"

Jace rieb sich trotz der schwülen Nachmittagsluft die Oberarme. „Doch, aber ich bleibe an Ihrer Seite, Sir. Ist das Teil des Tests?"

Albigards grüner Blick wurde spekulativ. „Vielleicht." Er blickte über die Schulter zurück zum Rest von uns. „Zorah Bright, Vonnie Morgan, Guthrie Leonides, Jace Morgan, tretet ein und seid willkommen. Dieser Unterschlupf steht euch offen."

KAPITEL VIER

DAS UNANGENEHME GEFÜHL VERFLOG abrupt und hinterließ eine Gänsehaut auf meinen Armen. Die Tür öffnete sich auf Albigards Berührung hin, und wir folgten ihm hinein. Selbst hier drinnen war der Geruch des Todes unentrinnbar und die Fliegen schwirrten träge durch den Raum.

Der Unterschlupf war … spartanisch. Dennoch, es war keine Bruchbude. Der Boden war aus Beton. Die Wände bestanden aus Lehmziegeln, und das Dach war aus Blech, das an Holzsparren genagelt war. Der Innenraum schien in zwei Räume aufgeteilt zu sein und in den Ecken hingen Segeltücher von den Deckenbalken. Ich brauchte einige Augenblicke, um die Tücher als das zu identifizieren, was sie waren … Hängematten zum Schlafen. Die Fenster waren mit Moskitonetzen verdeckt, aber hatten keine Scheiben.

„Elektrizität?", fragte Leonides.

„Abgezapft, aber ja", sagte Rans. „Ich gehe in ein paar Minuten nach draußen und schließe uns an das Netz an."

Leonides nickte. „Handyempfang?"

„Callao wurde im Laufe der Zeit von der Metropolregion Lima geschluckt, also ja, wir sollten Empfang haben. Mein Handy kann sich voll digital mit dem Mobilfunknetz verbinden, und ich habe eine lokale SIM-Karte besorgt, als ich die Vorräte eingekauft habe. Es sollte alles funktionieren, außer unser Freund hier hindert uns irgendwie daran." Rans nickte in Richtung der Fae.

„Ihr könnt draußen telefonieren", sagte Albigard. „Wenn das nicht gehen sollte, könnt ihr mir vorher Bescheid geben, damit ich meine Aura eine Zeit lang abschirme. Ich brauche jedoch den Unterschlupf für meine Zwecke."

„Wozu?", fragte ich heiser und starrte Jace an. Er wich meinem Blick aus.

„Deprogrammierung", war alles, was Albigard sagte.

Seine Antwort ließ mich erschaudern, und ich hob mein Kinn. „Nicht, bevor du mir genau sagst, was du damit meinst."

„Wie du wünschst", erwiderte Albigard.

„Morgen", warf Leonides entschlossen ein. „Im Moment müssen wir alles Notwendige tun, um diesen Ort vor Einbruch der Dunkelheit bewohnbar zu machen, und dann brauchen wir etwas Ruhe. Wie sieht es mit Wasser und den sanitären Anlagen aus?"

„Es gibt Grubenlatrinen in den Hügeln", meinte Rans, „es sei denn, die Bedingungen haben sich in den letzten Jahren verbessert. Das Wasser wird alle paar Tage per Lkw angeliefert und in Plastikkanistern gelagert, aber es ist nicht trinkbar. Für diejenigen, die es brauchen, gibt es in Flaschen abgefülltes Wasser im Rucksack, zusammen mit den Lebensmitteln."

„Gibt es hier irgendwo ein paar Eimer?", fragte Zorah. „Wenn ja, werde ich uns genug Wasser zum

Waschen holen, während du dich um den Strom kümmerst."

Bei ihren Worten realisierte ich plötzlich, wie das Meersalz des Südpazifiks, gemischt mit dem Schweiß meiner Begegnung mit dem Tod, mein Haar und meine Kleidung verkrustete und es mich am ganzen Körper juckte. Ich hätte alles für eine lange, heiße Dusche gegeben. Offensichtlich war ein solcher Luxus jedoch in nächster Zeit nicht zu erwarten.

„Gibt es abgesehen davon, dass wir die Nacht in einem peruanischen Friedhofsslum überstehen müssen, irgendetwas, das einem Plan ähnelt?", fragte ich, nicht sicher, ob ich die Energie hatte, mich mit Strategiesitzungen zu befassen, aber es schien mir eine wichtige Frage.

„Zumindest in groben Zügen", sagte Rans. „Aber Guthrie hat recht. Nach dem Tag, den wir hinter uns haben, sollten wir uns erst einmal darum kümmern, die Nacht zu überstehen."

Wortlos nickte ich, denn ich wusste, dass ich trotz des Vampir-Bluts, das ich zuvor getrunken hatte, kurz vor einem Adrenalinabsturz stand. Ich sah mich im anderen Zimmer um und fand ... Plastikkisten. Einst rot, waren sie jetzt durch die Zeit zu einem hellen Rosaton ausgebleicht, die mit Grautönen untersetzt waren. Die Kisten würden als Hocker und Tisch agieren. Außerdem gab es ein paar Eimer und etwas, das wie eine Waschwanne aussah und vermutlich zum Spülen verwendet wurde. Ich hoffte inständig, dass Rans vorhin in dem kleinen Supermarkt Seife gekauft hatte.

Ich holte die Eimer für Zorah heraus, die mit dem Kopf schüttelte, als ich ihr anbot, beim Wasserholen zu helfen. Wahrscheinlich war das auch gut so, denn ich traute mir nicht zu, in meinem derzeitigen Zustand einen Zwanzig-Liter-Eimer Wasser einen Schieferhang hinaufzuschleppen. Ich fühlte mich inzwischen ausgesprochen instabil.

Leonides half mir, die Kisten in den Hauptraum zu bringen. Dann befahl er mir, mich auf eine Kiste zu setzen und schob mir etwas zu essen und eine Flasche Wasser zu.

„Jace", sagte ich müde. „Komm und iss etwas."

Als Jace Albigard ansah, um seine Erlaubnis einzuholen, schmerzte meine Brust – mein Sohn wartete auf das Nicken der Fae, bevor er sich vorsichtig auf eine zweite Kiste setzte. Leonides reichte ihm ebenfalls etwas zu essen.

Ich riss eine Plastikverpackung auf und nahm einen Bissen, was auch immer darin war, ohne mir die Mühe zu machen, es zu identifizieren. Jace saß auf seiner Kiste, als ob er jeden Moment aufspringen und zu Albigard zurücklaufen wollte, aber er verschlang dennoch seine Mahlzeit, als wäre er kurz vor dem Verhungern. Ich schluckte einen Bissen des Proteinriegels oder was auch immer es war herunter und stellte die Frage, mit der ich mit Sicherheit besser bis zum nächsten Morgen hätte warten sollen.

„Weißt du, wer ich bin, Jace?"

Jace versuchte immer noch, meinen Blicken auszuweichen. „Ich weiß, wem du ähnlich siehst", murmelte er kaum hörbar.

Meine Kehle schnürte sich zu. „Ich bin es wirklich, Baby."

„Das würden die Fae auch sagen, wenn das ein weiterer Test ist", murmelte er in Richtung seines Schoßes und zerriss systematisch die Verpackung des Riegels in immer kleinere Streifen.

Die Fae konnten den menschlichen Verstand verändern. Sie konnten auch ihr Aussehen verändern und vorgeben, jemand anderes zu sein. Und sie hatten Jace seit *Wochen* in ihrer Gewalt. Meine Kehle schloss sich um die Worte, die als Nächstes kommen sollten.

„Trinkt", befahl uns Leonides und zeigte auf die Plastikflaschen, die auf dem Gitter der umgestürzten Kiste standen. „Es scheint, dass Zorah mit dem Waschwasser zurück ist."

Begierig trank ich einen Schluck aus meiner Flasche. Jace auch.

„Hast du noch den Anhänger von Großtante Mabel?", schaffte ich in einem heiseren Flüsterton zu fragen. Ich war mir nicht sicher, ob er ihn noch bei sich trug. Er hatte ihn bei seiner Ankunft getragen, allerdings konnte ich ihn jetzt nicht mehr sehen – der Schutzzauber war anscheinend immer noch nicht ganz erloschen.

Seine Hand flog zu seinem Hals – eine unbewusste Geste. „Das könnte *auch* ein Trick sein."

Ich schloss besiegt meine Augen. Zumindest für heute Nacht würde ich keine Fortschritte mehr machen. Mein Sohn mochte wieder bei mir sein, aber er war nicht wirklich *hier*. Ich hatte kaum genug Energie und emotionale Bandbreite, um ihn heute noch zu überzeugen. Im Hintergrund hörte ich Zorah mit den Eimern herumhantieren, dann hörte ich Wasser schwappen.

„Geh dich waschen, Jace", sagte ich. „Albigard soll dir zeigen, wo die Latrine ist. Und dann geh schlafen."

Auf meine Worte folgte Schweigen. Ich öffnete meine Augen nicht, da ich nicht sehen wollte, wie er sich zur Bestätigung an Albigard wandte.

„Zuerst die Latrine", sagte die Fae mit deutlichem Ekel. „Vertrau mir."

Das Schlurfen seiner Füße verriet mir, dass Jace den provisorischen Tisch verlassen und sich mit seiner neuen Fae-Wache auf den Weg gemacht hatte. Als ich sicher war, dass sie gegangen waren, stützte ich meine Ellbogen auf die Knie und vergrub mein Gesicht in den Händen.

„Sag mir, was du brauchst, Vonnie", sagte Leonides ruhig.

Ich konnte nur den Kopf schütteln. Das Einzige, was ich brauchte, hatte gerade unseren Unterschlupf verlassen. Es war ziemlich klar, dass ich ihn im Moment nicht haben konnte.

„Wie regeln wir das mit dem Schlafen?", fragte ich, anstatt die Frage zu beantworten.

Nach kurzem Schweigen sagte er: „Es gibt vier Hängematten. Rans und Zorah können sich eine davon teilen. Damit bleibt eine für dich, eine für Jace und eine für Albigard. Ich werde mich neben die Tür setzen und Wache halten."

Ich setzte mich auf und öffnete meine Augen, als Rans hereinkam.

„Hier braucht niemand Wache zu halten", sagte Rans, lief zu den Einkaufstüten und durchwühlte sie. Er fand eine Packung Glühbirnen, riss sie auf und reichte Leonides eine davon. „Würdest du uns die Ehre erweisen, Kumpel? Du bist der Größte hier."

Leonides nahm sie und stellte sich unter eine Fassung, die an der Decke hing, die ich bis zu diesem Zeitpunkt noch nicht bemerkt hatte. Er streckte sich, griff mit der freien Hand nach der Fassung und schraubte die Glühbirne vorsichtig hinein. Sie leuchtete auf, während er sie noch festdrehte, und warf dabei lange Schatten in den Raum.

Zorah erschien in der Tür und hob eine Augenbraue. „Wow. Also ... wie viele Vampire braucht man, um eine Glühbirne reinzudrehen?"

„Mindestens zwei, wenn du dich auf die Zehenspitzen stellst, um sie reinzudrehen. Fang", sagte Rans und warf ihr die andere Glühbirne aus der Verpackung zu.

Ich zuckte zusammen, aber Zorah schnappte sie sich dank ihrer vampirischen Reflexe noch im Flug aus der Luft.

„Ha", sagte sie und griff nach einer der umgedrehten Kisten – vermutlich, um sich daraufzustellen –, bevor sie im anderen Raum verschwand. Wenige Augenblicke später schien ein warmes Licht durch den Türrahmen.

Rans nahm ein Ladegerät aus einem der Rucksäcke, den er und Zorah mitgebracht hatten. Er steckte sein Handy in eine verdächtig aussehende Steckdose, an der ein Knäuel blanker Drähte befestigt war, die durch ein zerklüftetes Loch in der Wand verschwanden.

„Ich werde versuchen, mir den Pazifik aus dem Haar zu spülen", beschloss ich. „Seife?"

„In dem Rucksack mit den Wasserflaschen", sagte Rans. „Wir haben auch saubere Zahnbürsten besorgt, aber selbst dafür sollten wir das örtliche Wasser nicht verwenden."

Ich nickte und kramte in dem Rucksack, um zusammenzusuchen, was ich brauchte. Die Waschwanne stand in der Ecke des anderen Raumes, in der Nähe der Hintertür. Na ja, es eine Tür zu nennen, ist etwas weit hergeholt. Es war ein offenes Rechteck, das in die Wand gehauen und mit einer Plastikfolie abgedeckt worden war.

Ich wusch meine Hände, Arme, mein Gesicht und meine Haare in der Wanne so gut ich konnte und benutzte den Saum meines Oberteils, um mir danach das Gesicht abzutrocknen. Das Wasser war trüb, als ich fertig war. Ohne Spiegel Zähne zu putzen, fühlte sich erstaunlich unnatürlich an und mit Rans' Bemerkung im Hinterkopf, benutzte ich den restlichen Inhalt meiner Wasserflasche, um meinen Mund auszuspülen.

Jace und Albigard kamen zurück, als ich fertig war. Wie ein Feigling schlüpfte ich durch die Hintertür hinaus, anstatt an ihnen vorbeizugehen. Die Latrinen waren nicht schwer zu finden. Man musste nur dem Geruch folgen. Es waren Grubenlöcher im Boden und am Holzrahmen, der eine Art Unterstand bildete, befand sich noch mehr Plastikfolie. Jemand anderes benutzte den Abort gerade. Deshalb wartete ich in einiger Entfernung, um dem Duft zu entgehen.

Vielleicht hätte ich zur Sicherheit einen der anderen mitnehmen sollen, aber ich hatte nichts, was man hätte stehlen können, und ein einziger Schrei hätte innerhalb von Sekunden einen oder mehrere wütende Vampire an meine Seite gezogen. Kurze Zeit später tauchte eine kleine, kurvige Frau mit so dunklen Augen auf, dass sie fast schwarz wirkten, und sah mich verwirrt an. Sie sprach in rasantem Spanisch, wobei sich der Ton ihrer Worte zu einer Frage steigerten.

Ich zuckte müde mit den Schultern und legte entschuldigend den Kopf schief. „No hablo español. Lo ... siento?" *Ich spreche kein Spanisch. Tut mir ... leid?*

Sie musterte mich eingehender. „Estadounidense?"

Ich schluckte, denn ich war mir ziemlich sicher, dass *Estados Unidos* auf Spanisch Vereinigte Staaten bedeutete. „So was in der Art."

Ihr Blick blieb an den nassen Strähnen hängen, die mir in die Augen fielen. Sie runzelte die Stirn, griff in ihre Tasche, holte ein Haargummi heraus und reichte es mir freundlich lächelnd. Ich starrte einen Moment lang auf das kleine grüne Haarband hinunter und meine Finger schlossen sich darum – eine Geste der Fürsorge von jemandem, der es sich mit Sicherheit nicht leisten konnte, Dinge zu verschenken, und ... brach prompt in Tränen aus.

Die Stimme der Frau erhob sich in einem besorgten Wirrwarr aus Worten, die ich nicht verstehen konnte. Sie ergriff meine Hand und klopfte mit ihrer freien Hand unbeholfen auf meine Schulter. Sie versuchte, meinen Blick einzufangen, und zerrte leicht an meiner Hand, wobei sie auf eine baufällige Hütte in der Nähe deutete. Es schien, als ob sie versuchte, mich zu ihrem Heim zu führen, in der Hoffnung, mir irgendwie helfen zu können – dieser Amerikanerin, die mit verlorenem Blick und Tränen in den Augen in einem peruanischen Slum herumirrte.

Ich schüttelte den Kopf und zog vorsichtig meine Hand weg. „Mir geht es gut", sagte ich beruhigend. „Ich muss nur ..." Ich deutete auf die Latrine und dann auf das Gebäude, in dem wir uns versteckt hielten. „Ich wohne mit ein paar anderen in dem Haus da drüben."

Sie folgte meinem Fingerzeig, und die Sorge in ihrem Gesicht verwandelte sich in Misstrauen. Ehe ich mich versah, wich sie zurück und ihr Blick huschte nervös von mir zu unserem Unterschlupf. Das Haus, das, wie ich feststellen musste, jedes Mal, wenn sich jemand ihm näherte, ein Gefühl des Schreckens in den Menschen auslöste.

Richtig.

Ich ließ sie gehen.

Die Latrine war genauso schlimm, wie ich es erwartet hatte. Als ich fertig war, kehrte ich zum Haus zurück und traf auf Leonides, der an der Hintertür auf mich gewartet hatte. Ich war, ohne es jemandem zu sagen, verschwunden, aber zum Glück schimpfte er nicht mit mir. Ich weiß nicht, ob ich einer Belehrung standgehalten hätte, ohne in Tränen auszubrechen. Also ging ich schnell hinein. Das Waschwasser war jetzt noch ekliger als zuvor, aber ich schrubbte mir trotzdem die Hände, um mich halbwegs sauber zu fühlen.

Während ich an der Latrine gewartet und anschließend diese Frau getroffen und daraufhin einen kleinen Nervenzusammenbruch erlitten hatte, hatte sich Jace gewaschen und mit Albigard eine der Hängematten im vorderen Raum in Beschlag genommen. Die Fae begegnete meinem Blick, aber ich konnte ihren Ausdruck nicht deuten. Sicherlich war das kein Mitleid, das ich darin lesen konnte. Vielleicht ein Versprechen, dass sie heute Nacht über Jace wachen würde.

„Gute Nacht, Jace", murmelte ich leise. Jace sah weg und antwortete nicht.

Etwas benommen ging ich ins andere Zimmer. Das Licht im ersten Raum ging aus, und Rans und Zorah traten hinter mir herein. Leonides hatte sich bereits in eine Ecke gesetzt, mit dem Rücken an die Wand gelehnt, die langen Beine vor sich ausgestreckt und die Füße an den Fersen gekreuzt.

Zorah ließ ihren Blick prüfend über mich schweifen und seufzte. „Versuch, etwas zu schlafen, Von. Wir sind hier. Wir sind in Sicherheit. Um den Rest kümmern wir uns morgen."

Der Rest umfasste so viele überwältigende Probleme, dass ich keine Ahnung hatte, wo wir zuerst anfangen sollten. „Okay", sagte ich monoton.

Das Vampir-Paar hüpfte mit weit mehr Anmut in eine der Hängematte, als man vermuten würde. Ich wandte meinen Blick schnell von Zorah ab, die sich wie eine Decke über Rans ausgestreckt hatte, während seine Arme um ihre Schultern gelegt waren, um sie zu halten.

„Mmm", brummte Zorah zufrieden. „Weißt du, dieses Ding ist wirklich keine schlechte Idee."

Rans gluckste amüsiert. „Willst du, dass ich eine Hängematte im Millhouse für dich aufhänge, Liebes?"

„Vielleicht", antwortete sie. „Aber vorzugsweise eine, die nicht so feucht ist, wie diese hier."

Leonides, der in seiner Ecke saß, schwieg während des neckischen Wortwechsels. Das war zu erwarten. Ich zog an der Kette, die von der Fassung der Glühbirne hing, um sie auszuschalten. Das fehlende Licht würde die Vampire nicht daran hindern, mir dabei zuzusehen, wie ich mich unbeholfen in meine Hängematte kämpfte, aber ich konnte wenigstens so tun, als ob ich etwas Privatsphäre hätte. Wahrscheinlich hätte ich den anderen eine gute Nacht wünschen sollen, als ich mich niedergelassen hatte, aber ich war komplett ausgelaugt.

Rans füllte die plötzliche Stille. „Gute Nacht, Leute. Morgen ist ein neuer Tag."

Leonides grunzte. Und Zorah murmelte: „Nacht." Ich schwieg und drehte mich raschelnd auf der Suche nach einer Position herum, in der ich gut schlafen konnte. Die Ruhe des peruanischen Abends legte sich über das Haus, nur gelegentlich unterbrochen von den Stimmen vor dem Haus oder einem Fahrzeug, das daran vorbeifuhr. Die Luftfeuchtigkeit war sowohl draußen als auch drinnen unangenehm hoch. Sie war wie ein lebendiges Wesen. Und selbst im Dunkeln schwirrten die Fliegen durch den Raum. Der Geruch aus den nahe gelegenen Krypten war überwältigend und allgegenwärtig, da es nichts anderes gab, worauf man sich konzentrieren konnte.

Ich lag eine gefühlte Ewigkeit regungslos da und konnte, wie ich es vorhergesehen hatte, nicht einschlafen. Während sich die Minuten zu Stunden ausdehnten, kreisten meine ruhelosen Gedanken um die Litanei des Schreckens, die uns noch erwartete.

Deprogrammierung, hatte Albigard gesagt. Mein Sohn war einer weitaus gründlicheren Gehirnwäsche unterzogen worden, als es irgendein menschlicher Kult hätte schaffen können. Ich hatte Angst, dass das, was Albigard morgen mit ihm vorhatte, genauso schlimm oder noch schlimmer sein könnte als die ursprüngliche Manipulation. Und dann war da noch die unbedeutende Tatsache, dass die Fae den Planeten übernehmen könnten, wenn wir keinen Weg fanden, sie aufzuhalten.

Kurze Zeit später bekam ich pulsierende Kopfschmerzen. Meine Atmung wurde immer schneller, obwohl ich mich bemühte, ruhig und gelassen zu bleiben, doch mein Herz hämmerte hartnäckig gegen meine Rippen, während sich mein Körper offensichtlich auf eine ausgewachsene Panikattacke vorbereitete.

Gerade als ich aus der Hängematte klettern und nach draußen flüchten wollte, um zu versuchen, den Ansturm mit einem Spaziergang zu wettern, spürte ich einen kühlen Lufthauch auf meiner Haut. Eine dichte Nebelwolke glitt zwischen meinen Körper und die Hängematte, auf der ich lag, und gewann an Gewicht und Festigkeit unter mir, bis mich eine vertraute Gestalt zu wiegen begann.

Leonides legte seine Arme um mich und plötzlich spiegelte unsere Position die von Rans und Zorah wider. Er sagte kein einziges Wort. Und ich auch nicht. Wir waren beide vollständig bekleidet – es gab keine Laken oder Decken in diesem Haus. Ich vergrub mein Gesicht an seinem Hals und versuchte, nicht darüber nachzudenken, wie perfekt mein Körper zu seinem passte. Die Minuten vergingen, meine Atmung wurde wieder gleichmäßiger und meine kreisenden Gedanken kamen zur Ruhe.

Ich krallte meine Hand in Leonides' Hemd und hielt mich fest. Es war kein gleichmäßiger Herzschlag zu hören, seine Brust hob und senkte sich nicht unter meinem Kopf, doch seine Stille lullte mich ein, und ich schlief schließlich beim sanften Schaukeln der Hängematte ein.

KAPITEL FÜNF

ALS ICH AM NÄCHSTEN MORGEN allein aufwachte, war ich mir nicht ganz sicher, ob ich es nur geträumt hatte, die Nacht in Leonides' Armen verbracht zu haben. Während Jace und ich Proteinriegel und Nüsse frühstückten, wurde ein informeller Kriegsrat einberufen und Albigard ließ sich herab, eine Flasche Wasser zu trinken. Offenbar zog er es vor, zu fasten, anstatt abgepackte menschliche Fertignahrung zu sich zu nehmen.

„Ich verstehe die Notwendigkeit, unter dem Radar zu fliegen", sagte Leonides, „aber die Realität der Situation ist, dass wir mit einem Handy in einem Slum in Callao keinen erfolgreichen weltweiten Widerstand organisieren können."

„Nein, da hast du völlig recht", stimmte Rans zu. „Das Problem ist, dass ich nicht weiß, ob wir nicht gleich auffliegen werden, wenn wir mit der Außenwelt kommunizieren."

Mit ein paar Stunden Schlaf war zumindest mein Verstand wieder einigermaßen funktionsfähig, sodass ich wenigstens nicht mehr alle zehn Minuten in Tränen ausbrach. Ich holte tief Luft und bereute es sofort, als der süßliche Geruch des Todes meine Kehle befleckte.

„Wir brauchen Verbündete", sagte ich. „Wen können wir kontaktieren, ohne dass die Fae uns sofort finden?"

Jace zuckte bei meiner Erwähnung der Fae zusammen.

Als wir uns zusammengesetzt hatten, hatte Zorah Albigard rundheraus gefragt, ob Jace bei diesem Gespräch dabei sein sollte. Albigard hatte Jace einen Moment lang angestarrt, bevor er mit den Schultern zuckte und antwortete, dass er sich irgendwann mit der Wahrheit auseinandersetzen müsse, und dieser Moment sei genauso gut wie jeder andere.

„Ich werde Gina kontaktieren", schlug Leonides vor. „Sie ist es gewohnt, mit mir über sichere Kanäle zu kommunizieren. Selbst wenn ich dafür ein Handy benutze, sollte es machbar sein, dass uns die Unseelie nicht so leicht aufspüren können. Aus offensichtlichen Gründen sind sie nicht gerade für ihre technische Versiertheit bekannt."

„Kann Gina für uns Kontakt zu anderen Menschen aufnehmen?", fragte Zorah. „Zumindest würde das eine weitere Verbreitung bedeuten. Allerdings gefällt mir der Gedanke nicht, dass jemand ins Fadenkreuz geraten könnte, weil wir mit der Person gesprochen haben."

„Ich gehe davon aus, dass sie das schaffen könnte", sagte Leonides. „Doch dann stellt sich die Frage, wer uns sonst noch helfen kann, die Pläne der Fae zu durchkreuzen."

Das war offensichtlich zu viel für Jace. Er sprang auf und wandte sich an Albigard. „Ich weiß, dass dies ein weiterer Test ist, aber warum lässt du es zu, dass sie so reden?"

Die Fae, die sich lässig an die Wand neben der Eingangstür gelehnt hatte, hob eine Augenbraue. „Zum Teil, um zu sehen, wie lange du brauchen würdest, um zu protestieren, und was genau deine Gefühle so sehr aufwühlen würde, um dagegen zu protestieren."

Jace' Mund klappte auf.

Albigard nickte in Richtung der umgedrehten Kiste, wo Jace gerade noch gesessen hatte. „Setz dich. Nimm alles in dich auf, was gesagt wird, aber unterbrich uns nicht noch einmal." Seine Aufmerksamkeit richtete sich auf mich. „Adept. Geh ein Stück mit mir."

Damit stieß er sich von der Wand ab und verließ unseren Unterschlupf durch die Vordertür. Ich stand auf, folgte der Fae und warf einen letzten Blick auf Jace. Sein Oberkörper und seine Schultern vibrierten förmlich vor Anspannung, als er sich wieder auf seinen Platz sinken ließ. Er nahm mit niemandem im Raum Augenkontakt auf.

Der neue Morgen hatte leider wenig dazu beigetragen, unsere Umgebung freundlicher erscheinen zu lassen. Der Himmel war grau und passte farblich zu dem Gestein des Hügels. Die einzigen Farbtupfer waren die bemalten Türen der Krypten.

Anstatt mich auf die Straße hinunterzuführen, lief Albigard auf die Anhöhe zu und vertraute darauf, dass ich ihm ohne zu stürzen und mir den Knöchel zu brechen folgen würde. Unser mit einem Abwehrzauber belegte Unterschlupf war bereits eines der höchsten gebauten Gebäude auf dem Berg, sodass sich über uns nichts weiter als Felsen erstreckte. Die Fae kletterte flink auf den Kamm des Hügels zu, drehte sich zu meiner Überraschung um und streckte mir die Hand entgegen. Während ich auf dem Gipfel des Bergrückens einen Seiltanz aufführte, wollte ich mich nicht unterhalten. Ich ließ mich stattdessen auf den nächstgelegenen, halbwegs flachen Stein plumpsen.

Albigard blieb stehen, steckte die Hände in die Taschen und blickte über das Labyrinth der Friedhofsmauern in die Ferne.

„Sprich mit mir", forderte ich. „Was haben die Unseelie Jace angetan, und was wirst *du* mit ihm tun, um es wiedergutzumachen?"

Albigard schwieg einen Moment lang und sammelte seine Gedanken.

„Ich weiß noch nicht genau, was mit ihm passiert ist", sagte er nach einem Moment des Schweigens. „Das muss ich nach und nach herausfinden. Ich arbeite daran, die Konditionierung rückgängig zu machen."

Ich nickte. „Deprogrammierung, hast du es gestern genannt. Doch wie sieht dein Plan konkret aus? In der menschlichen Kultur bedeutet das nichts Gutes."

„Das liegt daran, dass die Menschen die Gedanken anderer nicht wirklich kontrollieren können. Sie können sie nur indirekt beeinflussen", antwortete Albigard.

Ich verdaute das einen Moment lang.

„Okay." Mühsam versuchte ich, die Frage umzuformulieren. „Probieren wir es mal anders. Auf einer Skala von eins bis zehn ... wie wütend wäre ich, wenn ich dir bei dem zusehen würde, was du mit meinem Sohn vorhast?"

„Das ist eine sinnlose Frage, die ich nicht beantworten werde, denn du wirst nicht anwesend sein", sagte er erbarmungslos.

„Mit anderen Worten, es ist wahrscheinlich eine Zehn auf der 'angepisste Mutter'-Skala", übersetzte ich für ihn. „Hör mal, ich weiß nicht, wie ich es noch deutlicher machen kann, aber du wirst Jace nichts antun, bevor ich nicht davon überzeugt bin, dass ihm diese 'Deprogrammierung' nicht noch mehr Schaden zufügt als das, was bereits passiert ist."

Albigard musterte mich teilnahmslos, weil meine Worte schärfer geworden waren. Ich musste an die unangenehme Art und Weise denken, wie der Aufseher und seine Lakaien meinen Wert abgeschätzt hatten, als ich ihnen als Gefangene vorgeführt worden war.

Doch Albigard war nicht wie der Aufseher. Zumindest in dieser Sache war ich mir sicher.

„Vertraust du mir, Adept?", fragte er zwar leise, dennoch steckte echte Neugierde hinter der Frage.

Ich erwies ihm die Ehre, über meine Antwort nachzudenken, bevor ich entgegnete: „Ich weiß es nicht", sagte ich langsam. „Du hast mir bis jetzt keinen Grund gegeben, dir zu *misstrauen*. Du hast geholfen, Leonides zu retten. Du hast geholfen, Jace zu retten ... obwohl du ziemlich sauer darüber zu sein schienst, als Leonides den Gefallen auf der Osterinsel einforderte, den du ihm geschuldet hast. Aber du bist eine Fae. Und bisher war mein Eindruck von den Fae, dass sie ein Haufen kaltherziger, unmenschlicher Arschlöcher sind."

Eine fein geschwungene Augenbraue hob sich. „Unmenschlich, gewiss."

Ich ignorierte seinen Einwurf. „Unterm Strich? Ich glaube nicht, dass du insgeheim vorhast, uns an die Unseelie zu verraten, aber ich bin mir nicht sicher, ob das automatisch bedeutet, dass du auf unserer Seite stehst. Eher, dass du auf *deiner* Seite stehst, und im Moment deckt sich dein Interesse zufällig mit dem, was der Rest von uns will."

Er legte den Kopf schief und dachte nach. „Alles in allem ist das keine falsche Einschätzung."

Ich nickte. „Ich warte immer noch auf eine Antwort auf meine Frage, was du mit meinem Sohn vorhast und ob es besser oder schlechter ist als sein derzeitiges Stockholm-Syndrom oder wie auch immer du es nennen willst."

Ein Steinbrocken löste sich neben meinen Füßen und rollte den Hügel hinunter.

„Ob du es glaubst oder nicht", sagte Albigard, „es ist nicht meine Absicht, dich in die Irre zu führen oder dir diese Informationen vorzuenthalten. Ich bemühe mich lediglich, es so zu formulieren, dass du es verstehst."

Ich seufzte. „Wie ich sehe, hast du immer noch kein Taktgefühl gelernt. *Versuch es einfach.*"

Albigard schürzte genervt die Lippen. „Du hast die Manipulation durch die Fae bereits am eigenen Leib erlebt. Es entspricht unserer Natur, menschliche Gedanken zu steuern. Diese Fähigkeit macht es uns relativ leicht, ihre Denkprozesse in eine bestimmte Richtung zu lenken."

„Okay", sagte ich langsam. „Sprich weiter."

„Stell dir einen Wandteppich vor, der von den Fae gewebt und über den Geist eines Menschen drapiert wurde, um als neue Schicht über der Realität zu wirken. Das ist, was ich mit dem Entwirren der Gedankenstränge meine. Ich werde versuchen ... nicht meine eigene Kontrolle über den Wandteppich zu etablieren, sondern die Stränge zu entwirren, die die Unseelie bereits gewebt haben."

„Okay", hauchte ich resigniert, und zumindest einige meiner Bedenken lösten sich auf. „Und du willst nicht, dass ich dabei bin, wenn du das machst, weil ...?"

Seine Mundwinkel verzogen sich nach unten. „Weil die Reaktion des Jungen beweist, dass du in einige der Stränge verstrickt bist. Deine Anwesenheit würde während des Prozesses für zusätzliche Verwirrung sorgen."

„Und weiter?", drängte ich ihn.

„Wenn die Stränge so fest gewoben sind, wie ich es vermute, wird es schmerzhaft sein, sie zu lösen", fuhr er fort. „Du würdest das zweifellos beunruhigend finden."

Die Art und Weise, wie sich mein Herz zusammenzog und einen Schlag aussetzte, war eine Antwort in sich selbst. Ich fragte mich, ob Albigard es genauso stocken hören konnte, wie es die Vampire taten.

Doch er war noch nicht fertig. „Du könntest versuchen, dich im falschen Moment einzumischen und dadurch einen Schaden verursachen, den ich nicht mehr beheben kann."

Ich musste ein paar Mal angestrengt schlucken, bevor ich antworten konnte. Der klamme Schweiß auf meinem Gesicht, meiner Brust und meinen Handflächen ließ mich vermuten, dass jegliche Farbe aus meinem Gesicht gewichen war.

„Du verlangst also von mir, dass ich dir den Verstand meines Sohnes anvertraue, obwohl du im Grunde genommen zugegeben hast, dass du nur aus eigennützigen Gründen hier bist?"

Seine grünen Augen bohrten sich in meine. „Wenn du ihn lieber so lassen willst, wie er jetzt ist …"

Ich hielt seinem Blick stand. „Das kommt da rauf an. Wird sich dieser Wandteppich, von dem du sprichst, irgendwann von selbst auflösen?"

„Nein."

Mein Kiefer mahlte. „Und dafür habe ich natürlich nur dein Wort." Ich holte langsam und tief Luft und atmete wieder aus. „Okay. Ich möchte mit den anderen sprechen. *Unter vier Augen*. Dann werde ich dir meine Entscheidung mitteilen."

Er blinzelte überrascht. „Das ist Zeitverschwendung, denn du kennst deine Entscheidung bereits."

Ein Funke Wut stieg in mir auf, doch er war nicht so sehr auf ihn persönlich gerichtet, sondern auf die Fae im Allgemeinen. „Wenn du mir Worte in den Mund legen willst, solltest du besser die Kontrolle über meinen Geist übernehmen und es auf diese Weise tun. *Denn sonst werde ich dich meine Entscheidung wissen lassen, wenn ich mir sicher bin.*"

Er neigte bestätigend den Kopf und ging schweigend den Hügel hinunter zu unserem Unterschlupf, wo die anderen auf uns warteten. Ich erhob mich, folgte ihm und fluchte jedes Mal, wenn der Schiefer unter meinen Füßen nachgab und mich zwang, wild mit den Armen umherzufuchteln, um mein Gleichgewicht zu halten.

Als wir ankamen, waren die Vampire immer noch in ein Gespräch vertieft. Jace hingegen sah aus wie ein Kaninchen, das in einem Hundezwinger gefangen war.

Albigard winkte ihn zu sich herüber. „Komm. Du solltest mich nach draußen begleiten und berichten, was in meiner Abwesenheit gesagt wurde."

Jace sprang so schnell auf, als hätte er nur auf einen Vorwand gewartet, um zu entkommen. Die beiden ließen mich mit den drei Vampiren allein. Sie sahen mich erwartungsvoll an.

„Albigard", sagte ich. „Vertraut ihr ihm?"

„Ja", sagte Zorah ohne zu zögern.

„Meistens", fügte Leonides einen Moment später hinzu.

„Mit gewissen Vorbehalten", antwortete Rans.

Ich zeigte auf Rans. „Was für Vorbehalte?"

Rans zuckte mit einer Schulter – nur eine winzige Bewegung. „Albigard ist eine Fae und wenn eine Fae hilft, dann nur aus eigennützigen Gründen."

Das stimmte natürlich hundertprozentig mit den Ergebnissen des Gesprächs überein, die ich gerade aus dem Gespräch mit der Fae gewonnen hatte. „Glaubst du, dass es derzeit in Albigards Interesse liegt, die Gehirnwäsche, der Jace unterzogen wurde, rückgängig zu machen?"

„Ja", sagte Rans ohne zu zögern. „Wenn ich nur von einer Sache überzeugt bin, dann davon, dass Alby nicht auf der Suche nach einem jungen, menschlichen Sklaven ist."

„Gott, nein", stimmte Zorah zu. „Er würde innerhalb einer Woche die Wände hochgehen, um von dem Jungen wegzukommen. Ehrlich gesagt, bin ich überrascht, dass er bisher so geduldig war."

Ich atmete langsam aus. „Okay. Das deckt sich mit meinem Eindruck von ihm." Die nächsten Worte schnürten mir die Kehle zu, aber ich zwang sie trotzdem heraus. „Also ... die Sache ist die. Albigard hat mir im Grunde gesagt, dass der Prozess, um das wieder rückgängig zu machen, nicht ... äh ... angenehm sein wird. Er will mich nicht dabeihaben, und – Gott steh mir bei – das ist wahrscheinlich die richtige Entscheidung. Aber das bedeutet, dass ich irgendwo anders hingehen muss, in dem Wissen, dass Jace Schmerzen leidet und ich nicht bei ihm bin, um zu helfen. Ich weiß nicht, wie ich das ... machen soll. Versteht ihr?"

Die anderen schweigen einen Moment lang.

Es war Rans, der als Erster antwortete. „Ist das eine schlimmere Aussicht als die Wochen, in denen wir gar nicht wussten, wo er ist? Oder ob er tot ist oder lebt?"

Mein Magen drehte sich um. Ich war gerade erst aus dieser Hölle entkommen. „Ich bin mir nicht sicher. Ja ..." Ich hielt inne. „Vielleicht?"

Zorah wandte sich an Rans. „Sie hat Albigards Einfluss innerhalb von Minuten abgeschüttelt. Aber was ist mit dem Einfluss von Vampiren?"

„Eine ausgezeichnete Frage", antwortete Rans. „Vonnie, würdest du dich meinem Mesmerismus unterwerfen? Das ist wie eine Narkose bei einer OP. Wenn du aufwachst, ist der schwierige Teil erledigt."

Ich schloss meine Augen und dachte kurz darüber nach. Als ich sie wieder öffnete, sagte ich: „Es kommt darauf an. Kannst du mich in dem Bewusstsein lassen, dass es passiert, und mich in der Zwischenzeit vor einem Nervenzusammenbruch bewahren? Ich möchte nicht im Unklaren darüber sein, was Albigard mit meinem Sohn macht. Das würde mir das Gefühl geben, dass ich ihn aus Feigheit im Stich lasse."

Vielleicht war das irrational, aber es war die Wahrheit.

„In Anbetracht der Art und Weise, wie deine Kräfte in letzter Zeit zugenommen haben, kann ich dir nicht garantieren, dass das überhaupt funktioniert", sagte Rans. „Doch *wenn* es funktioniert, ist es nicht schwieriger, dir die Sorgen zu nehmen, als jegliches Bewusstsein dafür zu eliminieren, was Albigard tun wird."

Ich sammelte mich, so gut ich konnte. „Okay, tu es. Du bist der stärkste Vampir hier."

Rans' eisblaue Augen begannen zu leuchten. „Vonnie Morgan, hör mir genau zu. Du hast keine Angst um die Sicherheit deines Sohnes, auch wenn er sich in den Händen von Albigard befindet. Du bist zuversichtlich, dass es ihm gut gehen wird, und weißt, dass sich Albigard gut um ihn kümmern wird."

Die lähmenden Sorgen verschwanden so abrupt, dass mir schwindelig wurde. Meine Schultern sackten, und die ganze Anspannung fiel von ihnen ab.

„Hat es funktioniert?", fragte Zorah.

„Ja, Jace wird schon wieder", sagte ich, von egoistischer Erleichterung übermannt. „Ich brauche mir keine Sorgen zu machen. Es wird alles gut werden."

„Warten wir noch ein paar Minuten ab", sagte Rans zurückhaltend. „Warum setzt du dich nicht hin und trinkst noch eine Flasche Wasser? Bei dieser Hitze ist es am besten, viel zu trinken."

Ich nickte und holte mir eine neue Flasche aus dem Rucksack. Die anderen widmeten sich wieder dem Gespräch, das ich unterbrochen hatte, und redeten über die Logistik. Ich hörte ihnen zu, nippte an meinem Wasser und versuchte, die aufdringlichen Gedanken zu vertreiben, die an den Rändern meines Bewusstseins herumschwirrten. Schon bald konnte ich sie nicht mehr ignorieren.

„Verdammt", sagte ich und wischte mir mit einer Hand frustriert über das Gesicht. Ich erschauderte.

Rans hob die Augenbrauen. „Ist die Wirkung schon verflogen? Verflixt. Ich weiß, dass es unter diesen Umständen nicht hilfreich ist, aber ich muss sagen, ich bin ziemlich beeindruckt."

„Lass es mich versuchen", sagte Leonides. Seine dunklen Augen trafen meine und hielten meinen Blick gefangen.

Rans rutschte unruhig umher. „Guthrie, Kumpel, versteh mich nicht falsch, aber wenn ich sie nicht beeinflussen konnte ..."

Aus den Augenwinkeln konnte ich sehen, wie uns Zorah beobachtete.

„Nein. Lass es ihn versuchen", sagte sie plötzlich. „Komm mit mir, Liebster. Lass uns Albigard suchen und die beiden einen Augenblick allein lassen."

Beim Gehen starrten sie uns weiterhin an. Leonides hockte sich vor mich, nahm die Wasserflasche aus meiner taub gewordenen Hand und stellte sie beiseite. Und dann führte er seine Hand an meine Wange, um sie zu streicheln.

„Ich möchte dir helfen, Vonnie", sagte er. „Lässt du es zu?"

Meine Hand hob sich wie von selbst, um seine zu bedecken. Schon bevor ich mit ihm ins Bett gegangen war, hatte er mich so berührt und mir Trost gespendet, wie es seit meiner Kindheit niemand mehr getan hatte. Ich hielt seine Hand auf meiner Wange fest und nickte, unfähig, Worte zu formulieren.

„Du kannst mir vertrauen", murmelte er, während ein violettes Licht in den Tiefen seiner Augen aufleuchtete. „Vertrau mir, wenn ich sage, dass du dir um Jace keine Sorgen machen musst, denn er ist genauso stark wie du. Du weißt, dass es schwer sein wird. Du weißt, dass es vielleicht sogar schmerzhaft sein wird, aber du weißt auch, dass er es schaffen kann. Vonnie, du wirst mit uns kommen und uns helfen, alles für unsere nächsten Schritte vorzubereiten. Wenn wir damit fertig sind, wird dein Sohn wieder er selbst sein. Davon bin ich überzeugt, und das solltest du auch sein. Weißt du, warum?"

Mein Mund fühlte sich trocken an, als ich antwortete: „Warum?"

„Wenn Jace wirklich eine willenlose Schachfigur wäre, hätte er deine Kette den Fae übergeben und sie nicht vor ihnen versteckt gehalten."

Mir stockte der Atem, als ich die Wahrheit seiner Worte erkannte. Ich drückte mein Gesicht in seine Handfläche und ließ seine Gewissheit auf mich einwirken. Sie wurde durch die Kraft in seinem Blick gestärkt und durch das, was er gesagt hatte, untermauert. Ich vertraute ihm, und er vertraute auf Jace. Und jetzt war sein Glaube meiner. Es stand außer Frage, dass dieser Glaube in den nächsten fünf Minuten ins Wanken geraten würde.

„Danke", hauchte ich.

Er strich mit seinem Daumen über die zarte Haut unter meinem Auge, bevor er seine Hand langsam wegzog.

„Danke mir nicht. Hilf mir einfach, all diese verrückten Pläne umzusetzen, damit wir nicht mehr Zeit als unbedingt nötig an diesem Ort verbringen müssen."

Zorah steckte ihren Kopf herein, sodass ich davon ausgehen musste, dass sie wahrscheinlich gelauscht hatte.

„Alles in Ordnung?", fragte sie.

Ich nickte stumm.

Sie lächelte. „Ja, dachte ich mir schon. Kommt, schnappen wir uns unsere Sachen und lasst uns Tinkerbell vergessen, damit er in Ruhe arbeiten kann. Rans wird als Verstärkung hierbleiben. Er wird an deiner Stelle die Sache im Auge behalten, Vonnie."

„Das ist gut", sagte ich und spürte, wie sich mein Geist beruhigte.

Wir setzten die beiden Rucksäcke auf und gingen zu den anderen, die vor dem Haus auf uns warteten. Jace klebte an der Seite der Fae, so wie er es schon die ganze Zeit getan hatte, seit Leonides und Albigard ihn zu mir zurückgebracht hatten.

„Tu es", sagte ich zu der Fae, bevor ich mich meinem Sohn zuwandte. „Ich liebe dich, Jace. Alles wird wieder gut, Kleiner. Ich werde bald zurück sein."

Er blickte nicht zu mir auf, aber das war in Ordnung, denn Albigard würde das, was man ihm angetan hatte, wieder rückgängig machen, und dann würde ich endlich mein Kind zurückbekommen – sicher und gesund. Danach mussten wir es nur noch irgendwie bewerkstelligen, die Welt zu retten.

KAPITEL SECHS

DEN ERSTEN TEIL DES TAGES verbrachten wir in einem Internetcafé, das weniger als fünfzehn Minuten Fußweg vom Friedhof entfernt war. Ich war überrascht, dass es so nah an den Slums ein solches Café gab, aber als wir dort ankamen, wurde mir klar, dass *Internetzugang* nicht automatisch gleichbedeutend war mit 'einem besseren Teil der Stadt'.

Zuerst dachte ich, *Google Maps* hätte uns fehlgeleitet. Die Straße war auf der einen Seite mit Bauzäunen abgesperrt, aber auf der anderen Seite verkündete ein Poster an einer der vielen unscheinbaren Türen, dass es sich um das *Café DAHL* handelte. Es war geöffnet, und innen war es nicht wesentlich besser als außen. Es gab einfach mehr Computer.

Ich hätte viel hungriger sein müssen, als ich es war, um etwas zu essen, das in diesem Café angeboten wurde. Zum Glück waren wir nicht deswegen hier. Aus irgendeinem Grund musste ich immer wieder an das Büro des *Weekly Oracles* denken, mit all seinem Kabelsalat, der sich über den Boden schlängelte, und den klobigen CRT-Monitoren.

Leonides fing an, mit dem etwa zwanzigjährigen Besitzer auf Spanisch zu verhandeln. Schon bald saßen wir an einem Tisch, der schon bessere Tage gesehen hatte, und Leonides stellte ein VPN her und führte andere Sicherheitsmaßnahmen durch, die ich nicht im Entferntesten verstand.

„Brauchst du das Handy?", fragte ihn Zorah.

„Nein", antwortete Leonides.

„Kannst du ein Gespräch für mich durch dein VPN leiten?", fuhr sie fort. „Ich möchte versuchen, Len zu erreichen."

„Ist das auch sicher?", fragte ich schroff. „Für Len, meine ich."

„Er hat sich die *SemaFour*-App installiert", antwortete sie. „Das ist ein verschlüsseltes Nachrichtensystem. Damit kann man unter anderem Nachrichten automatisch löschen, sobald man sie gelesen hat."

Leonides grunzte und streckte eine Hand nach dem Handy aus. Zorah reichte es ihm. Er spielte kurz damit herum und gab es dann zurück.

„Aber verifiziere zuerst seine Verschlüsselungen", sagte er etwas nachdenklich.

„Ja, ja", sagte Zorah. „Ob du es glaubst oder nicht, so langsam habe ich den Dreh mit diesem 'International Woman of Mystery'-Scheiß raus."

Soweit mir bekannt war, wusste Len, dass wir die Explosion in Leonides' Gebäude in St. Louis überlebt hatten, aber das war das letzte Update, das er von uns bekommen hatte. Meine zerrüttete Freundschaft mit meinem ehemaligen Kollegen war eines von vielen Dingen, mit denen ich mich auseinandersetzen musste, vorzugsweise, bevor die Welt unterging. Die Aussicht erfüllte mich nicht mit Begeisterung, denn die Spannung zwischen uns war zu etwa hundertzehn Prozent *meine Schuld*.

Zorah bedeutete mir, näher heranzukommen. „Hier, du solltest wahrscheinlich auch diese App benutzen, einfach aus Prinzip." Ich gesellte mich zu ihr, und sie tippte auf ein Text-Symbol, das ein ziemlich normales Messaging-Fenster öffnete. Es waren keine Kontakte aufgelistet, aber sie eröffnete eine neue Unterhaltung und gab Lens Nummer aus dem Gedächtnis ein.

Hey, hier ist die Braut des T, tippte sie. *Neue Nummer. Bist du online?*

Ich überlegte, wie spät es jetzt in St. Louis war, und scheiterte kläglich. Wahrscheinlich mitten am Tag. Nach einigen Augenblicken erschienen drei Punkte am unteren Rand des Bildschirms und zeigten an, dass jemand tippte.

Welche Ecke deines Sofas hat einen Riss?, kam als kryptische Antwort zurück.

Hinten links, tippte Zorah prompt. *Wer hat versucht, ein Foto von mir zu machen, als du mich beim Shibari gefesselt hast?*

Meine Augenbrauen schossen hoch. „Du weißt schon, dass Len schwul ist, oder?", konnte ich mir nicht verkneifen zu fragen. Denn, klar, sie war zum Teil eine Sexdämonin ... aber *ernsthaft*?

Sie rollte mit den Augen. „Deshalb hat *er* mich gefesselt. *Duh*."

Josh, erschien auf dem Bildschirm. *Ich sagte ihm, er solle sich entspannen.*

Cool, tippte Zorah. *Neues Handy, also müssen wir die Nummern syncen, und dann ist alles gut.*

„Was soll das überhaupt heißen?", fragte ich, als Len mit *K* antwortete.

„Zusätzliche Sicherheitsmaßnahmen", erklärte sie, ging in die Einstellungen des Handys und zeigte mir, wo die Verifizierungscodes versteckt waren. Sie tippte darauf, und einen Moment später erschien ein QR-Code auf dem Bildschirm über einer langen Reihe von Zahlen, die in Vierergruppen unterteilt war. „Len macht gerade das Gleiche. Da wir physisch nicht in der Lage sind, den QR-Code des anderen zu scannen, müssen wir die Zahlen über eine andere Kommunikationsmethode austauschen. Wenn sie übereinstimmen, bedeutet das, dass niemand sonst die Daten zwischen diesem und dem anderen Handy abfängt."

Sie machte einen Screenshot und kehrte zum Nachrichtenfenster zurück.

Schick mir die erste Hälfte per E-Mail, schrieb sie. *Ich schicke dir dann die zweite auf dem gleichen Weg.*

Sie öffnete den Screenshot in einem Bildbearbeitungsprogramm und kritzelte schnell über den QR-Code und die erste Hälfte der Zahlen, um sie unleserlich zu machen, bevor sie die Datei an eine E-Mail anhing und abschickte. Kurz darauf ging eine neue E-Mail ein. Len hatte die Zahlen einfach in das Textfeld getippt. Sie blätterte zwischen der E-Mail und der Messaging-App hin und her, um sie zu überprüfen.

Hier ist alles in Ordnung, schrieb sie. *Bei dir?*

Bei mir auch, antwortete Len. *Hey, Z. du lebst also noch.*

Ich schnitt eine Grimasse.

Zumindest noch so untot wie zuvor, antwortete Zorah und fügte ein augenrollendes Emoji hinzu. *Also, das Nächstbeste, schätze ich?*

Wenn du das sagst, kam als Antwort.

Gibt es irgendwelche Katastrophen bei dir?, tippte sie.

Seit der Kleinigkeit mit dem explodierenden Hochhaus? Ich meine ... nicht wirklich. Mich interessiert mehr, wo zum Teufel du bist und was du tust.

Ich deutete auf das Handy.

Hier ist V. Wir haben Jace gefunden, schrieb ich und tippte auf *Senden.*

Es gab eine Pause, bevor die Punkte anzeigten, dass er wieder tippte.

Ich freue mich wirklich für dich, Red. Das sind tolle Neuigkeiten.

Meine Kehle schnürte sich zu.

Danke.

Zorah nahm mir das Handy ab. *Hier ist wieder Z. Das war die gute Nachricht. Die nicht so gute Nachricht ist, dass die Fae immer noch vorhaben, die Weltherrschaft an sich zu reißen. Ich komme einfach mal auf den Punkt – du solltest vielleicht irgendwo anders als in meinem Haus sein, wenn das passiert.*

Ich wusste, dass Len momentan in Zorahs Haus wohnte. Es war mir nicht in den Sinn gekommen, dass er dort zusätzlich in Gefahr sein könnte. Diesmal pulsierten die Punkte länger am unteren Rand des Textfelds.

Ich bin mir nicht sicher, ob ein entspannender Hotelaufenthalt die globale Apokalypse aufhalten kann, Z. Wenn sie vor meiner Tür auftauchen, werde ich so vie-

len von ihnen wie möglich den Kiefer brechen, bevor ich zu Boden gehe.

Zorah seufzte. *Deine Entscheidung, Len. Sei dir nur bewusst, dass deine Adresse ganz oben auf ihrer Liste stehen könnte. Jedenfalls sind wir gerade in Peru, aber ich weiß nicht, für wie lange.*

Eine weitere Pause entstand. Dann ... *Soll ich etwas für euch tun?*

Jetzt war es an Zorah zu zögern.

Wenn es Menschen gibt, die dir glauben würden, und du sie warnen willst, ist jetzt vielleicht ein guter Zeitpunkt dafür. Ich weiß nicht wirklich, mit welchem Zeitrahmen wir bei diesem Schlamassel arbeiten.

Verstanden.

Ich schnappte mir das Handy zurück. *Ich bins, V. Ich weiß, ich habe in letzter Zeit viel Mist gebaut, und es tut mir wirklich sehr leid. Hoffe, wir können nach all dem hier mal reden.*

Diesmal folgte eine unangenehm lange Pause. Ich war erleichtert, als die drei Punkte wieder erschienen.

Natürlich können wir reden, Red. Versuche bitte, dich bis dahin nicht umbringen zu lassen, okay?

Ich atmete erleichtert auf. *Ich werde mein Bestes geben, Blue. Pass auf dich auf.*

Und damit gab ich Zorah das Handy zurück und sah ihr nicht mehr über die Schulter, um den Rest des Gesprächs zu verfolgen. Ich fühlte mich ... erstaunlich gerührt. Kopfschüttelnd wandte ich meine Aufmerksamkeit Leonides zu, der an dem alten Computer sehr konzentriert arbeitete. Ich setzte mich neben ihn und Zorah kam ein paar Minuten später zu uns.

Nur mit Mühe konnte ich mich wieder auf die Fragen konzentrieren, die dringend beantwortet werden mussten. „Kann Gina Edward kontaktieren? Wenn Albigard Jace wieder hinbekommen hat, brauchen wir jemanden, der ihn in seiner Magie unterrichtet. Ich möchte, dass er Tante Mabels Anhänger behält, aber wie wir auf die harte Tour herausfinden mussten, ist er sehr mächtig."

„Das ist eine gute Idee, vorausgesetzt, Nigellus erlaubt ihm zu uns zu kommen", meinte Leonides. „Ich habe seine Kontaktinformationen bei Gina für Notfälle hinterlegt, aber ich rechne damit, dass wir mit der ganzen 'Dämonen können sich auf der Erde nicht einmischen'-Sache konfrontiert werden."

Meine Mundwinkel verzogen sich nach unten. „Keine Ahnung. Bis jetzt schien er gerne das Schlupfloch zu nutzen, dass Edward kein Dämon ist."

„Das tut er oft, nicht wahr?", überlegte Zorah laut. „Ich frage mich, wie lange er das noch tun kann?"

„Ich denke, wir werden es bald herausfinden", sagte Leonides grimmig. „Ich werde die Nachricht weitergeben."

„Nächste Frage", sagte ich. „Wohin gehen wir hiernach? Und sage bitte nicht, dass der Unterschlupf auf dem Friedhof längerfristig unser Zufluchtsort sein wird, denn ich habe jetzt schon das schreckliche Bild im Kopf, wie Edward versucht, die Hütte abzustauben und einzurichten."

„Der Friedhof ist definitiv keine langfristige Lösung", versicherte mir Leonides. „Selbst wenn es ursprünglich so geplant war, lege ich hiermit offiziell mein Veto ein."

„Gott sei Dank", sagte Zorah erleichtert.

„Wenn uns Gina neue Identitäten und finanzielle Mittel verschafft hat, bin ich für ein anständiges Hotel in der Nähe des Flughafens", fuhr Leonides fort. „Dort können wir uns mit Edward treffen, vorausgesetzt, er ist damit einverstanden zu kommen. Aber danach wird es schnell riskanter."

Und das war der eigentliche Knackpunkt, nicht wahr?

„Wie sollen wir Widerstand gegen die Unseelie-Fae leisten, wenn wir so eindeutig unterlegen sind?", fragte ich. „Habt ihr irgendwelche Ideen ausgearbeitet, während ich vorhin mit Albigard draußen war?"

Leonides klopfte mit den Fingern in einem unruhigen Rhythmus auf die Tischplatte, von der bereits die Farbe abplatzte. „Wir haben mit einigen Ideen um uns geworfen. Die Ideen reichten von dem Versuch, die Seelie zu informieren, bis hin zu dem Versuch, Mitglieder des Welt-Establishments zu finden, die noch nicht unter der Kontrolle der Fae stehen, und zu versuchen, eine militärische Macht zu formieren."

„Gegen Kreaturen mit Magie?", fragte ich skeptisch. Und dann, mit einem mulmigen Gefühl, fügte ich hinzu: „Gegen *Menschenkinder* mit Magie?"

Leonides sah nicht glücklich aus. „Wie ich schon sagte, wir haben mit einigen Ideen gespielt. Es ist alles möglich."

„Ich persönlich frage mich, was passieren würde, wenn wir den Mound of Hostages in County Meath in die Luft jagen würden", sagte Zorah grimmig. „Ich meine ... würde das Tor nach Dhuinne noch existieren, wenn man es aus dem Orbit bombardiert?"

Ich starrte sie völlig verblüfft an. Nicht zuletzt deshalb, weil es tatsächlich möglich sein könnte, dass drei entschlossene Vampire und eine abtrünnige Fae an jemanden herankämen, der die Nuklear-Codes besaß. Sie könnten die Person mesmerisieren, um an ihr Ziel zu kommen.

„Selbst wenn das Tor noch existieren würde ...", überlegte Leonides, „... wären die Fae dann überhaupt noch in der Lage, es zu benutzen, wenn unsere Seite ein radioaktives Ödland wäre?"

Mir gefror das Blut in meinen Adern. „Könnten wir ... bitte nicht über den Abwurf von Atombomben auf Irland sprechen, bevor wir nicht alle anderen Möglichkeiten ausgeschöpft haben?"

Zorah atmete tief und eigentlich unnötig ein und schien wieder zu sich zu kommen. „Ja, tut mir leid, Von. Gott steh mir bei, ich habe zu lange mit Nigellus und Konsorten zu tun gehabt. Ich fange an, das 'große Ganze' zu sehen ... und der Ausblick ist zum Kotzen."

Leonides schaute zwischen uns hin und her. „Ich hoffe aufrichtig, dass wir nicht an einen Punkt kommen, an dem wir die Existenz einer Insel gegen das Wohl des Rests des Planeten abwägen müssen, aber es könnte durchaus sein."

Ich schüttelte den Kopf. „Du vergisst allerdings etwas Wichtiges. Wenn wir das Tor zwischen der Erde und Dhuinne sprengen, haben wir einen Haufen verärgerter Unseelie hier, die uns zum Verhängnis werden könnten. Sie haben bereits ihre Finger in allen Regierungen der Erde im Spiel. Was glaubst du, was sie tun werden, wenn sie nicht nach Hause zurückkehren können?"

Stille kehrte ein, während die Vampire meine Worte auf sich wirken ließen.

„Das ist … ein sehr guter Einwand", sagte Leonides schließlich.

„Versuche, nicht so überrascht zu klingen", entgegnete ich säuerlich.

„Tut mir leid", murmelte er. „Es war nicht so gemeint. Anscheinend fange ich an …"

„Vergesslich zu werden?", schlug Zorah hilfreich vor. „Mir wurde gesagt, dass es nach dem ersten Jahrhundert nur noch bergab geht."

„Haha", brummte er wenig amüsiert.

„Aber im Ernst", fuhr Zorah fort. „Uns geht es allen so. Ein Haufen gefangener und verzweifelter Unseelie, die auf der Erde festsitzen, ist definitiv *nicht*, was wir wollen."

„Solange wir uns einig sind, dass Irland nicht in eine radioaktive Einöde verwandelt werden darf …", sagte ich. „Die Idee, dem Seelie-Court zu sagen, was los ist, war allerdings interessant."

„Interessant, ja", sagte Leonides. „Logistisch machbar? Nicht so sehr. Wen kennen wir, der nicht schon auf der Abschussliste der Fae steht? Soweit es den Seelie-Court betrifft, sind wir alle gesuchte Flüchtige."

„Was ist mit der Katzen-Sidhe?", fragte Zorah.

„Hast du eine Möglichkeit, sie zu kontaktieren?", fragte ich.

Zorah ließ die Schultern sacken. „Nein, nicht wirklich."

„Und Albigard?", fragte Leonides. „Ich könnte schwören, dass uns die Katzen-Sidhe direkt zu ihm geführt hat, damit wir ihn retten können."

„Das", sagte Zorah, „ist eine Frage, die wir ihm auf jeden Fall stellen müssen."

„Gibt es noch andere Fae, die uns vielleicht helfen können? Willentlich?", fragte ich.

Die beiden anderen tauschten einen Blick aus. „Nicht, dass ich wüsste", sagte Leonides.

„Okay." Ich seufzte ratlos. „Vielleicht hat Edward noch eine andere Idee. Er sieht die Dinge aus ganz anderen Perspektiven. Selbst wenn er nicht selbst kommen kann oder will, hat er vielleicht einen Vorschlag, der uns helfen könnte."

„Du hast recht", gab Leonides zu. Er wandte seine Aufmerksamkeit wieder dem Computerbildschirm zu. „Im Moment sollten wir uns darauf konzentrieren, uns wieder mit der Zivilisation vertraut zu machen."

Ich nickte. „Wenn zu dieser Zivilisation saubere Klamotten und eine heiße Dusche gehören, bin ich dabei."

KAPITEL SIEBEN

STUNDEN VERGINGEN, ohne dass wir einer Lösung näherkamen. Und dann, als Gina das gewünschte Geld und die Dokumente lieferte, herrschte hektische Betriebsamkeit. Ich verbrachte viel Zeit damit, über Jace nachzudenken und mich darauf zu freuen, dass er wieder ganz der Alte sein würde. Leonides' Einfluss hielt weiterhin stand, sodass ich darüber nachdenken konnte, welche Art von Unterstützung mein Sohn nach dem langen Trauma, das er erlitten hatte, brauchen könnte, ohne in Panik zu geraten.

Ich wollte, dass er den Anhänger meiner Großtante bekam, aber ich beschloss auch, dass ich ihn vorerst selbst brauchte. Er wusste noch nicht, wie er so viel Macht kontrollieren konnte. Seine wachsenden Kräfte in der verlassenen Lagerhalle zu beobachten war eine Sache, aber ein ungewollter Kontrollverlust in einem Hotel zum Beispiel, eine ganz andere.

Am späten Nachmittag hatten wir Bargeld, Kreditkarten, Reisedokumente, einen Mietwagen, frische Kleidung und vier sehr schöne Zimmer im Wyndham Costa del Sol Lima, das direkt gegenüber dem Flughafen lag. Als die Sonne hinter den dunklen Wolken im Westen hervorbrach, fuhren wir – geduscht, umgezogen und alles mehr oder weniger im Griff – zurück zum Friedhof.

Als wir uns der stillen Kryptenstadt näherten, wich meine Gelassenheit meiner wiederaufkommenden, inneren Unruhe. „Glaubst du, Albigard ist schon mit ihm fertig?", konnte ich mir nicht verkneifen zu fragen. „Es ist schon Stunden her, seit wir sie allein gelassen haben."

„Das kann ich dir nicht sagen", sagte Leonides. Er war der Einzige von uns, der fließend Spanisch sprach und die Straßenschilder lesen konnte, also saß er am Steuer der unscheinbaren, grauen Limousine, die wir gemietet hatten.

Ich nickte ruckartig, da ich spüren konnte, wie die Wirkung des vampirischen Mesmerismus unter der überwältigenden Last dessen, was die nächsten Minuten bringen würden, zusammenbrach. Mein Puls beschleunigte sich so stark, dass ich ihn in meiner Kehle spürte.

„Ugh", sagte Zorah. „Wisst ihr, ich glaube, ich muss heute Abend im Hotel einen Happen zu mir nehmen. Ich habe gerade gemerkt, wie hungrig ich bin."

Es zeugte entweder von meiner derzeitigen Ablenkung oder von meinem Vertrauen in die Vampire, dass ich mir erst einige Zeit später darüber Sorgen machte, was sie snacken wollte. In der Nähe des Friedhofs gab es keine richtigen Parkplätze, also hielt Leonides einfach an, als wir das Ende des Friedhofs erreichten, und parkte den Wagen halb auf dem Bürgersteig, damit sich andere Autofahrer an uns vorbeiquetschen konnten.

Als wir ausstiegen, atmete ich tief durch, um mich zu beruhigen, doch als mir der Geruch der Verwesung erneut in die Nase stieg, erinnerte ich mich daran, wieso das keine gute Idee war. Das Verkehrsaufkommen war nicht hoch, also überquerten wir die Straße unbehelligt und gingen auf den Hang mit der prekären Treppe zu. Als wir auf halber Höhe waren, trat Rans mit einem grimmigen Blick aus unserem Unterschlupf heraus. Er fing uns ab, bevor wir den Gipfel erreichten.

„Hallo", sagte er. „Ich glaube, Alby ist fast fertig, aber du solltest noch nicht hineingehen."

Ich schaute über seine Schulter und erlag fast dem Gefühl des unsichtbaren Seils, das an meinem Brustbein befestigt zu sein schien und mich in Richtung meines Sohnes zog. „Wie lange –?", begann ich, wurde aber von einem leisen, verzweifelten Schrei aus dem Inneren der Hütte unterbrochen.

Die Worte blieben in meiner Kehle stecken, und ich stürzte, ohne nachzudenken, auf das Haus zu. Doch Rans war zur Stelle und packte mich fest an den Armen, um mich abzufangen, dann bohrten sich seine blauen Augen in meine.

„Noch nicht", sagte Rans erneut.

„Lass mich gehen", flehte ich.

Er ließ mich nicht los.

„Du solltest auf ihn aufpassen", warf ich ihm vor, und meine Augen brannten.

„Das habe ich auch getan", antwortete er gelassen. „Bis jetzt. Es wäre für keinen von uns gut, da jetzt reinzugehen, Vonnie. Gib ihnen noch ein paar Minuten."

Sein Blick schweifte über meine Schulter und einen Moment später spürte ich, wie Leonides meine Schultern umfasste und mich nach unten auf die Stufen drückte, damit ich mich hinsetzte.

„Ich passe auf, dass sie keine Dummheiten anstellt", sagte er zu Rans. „Sag uns Bescheid, wenn wir reinkommen können."

Obwohl die Nachmittagsluft schwül war, zitterte ich wie Espenlaub. Umgeben von Vampiren hätte ich mich in einer Million Jahren nicht befreien können und ich fühlte mich schuldig, weil ich es nicht einmal versuchte. Rans nickte und ging, kehrte zu dem baufälligen Gebäude zurück und verschwand im Inneren. Ich hielt mich an der Kante der Stufe fest, auf der ich saß und kratzte mit meinen Fingernägeln über den rauen Beton.

„Ich muss es wissen", sagte ich panisch. „Ich muss wissen, ob es ihm gut geht."

Leonides zog mich an seine Seite und hielt mich fest, während ich vor Angst zitterte. Zorah hatte keinen Platz mehr neben uns, aber sie kniete sich auf die Stufe unter uns, umfasste mein Knie und rieb ihre Daumen beruhigend hin und her.

Die Minuten vergingen wie in Zeitlupe. Ein kleiner, verzweifelter Teil von mir wollte Leonides bitten, es noch einmal zu versuchen, mich zu hypnotisieren, aber ich wusste genau, dass es dieses Mal nicht funktionieren würde. Magie wirbelte in mir auf, sickerte nach außen und wirbelte den Staub wie kleine Wirbelstürme auf.

Gerade als ich dachte, ich würde es nicht mehr aushalten und komplett in den Psychopathen-Modus verfallen, tauchte Rans wieder auf. Ich sprang auf, und die anderen ließen mich gewähren. Diesmal hielt mich Rans nicht auf, als ich die letzten Stufen der Treppe hinauf sprintete – ich nahm zwei auf einmal. Ich rannte an ihm vorbei, ohne langsamer zu werden, stoppte kurz bevor ich den Unterschlupf betrat und hielt mich am Türrahmen fest.

Mein Blick fiel zuerst auf Albigard und die Hand, mit der er sich das lange, hellblonde Haar aus dem Gesicht strich. Es fiel ihm über die Schulter und enthüllte die grimmige Miene, die Rans' ähnelte, als er uns vorhin auf der Treppe entgegenkam.

Ich schnappte nach Luft und sah mich hektisch im Zimmer nach Jace um. Mein Sohn kauerte regungslos an der Wand, ein paar Meter von der Tür entfernt. Ich hatte ihn beim Eintreten gar nicht bemerkt. Seine Arme waren um seine angewinkelten Beine geschlungen und ich konnte sein Gesicht nicht sehen, da es in seinen Knien vergraben war.

„Jace?", fragte ich unsicher.

Der Moment zog sich endlos in die Länge. Jace' Schultern hoben und senkten sich, während er tief durchatmete. Kurz bevor ich zu dem Schluss kam, dass ich keine weitere Sekunde der Ungewissheit mehr ertragen konnte, sah er mit blutunterlaufenen Augen zu mir auf.

„Mom?" Seine Stimme bebte und ließ ihn unfassbar jung klingen.

Meine Hand flog hoch und bedeckte meinen Mund, um das Schluchzen zu unterdrücken, das mir entweichen wollte. Im nächsten Moment fiel ich neben ihm auf die Knie, und er lag in meinen Armen.

„Ich bins. Ich bin es wirklich, Baby", flüsterte ich in sein dunkles Haar und drückte ihn an mich, als ob er jeden Moment verschwinden könnte.

Wir wiegten hin und her und als sein Beben in stille Tränen überging, konnte ich nicht mehr sagen, wer von uns beiden die Bewegungen kontrollierte. Dann bemerkte ich eine Bewegung im Raum. Ich blickte auf und sah, wie Albigard aus der Tür schlich, sie hinter uns schloss und uns allein zurückließ. Jace' Tränen durchnässten mein Oberteil und hinterließen einen warmen, sich langsam ausbreitenden Fleck. Ich hielt meinen Sohn im Arm, während er lautlos weinte, und versuchte, mich an das letzte Mal zu erinnern, als ich ihn so auseinanderfallen gesehen hatte. Vielleicht, als sein Grandpa – Richards Dad – gestorben war.

Ich versuchte, ihn durch leises Brummen zu beruhigen und genoss seine Umarmung und den Klang dieses einzigen gebrochenen Wortes.

Mom.

Schließlich beruhigte er sich und löste sich aus unserer Umarmung. Er wandte sein Gesicht ab und wischte sich über die Wangen, was nicht viel brachte. Dann war er wieder mein verlegener Teenager, dem seine Eltern bereits peinlich waren. Sein gewohntes Verhalten beruhigte mich mehr als alles andere. Ich legte eine Hand auf seine Schulter und drückte sie leicht.

„Bist du verletzt?", fragte ich heiser. „Brauchst du irgendetwas?"

Er schüttelte den Kopf und wich meinen Blicken weiter aus.

„Es tut mir so leid, Jace", sagte ich und zwang mich, ruhig zu bleiben. „Ich schwöre dir, ich habe nie aufgehört, dich zu suchen. Bitte glaube mir das."

Unter meiner Hand konnte ich spüren, wie seine schlaksige Gestalt zitterte. „Sie sagten mir, dass niemand meinetwegen kommen würde."

Mütterliche Wut dehnte meine Brust, und ich stand kurz vor der Explosion. Wenn in der Waschwanne im anderen Zimmer Wasser gewesen wäre, hätte es wahrscheinlich gedampft.

„Sie haben dich angelogen", sagte ich ernst.

Das genügte, um ihn dazu zu bringen, mir in die Augen zu sehen. „Sie *können nicht* lügen."

Ich legte meine Hand an seine Wange und hielt ihn sanft davon ab, wieder wegzuschauen. „Und trotzdem sind wir gekommen. Wir haben dich gerettet."

Er schluckte hörbar und sein Adamsapfel wippte. „Das Mädchen im Lager ... welches mir deine Halskette gegeben hat ..."

Ich nickte. „Ja, das war ich. Albigard hat mich mit einem Schimmer belegt. Ähm, das bedeutet, er hat mein Aussehen verändert, damit wir uns hineinschleichen konnten."

Entsetzen verzerrte seine Gesichtszüge. „Oh, Gott. Und ich ... ich habe ..."

Die Erinnerung an seinen Verrat ließ meinen Atem ins Stocken geraten. Ich schob es sofort beiseite – es war nicht mehr wichtig.

„Ja, du hast ein Jahr lang Hausarrest", neckte ich ihn.

Er kniff die Augen zusammen und gab einen Laut von sich, der eine Mischung aus einem Lachen und einem Schluchzen war. Ich umarmte ihn wieder, und er ließ mich gewähren. Nach einem langen Moment zog ich ihn an den Schultern zurück und hielt ihn fest. Er tastete nach der Kette mit Mabels Anhänger, die jetzt sichtbar geworden war, nahm sie ab und reichte sie mir wortlos.

„Danke", sagte ich, ohne zu erwähnen, dass ich vorhatte, sie ihm zu schenken, sobald er gelernt hatte, seine Kräfte zu kontrollieren. „Also. Lass uns reden. Du wurdest in Sachen Fae ins kalte Wasser geworfen. Soweit ich es einschätzen kann, ist Albigard in Ordnung. Er hat uns geholfen, auch wenn es aus Eigennutz war. Vampire existieren tatsächlich, und sie sind auch ... ziemlich cool, um ehrlich zu sein. Einer von ihnen ist mein Ex-Boss aus dem Vixens Den."

Ich hatte nicht vor, ihm irgendwas über meine Beziehung zu Leonides zu erzählen. Nicht in diesem Moment.

„Die beiden anderen sind gute Freunde", fuhr ich fort. „Unterm Strich würde ich sagen, kannst du ihnen vertrauen. Wenn sie dir sagen, du sollst etwas tun, dann tu es. Denk nicht einmal darüber nach." Ich atmete tief durch. „Und jetzt kommt der Teil, der Grandma und Grandpa einen Herzinfarkt bereiten würde. Dämonen sind auch real. Es gibt einen, der uns zu helfen scheint – jedenfalls so gut er kann. Sein Name ist Nigellus, und er hat einen ... Diener, würde man wohl sagen, einen Menschen namens Edward. Edward hat die gleichen magischen Fähigkeiten wie du, und wir versuchen, ihn hierherzubringen, damit er uns helfen kann, dieses Chaos zu handeln. Doch nicht alle Dämonen sind auf unserer Seite. Und die meisten von ihnen scheinen sich nicht einmischen zu wollen."

Jace sah mich mit großen Augen an.

„Bist du sicher, dass ich nicht immer noch halluziniere?", fragte er schließlich.

„Das wäre schön, oder?", sagte ich halb im Scherz, und er atmete überwältigt aus. „Bist du bereit, von hier zu verschwinden, Baby? Wir haben ein Hotel mit Bad gebucht, wo keine Toten in den Wänden verwesen. Ich für meinen Teil wäre viel lieber dort als hier."

„Ja", sagte Jace leise.

Ich nickte. „Ich warne dich. Wenn wir uns etwas eingelebt haben, müssen wir ausführlich darüber reden, was passiert ist, und die anderen werden alles wissen wollen, woran du dich von der Osterinsel erinnern kannst."

Jace hielt einen Moment inne, bevor er flüsterte: „Okay."

Ich erhob mich, aber meine Beine drohten unter mir nachzugeben. „Gut. Lass uns irgendwo hingehen, wo das Nachtleben besser ist. Dieser Ort ist völlig tot."

Jace ergriff meine Hand und rappelte sich hoch. „So schlechte Witze machst du nur, wenn du dir über etwas Sorgen machst, Mom."

„Wir haben alle unsere Bewältigungsmechanismen, Baby", sagte ich. „Schlechte Witze sind mein Metier, also mach sie nicht schlecht, bevor du es ausprobiert hast."

KAPITEL ACHT

WÄHREND SICH UNSERE KLEINE GRUPPE um das Mietauto versammelte, warf Leonides Albigard einen fragenden Blick zu. „Willst du wirklich laufen? Es sind fast sechzehn Kilometer bis zum Hotel."

„Ich werde ungefähr in zweieinhalb Stunden zu euch stoßen", antwortete Albigard. „Ich muss einen klaren Kopf bekommen. Außerdem bin ich nicht in der Stimmung, dein hypermodernes Auto vor meiner Aura zu schützen."

„Ist es sicher für dich, so allein hier draußen umherzulaufen?", konnte ich mir nicht verkneifen zu fragen. „Was ist, wenn die Unseelie dich irgendwie aufspüren?"

Der Blick, den er mir schenkte, triefte nur so vor Fae-Verachtung. „Du hast schon genug Sorgen, ohne neue zu erfinden, Adept."

Ich ließ es auf sich beruhen. „Was immer du sagst."

Er lief ohne einen weiteren Kommentar los, und wir anderen stiegen in die Limousine ein. Leonides fuhr wieder, und Rans war seine Beifahrerprinzessin. Anscheinend versuchten sie, den am wenigsten einschüchternden Vampir zusammen mit Jace auf den Rücksitz zu verfrachten.

Fünf Minuten später offenbarte sich jedoch der Fehler in diesem Plan.

Mein vierzehnjähriger Sohn *sabberte* nicht, aber er starrte Zorah definitiv mit offenem Mund an. Denn meine tolle Vampirfreundin … war auch ein Sukkubus. Ich klatschte mir die Hand vors Gesicht, unfähig, es mir zu verkneifen.

Zorah deutete auf ihr Gesicht. „Augen hoch, Soldat", sagte sie und klang dabei leicht amüsiert. „Du solltest wissen, dass mein Freund siebenhundert Jahre alt ist. Und Reißzähne besitzt."

Wie aufs Stichwort sah Rans zu uns nach hinten und ließ einen spitzen Eckzahn aufblitzen. In seinem eisblauen Blick schimmerte ein Hauch von Humor. Jace errötete augenblicklich.

„Zorah ist zum Teil ein Sukkubus, Baby", sagte ich, weil es keinen Sinn ergab, um den heißen Brei herumzureden. „Das ist eine … eine besondere Art von Dämon. Sie neigen dazu, diese Wirkung auf Menschen zu haben. Es ist nicht real, aber es ist trotzdem unhöflich, sie anzustarren."

Zorah richtete ihren funkelnden Blick auf mich. „Hey … ich bin *sehr* real, vielen Dank. Ich bin nur kein Mensch. Mach dir keine Sorgen, Jace – ich bin daran gewöhnt."

„Tut mir leid", murmelte Jace trotzdem, seine Wangen brannten noch immer und sein Blick war fest auf die Kopfstütze des Beifahrersitzes gerichtet.

Die Fahrt zum Hotel dauerte nicht lang. Es war eine große Erleichterung, als wir sicher in unseren jeweiligen Zimmern untergebracht waren. Jace stöhnte fast vor Vergnügen, als er die Dusche und die bereitgelegten, sauberen Klamotten sah. Danach überredete ich ihn, ein Nickerchen zu machen, während wir darauf warteten, dass uns Albigard einholte, damit wir unsere Krisensitzung abhalten konnten.

Ich bestellte uns etwas beim Zimmerservice und meine Reaktion auf die Aussicht auf anständiges Essen ähnelte Jace', als er das Badezimmer und die neuen Klamotten gesehen hatte. Der Kontrast zwischen dem Vier-Sterne-Hotel und der unsäglichen Armut, die wir gerade verlassen hatten, war ernüchternd. Ich bekam einen schweren Fall von kulturellem Trauma. Allerdings war auch klar geworden, dass ich meine Abneigung dagegen, das Geld anderer Leute anzunehmen und auszugeben, überwunden hatte. Ich hatte keine Ahnung, was *Lomo Saltado* war, aber auf dem Foto sah es so aus, als ob es sich um Pommes handelte. Und um Gottes willen, ich wollte mich darin baden und alles andere auf der Speisekarte in mich hineinstopfen, das gut aussah.

Das Essen kam etwa zehn Minuten vor Albigards Eintreffen an. Der himmlische Geruch hatte meinen hungrigen Teenager aus dem Schlaf gerissen, der mit zerzausten Haaren und müden Augen schon eine halbe Portion verspeist hatte, als ein zweites Klopfen ertönte.

Ich sah durch den Türspion, öffnete die Tür und ließ die drei Vampire und die Fae herein. Albigard wirkte völlig unversehrt und ganz und gar nicht wie jemand, der gerade sechzehn Kilometer durch eine unbekannte Stadt gelaufen war.

Jace erstarrte mit der Gabel kurz vor seinem Mund, als die vier eintraten, aber Zorah winkte ihm freundlich zu und ließ sich auf eines der Betten fallen, um es sich am Kopfteil bequem zu machen.

„Kümmert euch nicht um uns", sagte sie. „Wir haben schon gegessen."

Ich versuchte erfolglos, in ihre Aussage nicht hineinzuinterpretieren und hoffte, dass sie dem Hotelpersonal, das sie wahrscheinlich ausgenuckelt hatten, wenigstens ein großzügiges Trinkgeld hinterlassen hatten.

Albigard schnüffelte an der Luft und richtete seine Aufmerksamkeit auf die zweite Schüssel, die ich nach ein paar Bissen stehengelassen hatte, als ich feststellte, dass das Essen viel zu scharf für mich war.

„Ich hingegen habe noch nichts gegessen", sagte die Fae. „Darf ich? Frische Nahrungsmittel sind auf dieser gottlosen Erde schwer zu finden."

„Natürlich", sagte ich schnell und dachte, dass es ein gutes Zeichen für die Qualität des Hotelrestaurants sein musste, wenn die wählerische Fae von sich aus fragte.

Er nahm die Schüssel, lehnte sich an die Wand und pickte mit den Fingern den in Limette marinierten Fisch und die Jalapeños heraus. Als eine Mutter wollte ihn warnen, dass er sich danach besser nicht die Augen reiben sollte, denn diese Jalapeños waren *scharf*. Ich konnte den Drang allerdings erfolgreich unterdrücken.

Rans saß auf der Bettkante neben Zorah, während sich Leonides in der Nähe der Tür einen Platz gesucht und die Arme verschränkt hatte. Ich setzte mich auf den verbleibenden der beiden Stühle im

Raum – Jace hatte auf dem anderen Platz genommen.

„Also, Zeit für eine Strategiesitzung?", fragte ich und betrachtete die Pralinen auf dem Tisch neben mir, um zu entscheiden, ob ich dafür noch Platz hatte. Ich zog die Schachtel näher zu mir und beschloss, dass ich nach der Woche, die ich hinter mir hatte, Platz dafür *schaffen* konnte.

„Definitiv", bestätigte Leonides nickend.

Jace hielt einen Moment lang inne, bevor er die Schale langsam von sich wegschob. Es schien ihm immer noch schwerzufallen, jemandem in die Augen zu sehen.

„Also ... äh ... ich nehme an, ihr wollt wissen, was mit mir passiert ist", begann er.

„Das wäre hilfreich", sagte Rans. „Warum fängst du nicht von vorne an, als du ins Flugzeug nach El Paso eingestiegen bist?"

Jace holte tief Luft. Sein Blick huschte zu Albigard und dann weg, aber irgendwie störte mich die kleine Geste nicht mehr. „Ich würde ja", sagte er, „aber es ist alles sehr verschwommen. Ich war im Flugzeug, und dann ... war ich nicht mehr drin. Ich kann mich nur an nutzloses Zeug erinnern, zum Beispiel daran, dass die Decke des Zimmers, in dem sie mich anfangs festhielten, einen Riss hatte. Und ... na ja ... ich bin mir ziemlich sicher, dass ich mich auf den Typen übergeben habe, der mich aus dem Flugzeug geholt hat."

„Das war gut", sagte Zorah anerkennend. „Ich wette, *das* hat ihn wütend gemacht. Und mach dir nichts draus. Ich habe auch fast mein Mittagessen verloren, als ich das erste Mal durch ein Fae-Portal gegangen bin."

Albigard warf ihr einen verärgerten Blick zu und aß dann weiter seinen Fisch. „Jetzt weiß ich deine Selbstbeherrschung im Nachhinein zu schätzen."

Sie grinste ihn an.

„Und was ist danach passiert, Jace?", erkundigte sich Leonides. „Du erinnerst dich sicher noch an mehr aus der Zeit, als du auf der Insel warst."

Er nickte und wurde blass ums Gesicht. „Ja ... ähm. Ich erinnere mich an die Statuen, als wir das erste Mal ankamen. Ich war mit einer Gruppe unterwegs – wir waren fünf, aber drei der Kinder waren noch sehr jung. Sie fingen an zu weinen, als sie diese großen steinernen Gesichter sahen, die auf uns herabstarrten. Die Wachen sagten ihnen, sie sollten damit aufhören, und ... sie taten es. Es war, als ob ein Schalter in ihnen umgelegt worden wäre. Sie verstummten einfach so. Egal, die Wachen brachten uns in die alte Sporthalle und stellten uns eine Menge Fragen. Aber wir haben nur das geantwortet, von dem wir dachten, dass es sie glücklich macht, versteht ihr?"

Ein kalter Schauer überkam mich.

„Ja, Jace", sagte Zorah ruhig. „Wir verstehen das. Erzähl weiter. Was wollten sie von dir und den anderen Kindern wissen?"

Jace atmete tief durch. „Es war seltsam. Die Hälfte der Zeit bauten sie uns auf, erzählten uns, wie überlegen wir waren und wie schwach der Rest der menschlichen Rasse ist. Und den Rest der Zeit auf der Insel haben sie uns niedergemacht. Sie sagten uns, dass sie unsere Meister seien und dass wir die Aufmerksamkeit, die wir bekamen, nicht verdienten."

Ich schloss für einen Moment die Augen und kanalisierte die kalte Wut in meinem Inneren durch den Granatanhänger um meinen Hals, damit sie nicht entweichen und Chaos anrichten konnte.

„Was ist mit dem Magie-Unterricht?", fragte ich vorsichtig. „Haben sie sich auf bestimmte Aspekte konzentriert? Haben sie dir gesagt, warum sie dir das beibringen?"

Jace fuchtelte mit seiner Serviette herum. „Sie sagten uns, dass es an uns läge, den Planeten zu retten, auch wenn die meisten Menschen wertlos seien. Sie sagten, wir seien wahrscheinlich ein hoffnungsloser Fall, aber sie wären großzügig und würden uns eine Chance geben, uns zu beweisen." Er schluckte. „Die Älteren von uns konnten nicht viel ausrichten, aber einige der kleinen Kinder wurden richtig stark. Es war wie ein Spiel für sie."

Das war etwas, das ich nicht bedacht hatte. Ehrlich gesagt hatte ich angenommen, weil Jace sowohl Lebensmagie als auch Elementarmagie beherrschte, dass er der Mächtigste von allen war.

„Du scheinst aber eine kleine Fangemeinde unter den anderen angehäuft zu haben", bemerkte ich.

Er errötete. „Nur weil ich der Spinner war, der ein bisschen von beiden Arten der Magie beherrschte. Die Ausbilder haben immer wieder darauf hingewiesen. Ich glaube, sie waren nachsichtiger mit mir, weil sie hofften, ich würde plötzlich zu einer Art Superzauberer werden."

„Haben deine Entführer von der Existenz des Anhängers deiner Mom erfahren, während du ihn hattest?", fragte Albigard.

„Die Halskette?", sagte Jace und klang verwirrt. „Nein, ich glaube nicht. Sie hat ein bisschen geflackert, aber wenn sie in der Nähe waren, war sie meistens unsichtbar. Warum?"

„Weil ich langsam glaube, dass die Unseelie auf der Osterinsel nichts von der menschlichen Fähigkeit wissen, ihre natürliche Magie durch die Verwendung eines fokussierenden Artefakts zu verstärken." Albigard stellte seine leere Schüssel beiseite und begann, im Raum auf und ab zu gehen. „Wenn das so ist, könnte das für uns nützlich sein."

„Oh?", sagten Rans und Leonides fast gleichzeitig.

„Was ist ein fokussierender Gegenstand?", fragte Jace leise.

Um das zu demonstrieren, ließ ich die Wut, die ich in mir aufgestaut und durch den Anhänger kanalisiert hatte, erst heiß und dann kalt werden und deutete mit der Hand auf Jace' Wasserglas. Der Inhalt stieg in einer Wolke auf und gefror augenblicklich zu einer Eisskulptur.

Jace starrte es an und sah dann zu mir. „Was zum …? Mom! Hast du … das gerade getan?"

„Ich bin anscheinend die 'Elementarmagie'-Hälfte deiner Genetik", entgegnete ich. „Das ist eine lange Geschichte, aber glaub mir, das ist ein Riesending." Ich hob die Halskette an. „Das Wichtigste ist jedoch, dass ich ohne das hier ziemlich nutzlos bin."

Obwohl Vampirblut auch gut funktioniert, fügte ich mental hinzu.

Mein Sohn starrte mich ungläubig an, während er sichtlich zwei und zwei zusammenzählte. „Und ... Dad?"

Ich holte tief Luft und versuchte zu entscheiden, wie ich auf die ziemlich offensichtliche Folgefrage antworten sollte. „Nun ja ... was das angeht. Er ist –"

Albigard erstarrte abrupt und drehte sich zur Tür.

„Was ist?", fragte Rans, und alle Vampire sprangen auf.

„Nigellus' Sklave ist angekommen", sagte Albigard. „Interessant."

Ich war mir nicht sicher, ob *Sklave* ein Fortschritt gegenüber *Rumpelstilzchen* war. Als ein zügiges Klopfen ertönte, erhob ich mich, um zur Tür zu gehen und mich durch den Türspion zu vergewissern, dass es wirklich Edward war.

Er war es.

„Gott sei Dank", sagte ich, als ich ihn hereinließ.

Seine buschigen Augenbrauen hoben sich. „Gott hat nichts mit meinem Erscheinen zu tun, meine Liebe."

„Das ist egal, solange du hier bist", sagte ich und umarmte ihn. Er klopfte mir auf den Rücken.

„Hallo, alle zusammen", sagte er, als ich ihn wieder losließ. „Ah! Und du musst Vonnies Sohn sein. Wie geht es dir? Ich bin Edward."

„Hey", sagte Jace unsicher. „Ähm ... es ist schön, dich kennenzulernen?"

„Du kommst genau zur rechten Zeit", sagte Leonides zu Edward. „Wir haben gerade die nächsten Schritte besprochen. Komm rein und mache es dir bequem."

Ich zeigte auf den Stuhl, den ich gerade frei gemacht hatte. „Es ist noch Essen da. Kann ich dir etwas bringen?"

„Nein, nein, meine Liebe. Mir geht es gut, danke." Er setzte sich hin. „Bringt mich auf den neuesten Stand, bitte."

Daraufhin rekapitulierten wir die Ereignisse, seit wir ihn das letzte Mal gesehen hatten. Edward hörte aufmerksam zu, nickte zu angemessenen Zeiten und warf gelegentlich eine sachdienliche Frage ein. Jacc beobachtete den Austausch mit großen Augen, und mir wurde zu spät klar, dass das alles auch für ihn neu sein musste. Glücklicherweise waren die anderen nicht auf die grausigen Details der Geschehnisse eingegangen. Als wir jedoch zu den Ereignissen in St. Louis kamen, drehte er sich mit schockierter Miene zu mir um.

„Das ganze *Gebäude* ist eingestürzt? Während du *drinnen* warst?"

„Ja", bestätigte ich. „Null von zehn Sternchen ... ich würde es nicht weiterempfehlen. Aber wie du sehen kannst, geht es uns gut. Und wie ich schon sagte, Vampire sind fantastisch."

„Du bist eindeutig eine Frau mit Geschmack", sagte Rans und lockerte damit die Stimmung auf. „Das habe ich schon die ganze Zeit gesagt."

Ich versuchte, nicht an die Mieter im Gebäude zu denken, die es nicht rausgeschafft hatten, und zwang mich, in gleicher Weise zu antworten.

„Endlich sieht mich jemand so, wie ich wirklich bin", sagte ich leichthin und fuhr mit dem Rest der Geschichte fort.

Als wir fertig waren, lenkte ich meine Aufmerksamkeit auf Edward. „So, jedenfalls sind wir jetzt da angelangt, wo wir gerade stehen. Die Frage ist, wie geht es jetzt weiter?"

Leonides unterbrach die anschließende Stille. „Wir brauchen einen sicheren Stützpunkt, damit wir nicht ständig vor den Fae auf der Hut sein müssen. Danach brauchen wir eine Strategie, wie wir es mit einer Gruppe aufnehmen können, die den menschlichen Verstand beugen kann und ihre Krallen in jede Ebene der Weltregierung geschlagen hat."

Die darauffolgende Pause war beunruhigend. Schließlich unterbrach sie Albigard.

„Wenn man sich die Dämonen vom Hals halten will, versteckt man sich am besten inmitten eines Ozeans voller Salzwasser. Wenn man die Fae entmutigen will ..."

„Braucht man Eisen", fiel mir spontan ein.

„Extrem große Eisenmengen, die über ein großes Gebiet verteilt sind", fügte Edward nachdenklich hinzu.

Wieder herrschte Stille. Dann sagte Jace: „Wir sind in Südamerika, richtig?"

„Ja", antwortete Leonides. „Peru, um genau zu sein."

„Wir hatten im Wirtschaftsunterricht eine Lektion über industriellen Bergbau", sagte Jace zögernd. „Eines der größten Eisenerzvorkommen der Welt befindet sich in Brasilien."

Der Rest von uns starrte einander an, während sich die Möglichkeiten vor uns ausbreiteten.

„Die Carajás-Mine", sagte Leonides. „Ja, *natürlich*. Mein Gott. Bis vor ein paar Jahren besaß ich Aktien von dieser verdammten Mine. Da liegen achtzehn Milliarden Tonnen Eisenerz in einem großen Klumpen unter einem Nationalpark. Albigard, könnte das funktionieren?"

Albigard sah nicht erfreut aus, aber er sagte: „Vielleicht. Es würde die von den Fae kontrollierten Menschen nicht daran hindern, sich zu nähern, aber die Unseelie müssten erst Kenntnis davon haben, dass wir uns dort befinden."

Mir entging sein säuerlicher Gesichtsausdruck nicht. „Aber was ist mit dir? Was würde es mit dir machen?", fragte ich und überlegte, ob er überhaupt in der Lage sein würde, mit uns an einen solchen Ort zu kommen.

Sein Mund verzog sich vor Abscheu. „Es würde meine Magie auf null reduzieren und mich sehr schwächen. Ich wäre kaum stärker als ein Mensch."

Rans verschränkte die Arme. „Oh, das wäre der Horror."

Albigard starrte ihn an. „Vielleicht sollten wir uns danach in einer Silbermine verstecken."

„*Jungs*", sagte Zorah scharf. Zu meiner Überraschung gaben beide nach. „Jace, das ist ein toller Vorschlag. Guthrie ... können wir das arrangieren? Gibt es so etwas wie ein Dorf oder eine Stadt über den Eisenvorkommen, wo wir bleiben könnten?"

„Es muss Unterkünfte für die Minenarbeiter geben", sagte Leonides. „Ich kümmere mich darum, sobald wir hier fertig sind."

„Edward, kommst du mit uns?", fragte ich und hoffte verzweifelt, dass er zustimmen würde. „Wir brauchen jemanden, der Jace bei seiner magischen Ausbildung hilft. Es sei denn ... blockiert das Eisenerz auch die menschliche Magie?"

„Ich werde euch begleiten, Vonnie", antwortete Edward. „Ich habe es dir schon einmal gesagt – wir magischen menschlichen Außenseiter müssen zusammenhalten. Und obwohl uns so viel Eisen ein wenig schwächen könnte, wird es unsere Magie nicht so beeinträchtigen, wie die unserer Fae-Freunde."

„Cool", sagte Zorah. „Dann gehen wir wohl nach Brasilien?"

„Sieht so aus", stimmte ich zu und fragte mich zum hundertsten Mal, was aus meinem Leben geworden war, seit ich vor ein paar Monaten in den Nachtclub gestolpert war, der zufällig einem Vampir gehörte.

KAPITEL NEUN

LEIDER HATTE NIEMAND ERWÄHNT, dass die kleine Stadt Carajás in Brasilien knapp fünftausend Kilometer von Lima entfernt lag. Die anderen hatten nicht vor, kommerziell zu fliegen – auch nicht mit gefälschten Pässen, und ich konnte es ihnen nicht verdenken. Mit dem Auto zu fahren war auch keine gute Option, da man dafür internationale Kontrollpunkte an den Grenzen passieren musste. Die Vampire hätten die Soldaten hypnotisieren können, aber wenn zufällig irgendwelche Fae-Agenten in der Nähe waren, wären wir aufgeschmissen.

Schließlich reisten wir mit Albigard – alle außer Edward – entlang der Kraftlinien zu einer antiken Ruhestätte namens Teso Dos Bichos, die auf der brasilianischen Insel Marajó im Amazonasdelta lag. Wir kamen inmitten eines Komplexes von Grabhügeln an, die den Eindruck erweckten, dass wir uns mitten im Nirgendwo befanden, doch ein Feldweg in der Nähe verbreiterte sich schnell zu einer richtigen Straße. Von dort aus führte uns eine einstündige Wanderung in eine dünn besiedelte ländliche Gegend, in der es mehr Wasserbüffel als Menschen zu geben schien.

Von dort aus überredete Rans einen Bauern, uns zu einem Hafen zu fahren, was uns wiederum über das Delta in eine richtige Stadt, mit Hotels, Geschäften, Restaurants und Autovermietungen brachte. Im Gegensatz zu Lima war Belém nur sechshundert Kilometer von unserem endgültigen Ziel entfernt und erforderte keine Grenzüberschreitung. Zum Leidwesen meines Steißbeins verzichteten wir auf einen ordentlichen, modernen Mietwagen und nahmen stattdessen einen uralten Land Rover, den Albigard nicht versehentlich mit seiner Aura braten konnte.

Das Ding war unglaublich unbequem, und ich verbrachte die meiste Zeit der Reise damit, mir zu wünschen, ich hätte Edward überreden können, Jace und mich mitzunehmen. Er hatte nur gesagt, dass er uns im Hotel Cedéra in Carajás treffen würde, was wohl bedeutete, dass er per dämonischer Mitfahrgelegenheit reisen würde.

Im Gegensatz dazu hätte uns Albigard, selbst wenn er Carajás schon einmal besucht hätte, wegen des Eisenerzes in der Gegend nicht einschleusen können. Und das war auch der Sinn der ganzen Übung, dachte ich. Wenn er es nicht tun konnte, konnte es auch keine andere Fae. Das bedeutete jedoch, dass wir auf schlecht ausgebauten Straßen fahren und uns die meiste Zeit der dreizehnstündigen Fahrt anhören mussten, wie Rans und Albigard kabbelten.

Als wir uns unserem Ziel näherten, wurde Albigard immer schweigsamer. Er gehörte zu der Sorte, die immer stiller wurden, je schlimmer die Dinge schienen. Als er mit dem Meckern und Jammern aufhörte und Rans' verbale Sticheleien ignorierte, wussten wir, dass es wirklich schlimm war. Tatsächlich zeigten meine gelegentlichen Blicke auf ihn, dass sein normalerweise goldener Teint zu Porzellan verblasst war und seine Kiefermuskulatur vor Anspannung hervortrat.

Ich war nicht die Einzige, der das auffiel.

„Geht es dir gut?", fragte Jace leise vom Rücksitz aus. „Tut es weh?"

„Es ist nichts, worüber du dir Sorgen machen müsstest", antwortete die Fae monoton.

Die gleichgültige Reaktion wäre vielleicht überzeugender gewesen, wenn ich nicht zuvor gesehen hätte, wie er seine eigene Kreuzigung überstand, während er von riesigen Dornen aufgespießt wurde. Wie dem auch sei, schließlich machten wir im unerbittlichen Grün des tropischen Waldes eine Pause. Zu unserer Linken öffnete sich die Bergbaustadt Carajás, die in einem bescheidenen, von den Bäumen geprägten Tal lag. Es waren viele identische Vorstadthäuser und Doppelhaushälften sowie eine Handvoll verschiedener anderer Gebäude und Geschäfte zu sehen. Das Hotel Cedéra war in der Nähe der zweispurigen Schnellstraße gebaut worden, die laut Karte die einzige Straße war, die in die Stadt führte – und an ihr vorbei zu der dahinter liegenden riesigen Eisenmine.

Edward wartete, wie versprochen, im Hotel auf uns und schlürfte bereits einen Cocktail an der kleinen Bar. Er schaute auf, als wir eintraten.

„Ich hoffe, es war nicht zu vorschnell", sagte er. „Aber ich habe die Initiative ergriffen, ein ländliches Grundstück außerhalb der Stadt zu erwerben. Ich glaube, dass es für unsere Zwecke besser geeignet ist als ein besiedeltes Gebiet wie dieses."

„Gute Entscheidung", sagte Leonides.

Das war vernünftig gewesen, da wir vermutlich mit Magie um uns werfen würden, wenn Edward mit Jace' Training begann. Ich hoffte nur, dass das nicht bedeutete, dass wir wieder auf Latrinengruben und ungenießbares Wasser angewiesen waren.

„Wenn ihr bereit seid, können wir gehen", sagte Edward. „Ich habe ein Auto; ich werde euch den Weg zeigen."

„Müssen wir nicht erst Vorräte besorgen?", fragte ich und konzentrierte mich auf die praktischeren Angelegenheiten. „Oder gibt es dort bereits Lebensmittel und andere Dinge?"

Edwards Augen funkelten, als ob er sich über irgendetwas ziemlich selbstgefällig fühlte. „Oh, ja, meine Liebe. Man könnte sagen, dass das Haus *ziemlich* gut ausgestattet ist."

Wir folgten Edward zu einem schnittigen kleinen Roadster, der auf dem Parkplatz stand und aussah, als wäre er einem Bond-Film aus den Sechzigerjahren entsprungen. Weder Rans noch Leonides konnten ihre anerkennenden Blicke verbergen. Er *war* ziemlich cool und nicht das, was ich von Edward erwartet hätte, wenn ich ehrlich war. Jace erklärte ihn für *„Dope"*, und Edward bot sofort an, ihn darin mitfahren zu lassen.

Mein Sohn warf mir einen flehenden Blick zu, und ich nickte zustimmend. „Nur zu, Baby. Viel Spaß."

Ich war mir nicht sicher, was es über mich aussagte, dass ich keinerlei Skrupel hatte, meinen Sohn einem älteren Mann anzuvertrauen, der seine Seele an einen Dämon verkauft hatte. Obwohl ich, um fair zu sein, auch keinerlei Bedenken hatte, meinen Sohn einem Haufen Vampire mitzugeben. Zu sagen, dass die Welt komplizierter war, als ich einst geglaubt hatte, wäre noch milde ausgedrückt.

In diesem speziellen Fall sollte Edward in Kürze Jace' Ausbildung in Magie übernehmen. Wenn ein Oldtimer-Sportwagen den Weg für ihre zukünftige Kooperation ebnete, würde ich ihnen nicht im Weg stehen. Wir anderen stiegen in den Rover, um ihnen zu dem abgelegenen Haus zu folgen, das Edward für uns besorgt hatte.

Eine halbe Stunde später stellten wir fest, dass es … kein Haus war.

Als wir ankamen, war ich überrascht gewesen, dass es in Carajás einen zoologischen Garten gab, der sich auf der gegenüberliegenden Seite der Schnellstraße befand und zum großen Teil vom Grün des brasilianischen Waldes verdeckt war. Das hätte mein erster Hinweis darauf sein sollen, dass es in dieser Gegend offensichtlich einen regen Tourismus gab. Es ergab Sinn – die Carajás-Mine lag in einem nationalen Waldschutzgebiet und war Teil eines Bewirtschaftungsprogramms für begrenzte Ressourcen. Und die Gegend war zugegebenermaßen landschaftlich sehr reizvoll.

Doch nichts davon bereitete mich auf das vor, was mich am Ende der unscheinbaren Schotterstraße erwartete. Wir fuhren um eine Kurve, und ich blinzelte mehrmals angesichts des Ausblicks, der sich vor uns auftat.

Wieder blinzelte ich und kniff mich in den Arm. Es war immer noch da. „Was … in … aller … Welt."

Rans schnaubte. „Dieser *alte Gauner*. Ich gebe zu, damit habe ich nicht gerechnet."

Leonides zuckte mit den Schultern. „Wenigstens werden wir es bequem haben."

„Ähm … ja." Zorah sah ungefähr so verblüfft aus, wie ich mich fühlte. „Das ist noch milde ausgedrückt."

Es war ein Resort. Vier Sterne, soweit ich sehen konnte. Das Hauptgebäude wies einen modernen architektonischen Stil auf – eine Wand war komplett aus Glas. Im Inneren konnte ich filigrane Stein- und Holzarbeiten sehen, die von eleganten Lampen beleuchtet wurden. Es gab mehrere Nebengebäude, die in einem ähnlichen Stil gebaut waren. Die Verbindungswege spendeten Schatten, und das gesamte Anwesen schien sorgfältig mit bunten Blumen und üppigen tropischen Pflanzen angelegt zu sein.

Der Parkplatz war bis auf Edwards Roadster und unseren Land Rover völlig leer. Ein vertrautes Gefühl der Surrealität überkam mich, als ich einen weiteren Kulturschock bekam.

„Wir … werden hier schlafen?", fragte ich. „Ernsthaft?"

„Sieht so aus", antwortete Leonides. „Das ist ideal. Wahrscheinlich hat Edward die Eigentümer bestochen, damit wir das Resort für die nächsten Wochen für uns allein haben."

„Für manche vielleicht", grummelte Albigard, der aufgrund der unzähligen Tonnen Eisen unter unseren Füßen ausgesprochen kränklich aussah.

„Wenigstens ist es von viel Grün umgeben", sagte ich mitfühlend. „Das ist doch besser, als in der Stadt festzusitzen, oder?"

„Geringfügig", räumte er ein.

Wir parkten, stiegen aus und luden unser Gepäck aus dem Kofferraum aus. Jace und Edward gesellten sich zu uns, obwohl Jace den Blick nicht von unserem neuen Zuhause abwenden konnte.

„Ich hoffe, das passt allen?", sagte Edward, immer noch mit einem Funkeln in den Augen.

„Haben wir hier Privatsphäre?", fragte Leonides.

„Oh, ja", versicherte ihm Edward. „Zumindest bis die Vorräte an Lebensmitteln und Hygieneartikeln aufgebraucht sind, was eine Weile dauern dürfte."

„Wow. Okay", sagte Jace und sah sich immer noch mit großen Augen um.

Rans hob eine Augenbraue und funkelte den alten Mann an. „Es liegt mir fern, dich zu kritisieren, Edward, aber für sieben Leute scheint das ein bisschen ... groß zu sein. Ich frage mich, ob du weiter vorausgedacht hast, als der Rest von uns."

Edward lächelte ihn wie ein Lehrer an, dessen Schüler einen unerwarteten Moment der Erkenntnis gezeigt hatte. „Nun, Sir, wir *haben* kürzlich über

Logistik gesprochen, wenn wir gegen eine mächtige Gruppe antreten wollen, die Magie einsetzt und Regierungen beeinflusst. Es scheint, als bräuchten wir noch ein paar Verbündete."

Ich starrte ihn einen Moment lang an, als mir etwas, das er erst vor Kurzem wieder gesagt hatte, einfiel. „*Wir magischen menschlichen Außenseiter müssen zusammenhalten*, hast du gesagt. Edward ... weißt du, wie man andere Außenseiter findet, die Magie besitzen? Andere *Menschen*, meine ich?"

Er schmunzelte. „Man lebt nicht so lange wie ich, ohne einige nützliche Kontakte zu knüpfen, meine Liebe."

Die anderen tauschten Blicke aus, während sie über alle Möglichkeiten nachdachten. Leonides begegnete Edwards Blick, sein Ausdruck war intensiv.

„Jetzt kommen wir der Sache schon näher. Von wie vielen Leuten reden wir, Edward?" Er hielt inne und runzelte die Stirn. „Und was ist mit Nigellus? Können wir auf ihn zählen, wenn sich die Situation zuspitzt?"

„Vielleicht ein paar Dutzend Gleichgesinnte, für den Anfang", antwortete Edward. „Und wie Sie bereits wissen, ist es Dämonen verboten, sich in menschliche Angelegenheiten einzumischen, Sir."

Albigard schnaubte spöttisch.

Leonides sah säuerlich drein. „Das glaubt doch keiner, Edward. Zum einen nehme ich an, dass Nigellus das Geld für das Resort vorgestreckt hat, und das ist kein geringer Beitrag."

Edward klang amüsiert, als er sagte: „Oh, ganz und gar nicht, Sir. Ich habe unsere Unterkunft von meinen eigenen bescheidenen Ersparnissen bezahlt, obwohl ich zugeben muss, dass ich mich mit dem Austin-Healy ein bisschen selbst verwöhnen wollte. Es ist eine halbe Ewigkeit her, seit ich so einen gefahren bin."

„Der ist genial", rief Jace.

„Es macht wirklich Spaß darin zu fahren, nicht wahr?", stimmte Edward zu. „Wenn ihr alle keine Einwände habt, werde ich auf jeden Fall einige Leute ansprechen, von denen ich weiß, dass man ihnen vertrauen kann."

Meine Gedanken überschlugen sich, als ich erkannte, was für neue Möglichkeiten sich uns eröffneten. „Edward, was wäre, wenn wir die Eltern der anderen vermissten Kinder aufspüren könnten? Wenigstens einige von ihnen müssen auch Magie besitzen. Sie haben ein Recht darauf, zu erfahren, was passiert ist."

„Und sie wären verdammt engagierte Verbündete", schloss Leonides. „Mein Gott, warum ist mir das nicht eingefallen? Ist das denkbar?"

„Das könnte machbar sein", antwortete Edward nach einer kurzen Pause.

„Ich sag' euch was", sagte Rans trocken in die Runde, und sah dann wieder Edward an. „Wir tun alle so, als wüssten wir nicht, dass Nigellus seit Monaten Informationen über die vermissten Kinder sammelt, und nachher kannst du ihn anrufen, um die Sache zu besprechen, wenn keiner von uns dabei ist."

„Zu solchen Spekulationen kann ich mich unmöglich äußern, Sir", sagte Edward, und zeigte abrupt sein Pokerface.

Zorah blickte zwischen ihnen hin und her. „Okay, wenn das geklärt ist, können wir uns umschauen und einrichten. Es waren ein paar lange Tage, und wir werden heute Abend keinen Krieg mehr gewinnen. Ich denke, wir können uns nach allem, was wir in letzter Zeit durchgemacht haben, einen Moment der Erholung gönnen."

Erleichterung und Erschöpfung trafen mich gleichermaßen, als ich darüber nachdachte, einfach ... *zur Ruhe zu kommen,* und sei es auch nur für ein oder zwei Tage.

„Da stimme ich dir zu", sagte ich. Mit der Aussicht auf etwas Schlaf nahm ich mir einen Moment Zeit, um mich nach Albigard umzusehen. Obwohl er vorher schon blass gewesen war, sah er nun richtig grau im Gesicht aus. „Albigard, kommst du hier zurecht? Gibt es irgendetwas, das du brauchen könntest? Irgendetwas, das dir helfen könnte?"

„Abgeschiedenheit", antwortete die Fae knapp und ging ohne ein weiteres Wort in Richtung eines der vielen frei stehenden Gebäude, die offenbar zusätzliche Gästebetten beherbergten, davon.

Jace sah ihm besorgt nach. Ich nahm mir vor, die Fae so gut wie möglich im Auge zu behalten, auch wenn er Hilfe oder Gesellschaft rundweg ablehnte.

„Wird er es überstehen?", fragte Jace.

Rans stieß einen Atemzug aus. „Er hat mir einmal die Auswirkung von Eisen auf die Fae beschrieben ... meinte, es würde ein Gefühl verursachen, als hätte man einen undurchlässigen Sack über den Kopf gebunden, als wäre man geblendet und würde zugleich ersticken. Ich kann mir nicht vorstellen, dass er einen angenehmen Aufenthalt haben wird, aber solange er sich nicht versehentlich auf einem Eisenstück aufspießt, wird er überleben, um morgen wieder zu meckern."

Mein Sohn sah immer noch besorgt drein, und ich konnte es ihm nicht verdenken. Leider war dies, so problematisch es auch sein mochte, im Moment wahrscheinlich der sicherste Ort für Albigard, genau wie für uns, denn er war bei den Fae noch unbeliebter als wir.

„Okay", sagte ich und ließ es für den Moment auf sich beruhen. „Komm schon, Baby. Lass uns einen kurzen Rundgang machen und sehen, ob wir ein paar Zimmer in der Nähe des Pools finden können."

KAPITEL ZEHN

WIE SICH HERAUSSTELLTE, standen mehrere Zimmer in der Nähe des Pools zur Auswahl. Außerdem gab es einen voll ausgestatteten Fitnessraum, ein Spa, mehrere Whirlpools und einen kleinen, aber feinen Restaurantbereich mit einer voll ausgestatteten Großküche, bei der mir mein Herz schmerzte, wenn ich an Len dachte.

Es war, kurz gesagt, der protzigste Ort, an dem ich mich je aufgehalten hatte ... mit Ausnahme von Leonides' Penthouse, das jetzt in Trümmern lag, aber das war ein Vergleich zwischen Äpfeln und Birnen. Ein Penthouse war ein Zuhause, wenn auch von einer reichen Person. Das Resort war ein Ort, an dem man sich verwöhnen ließ, auch wenn wir in Abwesenheit des Personals selbst für unsere Verwöhnung sorgen mussten. Es fühlte sich eher wie ein Urlaubsort als ein Unterschlupf an.

Edward verschwand in der Küche des Restaurants – wie ein Mann auf einer Mission –, und ich schloss daraus, dass zumindest das Kochen heute Abend abgedeckt war. Ich wählte wahllos ein Zimmer am Pool, da sie alle überaus nobel waren, und bestand darauf, dass Jace eines neben mir nahm. An der Tür umarmte ich ihn, weil er hier in Sicherheit war und ich es endlich wieder tun konnte. Es war seltsam beruhigend, festzustellen, dass seine übliche pubertäre Ablehnung, von seiner Mutter umarmt zu werden, zurückgekehrt war – ein Hauch Normalität in einer Situation, die alles andere als normal war.

Ich ließ ihm ein wenig Privatsphäre, da ich daran zweifelte, dass er in letzter Zeit viel davon gehabt hatte, und ging in das Zimmer, das ich für mich beansprucht hatte. Jedes Zimmer schien in einem anderen Stil eingerichtet zu sein, anders als die beigen Standard-Hotelzimmer, die ich gewohnt war. Überall gab es Kunstwerke, die sorgfältig ausgewählt worden waren, um den jeweiligen Raum zur Schau zu stellen. Die Matratze meines Bettes fühlte sich an, als würde man auf einer Wolke liegen, bedeckt mit frischen, gut riechenden Laken.

So verlockend es auch war, mich hinzulegen und für ein oder zwei Stunden die Augen zu schließen, so beschloss ich doch, dass es nicht fair wäre, die anderen beim Abendessen meinem Gestank auszusetzen, jetzt, da wir wieder laufendes Wasser hatten. Zu sagen, dass die Klimaanlage des Rovers etwas zu wünschen übrig ließ, war eine Untertreibung. Ich stank, und das Badezimmer bot eine atemberaubende Regendusche mit mehreren Köpfen, die mich wie magisch anzogen.

Als ich fertig war, dämmerte es bereits und mein Magen knurrte. Ich zog mich an und holte Jace ab, der den Verlockungen seines bequemen Bettes erlegen war. Der Essbereich des Restaurants wurde vom sanften Licht der herabhängenden Kronleuchter erhellt, und ein Tisch in der Nähe der Küche war für drei Personen gedeckt. Aus dem hinteren Bereich strömten köstliche Düfte in den Raum.

„Edward?", rief ich. „Ich hoffe, es ist fertig, denn es riecht fantastisch."

Edward steckte seinen Kopf aus der Küche und lächelte uns an. „Ja, das ist es. Lasst es mich noch schnell anrichten. Ich bin gleich draußen."

„Er scheint wirklich nett zu sein", sagte Jace leise, nachdem Edward wieder verschwunden war.

Ich klopfte ihm auf die Schulter und deutete auf einen Stuhl am Tisch. „Betrachte ihn einfach als den Dumbledore zu deinem Harry", sagte ich, als wir uns setzten. „Er ist ein wirklich guter Lehrer, und ich möchte, dass du dich so gut wie möglich mit Magie auskennst, bevor … was auch immer passiert."

Er schaute verlegen auf sein Gedeck. „Mom, ich habe es dir doch gesagt. Ich bin nicht sehr gut darin. Ich bin nicht so stark wie die jüngeren Kinder. Ich bin nur ein Freak."

Mit einem Ruck wurde mir klar, dass sich Jace nicht daran erinnern konnte, was er im Lagerhaus in Callao getan hatte. Ich bedeckte seine Hand mit meiner und wartete, bis er mir in die Augen sah. „Hey", sagte ich. „Hör mal, Baby. Du bist mächtiger, als du denkst, okay? Du hattest nur vorher keine Werkzeuge, die du dafür brauchst. Jetzt hast du sie."

Seine dunklen Brauen zogen sich zusammen. „Werkzeuge? Wie meinst du das?"

Ich hob Mabels Anhänger mit der freien Hand an und ließ ihn vor ihm baumeln. „Ich meine das hier. Ich möchte, dass du ihn bekommst, sobald

Edward davon überzeugt ist, dass du ihn sicher kontrollieren kannst. Der Anhänger ist der Schlüssel. Ich bin mir ziemlich sicher, dass du damit alle Macht haben wirst, die du jemals brauchen könntest."

In seinem Gesicht konnte ich sehen, wie überrascht er war. „Du willst, dass ich deine Halskette bekomme ... für immer?"

Edward tauchte genau in diesem Moment mit unserem Essen auf und balancierte die drei Teller mühelos zum Tisch. „Ein wirklich großzügiges Geschenk", sagte er, als er sie abstellte. „Ich hoffe, ihr beide habt Lust auf Meeresfrüchte. Ich hielt es für das Beste, mit den Dingen aus dem Kühlraum zu beginnen, die am kürzesten haltbar sind."

Ich schaute auf den Teller mit Linguine, gegrillten Garnelen und Spargel und atmete den Duft von Knoblauch und Olivenöl ein.

„Es sieht toll aus, danke", sagte Jace und griff zu.

„Das stimmt", sagte ich und wartete, bis sich Edward gesetzt hatte, bevor ich mir eine Gabel nahm und Jace' Beispiel folgte.

Wir widmeten uns eine Zeit lang schweigend dem ausgezeichneten Essen. Jace nahm freudig den Nachschlag an, den Edward ihm anbot, während ich ihn ablehnte. So müde ich auch war, ich ahnte, dass mich die Kohlenhydrate bald wie eine Tonne Ziegelsteine treffen würden. Während mein Sohn weiter aß, richtete ich meine Aufmerksamkeit auf Edward, der gelassen an einem Glas Weißwein nippte.

„Wann möchtest du mit Jace' Training beginnen?", fragte ich. „Und hättest du auch Zeit, mit mir zu arbeiten? Denn ich fürchte, ohne diesen Anhänger stehe ich in Sachen Magie wieder ganz am Anfang."

Jace sah auf. „Wir brauchen zwei Halsketten", sagte er mit einem Bissen Nudeln im Mund. Nachdem er heruntergeschluckt hatte, fuhr er fort: „Der Stein ist ziemlich groß. Könnten wir ihn ... ich weiß nicht ... in zwei Hälften brechen oder so, damit wir ihn beide benutzen können?"

Ich lächelte ihn an. „Das ist ein toller Gedanke, aber er ist vor ein paar Wochen in zwei Teile zerbrochen und war danach unbrauchbar. Albigard hat ihn für mich magisch repariert", fügte ich als Antwort auf seinen verwirrten Blick hinzu. „Deshalb ist er jetzt wieder in einem Stück und funktioniert."

In Edwards Augenwinkeln bildeten sich Fältchen. „Vielleicht habe ich eine Lösung für dieses Problem. Ursprünglich hatte ich es für Jace erworben, aber möglicherweise wäre es für dich besser geeignet, Vonnie."

Er stellte sein Weinglas ab, griff in die Innentasche seines eleganten schwarzen Jacketts und holte etwas Kleines hervor, das glitzerte. Ich betrachtete es im schummrigen Licht, und meine Augenbrauen schossen in die Höhe.

„Ist das ...?"

„Das Geschenk des Flight Commanders, ja", bestätigte er und reichte mir den baumelnden Smaragd-Ohrring.

„Des ... Flight Commanders?", fragte Jace.

Edward sah ihn an. „Das war Albigards Titel im Militär der Unseelie. Eine Einheit der Fae wird Schwarm genannt. Er war der Kommandant einer solchen Einheit."

Jace sah besorgt aus, sein halb leerer Teller vollkommen vergessen. „Und jetzt ist er in Schwierigkeiten? Bei den anderen Fae? Weil er uns geholfen hat?"

„Er ist, sagen wir mal, zum jetzigen Zeitpunkt in Ungnade gefallen", sagte Edward mit Bedacht.

Die Untertreibung des Jahrhunderts, dachte ich.

„Aber in Wahrheit liegen die Gründe tiefer, als seine derzeitigen Handlungen", fuhr Edward fort. „Er hat sich entschieden, uns zu helfen, aber er hatte mit seinem Volk bereits vorher gebrochen, da die Kluft zwischen ihnen schon sehr tief war. Die Einzelheiten sind Teil einer Geschichte, die du dir am besten von ihm selbst erzählen lässt, sollte er sich dazu entschließen, sie preiszugeben."

Es war die sanfteste Zurückweisung, doch sie kam zur richtigen Zeit. Ich konnte mir nicht vorstellen, dass es Albigard gefallen würde, wenn man in seiner Abwesenheit so über ihn sprach, also wechselte ich das Thema.

„Okay, zwei Fragen, Edward", sagte ich. „Erstens: Ist der Ohrring ein Artefakt? Als ich ihn in Dhuinne trug, fühlte er sich nicht wie eines an."

„Sagen wir mal so ... das Potenzial ist da", antwortete Edward. „Es ist unwahrscheinlich, dass du seine Fähigkeit, die Magie zu fokussieren, bemerkt hättest, da du bereits auf deinen Anhänger eingestimmt warst."

Ich nickte und akzeptierte die Erklärung. „Zweitens: Habe ich diesen Ohrring nicht auf meinem Nachttisch in meiner Wohnung in St. Louis liegen lassen?"

„Ah, ja, das ist ein bisschen unangenehm", antwortete Edward, der dabei nicht besonders schuldig aussah. „Ich hoffe, es macht dir nichts aus, dass ich bei dir eingebrochen bin."

Einen Moment lang saß ich still da und überlegte, ob es mir etwas ausmachte oder nicht.

„Solange du hinter dir zugeschlossen hast ...", sagte ich nach einer Weile.

„Oh, natürlich, meine Liebe. Ich habe mir sogar die Freiheit genommen, einen kleinen Schutzwall anzubringen, um alle anderen davon abzuhalten, bei dir herumzuschnüffeln. Der Zauber ist natürlich so aufgelegt, dass du eintreten kannst."

Ich winkte müde ab. „Dann ist ja alles gut. Ich danke dir." Nachdem ich den Ohrring einen Moment lang angestarrt hatte, hob ich ihn an mein rechtes Ohr und führte den Haken durch mein Ohrläppchen. „Wenn das Ding so funktioniert, wie wir es uns erhoffen, dann hat es sich auf jeden Fall gelohnt."

Jace starrte auf das kleine Schmuckstück. „Hast du gesagt, das sei ein Geschenk? Von Albigard?" In dem schwachen Licht sah er etwas blass aus.

Ich seufzte. „Ja. Es ist kompliziert. Kennst du dich mit den Gaben einer Fae aus?" Ein mulmiges Gefühl machte sich in meinem Magen breit, als mir etwas einfiel, was ich schon längst hätte bedenken müssen.

Er nickte langsam. „Ich meine, Dinge von ihnen anzunehmen ist irgendwie … gefährlich, weißt du?"

Mein Unbehagen wurde stärker. Ich blickte für einen Moment zu Edward, aber nichts in seinem Ausdruck beruhigte mich.

„Hast du irgendwelche Geschenke von ihnen angenommen?", fragte ich und hörte die Anspannung in meiner eigenen Stimme.

Er zeichnete mit den Zinken seiner Gabel ein Muster auf seinen Teller und blickte in die Ferne. „Ja, ähm. Du hast recht, es ist kompliziert. Alles, was wir hatten, haben sie uns gegeben … sozusagen. Aber es ist nicht so, als wäre eine Fae zu mir gekommen und hätte gesagt, *hier, nimm dieses Geschenk an* … wenn du verstehst, was ich meine?"

Die Linguine, die ich gegessen hatte, lagen mir plötzlich wie Steine im Magen. „Edward?", fragte ich zögernd und achtete darauf, ruhig zu bleiben. „Wird das ein Problem sein?"

Meine Frage schien den älteren Mann aus seinen Gedanken zu reißen. Er setzte ein freundliches Lächeln auf, obwohl ich Zweifel an seiner Aufrichtigkeit hatte.

„Schwer zu sagen, meine Liebe. Es ergibt allerdings keinen Sinn, sich jetzt Gedanken zu machen, vor allem, über etwas, worüber wir so wenig Kontrolle haben."

Das stimmte zwar, aber seine Antwort trug nicht gerade dazu bei, meine Sorgen zu zerstreuen. Ich wollte Jace auf keinen Fall in Panik versetzen, indem ich selbst panisch war. Schließlich sollten wir uns ausruhen und erholen.

„Okay", sagte ich leise. „Du hast recht. Konzentrieren wir uns erst einmal darauf, uns zu erholen, und arbeiten dann an unserer Magie. Wann willst du damit anfangen?"

„Vielleicht morgen Nachmittag, wenn ihr beide dazu in der Lage seid. Erst einmal nichts Anstrengendes, nur eine kurze Einschätzung, damit wir wissen, wo wir ansetzen müssen", sagte Edward.

„Klingt gut", sagte ich. „Und vielen Dank für das Abendessen. Es war ausgezeichnet. Ich glaube, jetzt kann ich nur noch schlafen. Aber, können wir dir zuerst beim Aufräumen helfen?"

Er lächelte. „Das ist ein nettes Angebot, meine Liebe. Ich bin jedoch ein professioneller Butler, wenn ich nicht gerade mit magischen Geschäften und Widerstand im Untergrund beschäftigt bin. Und eine Handvoll Töpfe und Geschirr in einer Küche mit einem professionellen Geschirrspüler ist kein großes Hindernis für mich."

„Wenn du dir sicher bist", sagte ich. „Gute Nacht, Edward."

„Vielen Dank und gute Nacht", sagte Jace zu Edward.

„Schlaft gut", antwortete Edward. „Und *lang*, wenn ihr es wünscht. Ich werde ein kontinentales Frühstück für euch vorbereiten, das bereitsteht, wann immer ihr es zu euch nehmen wollt."

„Klingt perfekt", entgegnete ich. „Ich bin wirklich froh, dass du gekommen bist, weißt du … und nicht nur wegen des hervorragenden Essens."

„Denk dir nichts dabei, meine Liebe. Gute Nacht."

Er erhob sich höflich von seinem Stuhl, als Jace und ich aufstanden. Ich führte Jace zu unseren Zimmern und dachte an Edward, der hoffentlich auch etwas Ruhe bekam, nachdem er den Geschirrspüler eingeräumt hatte.

Obwohl es noch nicht spät war, schlief ich sofort ein, nachdem ich mich vergewissert hatte, dass Jace sicher war. Leider konnte ich trotz Erschöpfung nur ein paar Stunden schlafen. Ich wurde durch eine bittere Mischung aus Albträumen und Erinnerungen ruckartig aus dem Schlaf gerissen.

Ich lag mit weit aufgerissenen Augen in dem dunklen Raum. Mein Herz hämmerte in meiner Brust, als ich mir ins Gedächtnis rief, wo ich war, und dann brauchte ich einige Augenblicke, um mich davon zu überzeugen, dass das alles echt war – wir *waren* tatsächlich in eine südamerikanische Bergbaustadt geflohen und in einem verlassenen Luxusresort mitten im brasilianischen Regenwald gelandet.

Wir waren sicher.

Jace war in Sicherheit.

Diese Erkenntnis half ... zumindest für ein paar Sekunden. Dann erinnerte ich mich an das Gespräch beim Abendessen, bei dem ans Licht gekommen war, dass Jace möglicherweise Fae-Geschenke angenommen hatte, die ihn an einen oder mehrere der schrecklichen Unseelie-Bastarde binden würde, die das Lager auf der Osterinsel geleitet hatten.

Ich setzte mich abrupt auf und schwang meine Beine über die Seite des Bettes. Die Beleuchtung des Pools warf einen schwachen Schein durch das Fenster des Zimmers – genug, um zu verhindern, dass ich über etwas stolpern würde, während ich mich in das Zimmer meines Sohnes schlich. Die Tür war natürlich verschlossen. Ich hatte eine zusätzliche Schlüsselkarte mitgenommen, aber durch meine Müdigkeit vergessen, sie mitzunehmen. Letztendlich war das auch nicht nötig – als sich meine Augen an das schwache Licht gewöhnt hatten, konnte ich den Umriss von ihm im Bett erkennen, der durch den Spalt in den Vorhängen sichtbar war.

Er schläft friedlich.

Die Anspannung fiel von meinen Schultern und mein Gefühl der Panik verschwand, zumindest für den Moment. Doch jetzt war ich mitten in der Nacht hellwach. Mein Kopf pochte schwach im Takt meines Herzschlags und teilte mir auf diese Weise mit, dass ich noch eine ganze *Woche* Schlaf nachholen musste. Ich unterdrückte ein frustriertes Stöhnen.

Der Chlorgeruch des Pools kitzelte meine Nase. Ich blickte an mir herunter und beschloss, dass ein übergroßes T-Shirt und Schlafshorts unter diesen Umständen wahrscheinlich eine akzeptable Alternative für einen Bikini waren. Vielleicht würde es mich beruhigen, wenn ich meine Füße ins Wasser halten und dem sanften Plätschern des Wassers lauschen würde. Nachdem ich in mein

Zimmer gegangen war, um ein Handtuch zu holen, ging ich zum Pool und breitete es am Rand des Decks aus.

Selbst nachts war es in diesem Teil der Welt warm und schwül. Ich setzte mich auf das Handtuch und als ich meine Beine in das kühle Wasser gleiten ließ, war das wie ein Schock für meine Sinne. Ich war mir nicht ganz sicher, was 'olympische Größe' bedeutete oder ob dieser Pool dazugehörte, aber er war auf jeden Fall groß. Das war wahrscheinlich der Grund, warum ich so lange brauchte, um die schlanke Gestalt zu bemerken, die in einiger Entfernung am tiefen Ende des Beckens über den Boden glitt.

Ein Anflug von Panik überkam mich, aber natürlich gab es hier keine Pool-Monster, die wie ein Mann aussahen ... und mit ziemlicher Sicherheit auch keine gefährlichen Eindringlinge, die zufällig einen Badestopp eingelegt hatten, bevor sie versuchten, uns alle in unseren Betten zu ermorden.

Die dunkle Gestalt konnte nur Leonides sein, und ich schimpfte mit mir selbst, weil ich so nervös war. Unbeirrt versuchte mich derselbe panische Impuls auf die Beine zu bringen und mich von einer möglicherweise unangenehmen nächtlichen Begegnung fernzuhalten – als ob ich mich irgendwie in mein Zimmer zurückschleichen und der Entdeckung durch einen Vampir entgehen könnte ... als ob er nicht meinen Herzschlag gehört hatte, der in dem Moment durch das Wasser hallte, als ich meine Beine im Wasser baumeln ließ.

Ich seufzte. Natürlich hatte er das. Er änderte bereits seinen Kurs und kam auf mich zu, ohne aufzutauchen. Ein Teil von mir wollte die Titelmelodie von *Der weiße Hai* singen, als er sich mit sanften Zügen unter Wasser näherte.

Da ... dum ... da ... dum ... da-dum-da-dum-dadum-DADUM!

Ich hielt mich zurück. Gerade noch so.

Er tauchte ein paar Meter von mir entfernt auf und hielt sich am Beckenrand fest. Es freute mich zu sehen, dass seine Dreads die Strapazen gut überstanden hatten, obwohl er eine Auffrischung brauchen würde, wenn er darauf bestand, regelmäßig zu schwimmen. Ich fragte mich, ob jemand daran gedacht hatte, die Häkelnadel in einen unserer Rucksäcke zu packen, als wir Chicago verlassen hatten. Vielleicht hatte Zorah daran gedacht – ich würde sie fragen müssen.

„Ist alles in Ordnung?", fragte er.

Nur mit Mühe konnte ich meinen Blick von den Wasserrinnsalen abwenden, die glitzernde Spuren über sein Gesicht und seinen Hals zogen.

„Es scheint praktisch zu sein, nicht atmen zu müssen, wenn man eine Runde unter Wasser schwimmen will", sagte ich. „Und ja, alles ist in Ordnung. Mein Gehirn stört sich nur an den vielen Stunden ununterbrochenen Schlafs. Und bei dir? Das Gleiche nehme ich an?"

Er stützte einen Arm auf den Beckenrand, um sich festzuhalten und beobachtete mich. In seinem Blick sah ich einen Hauch Vorsicht. „So etwas in der Art", erwiderte er.

Ich nickte. „Aber im Ernst ... es geht mir gut. Ich habe nur schlecht geträumt und bin aufgestanden, um nach Jace zu sehen. Es fehlt ihm nichts. Ich dachte, ein bisschen am Pool zu sitzen, würde mich entspannen und habe nicht daran gedacht, dass noch jemand hier draußen sein könnte."

Seine Miene entspannte sich ein wenig. „Das ist gut. Es schien dir in den letzten paar Tagen etwas besser zu gehen." Er hielt inne. „Abgesehen von der dreizehnstündigen Höllenfahrt im Rover, versteht sich."

„Ja, wer hätte gedacht, dass ich dem Zuhältermobil hinterhertrauern würde, oder?", scherzte ich. „Und natürlich geht es mir besser. Ich habe endlich meinen Sohn zurück."

„Ich freue mich für dich."

Es gab nicht viele Menschen auf der Welt, die einen solchen Satz sagen konnten, ohne dass eine Spur von Freude in ihrer Stimme oder ihrem Gesichtsausdruck zu erkennen war, und die trotzdem das Gefühl vermittelten, dass sie es ernst meinten. Als ich den Kopf schüttelte, konnte ich mir ein leises Schnaufen, welches Belustigung oder Verärgerung hätte gleichzeitig ausdrücken können, nicht verkneifen.

„Nun, ohne dich und Albigard wäre das nicht möglich gewesen, also ... danke. Und es tut mir wirklich leid, dass ich versucht habe, dich zu schlagen und das Pferd unter meine Gewalt zu bringen. Obwohl ich zu meiner Verteidigung sagen muss, dass ich vielleicht nicht so ausgeflippt wäre, wenn du mir gesagt hättest, was du vorhast."

„Wir standen etwas unter Zeitdruck." Er hielt inne und fuhr etwas leiser fort: „Ganz zu schweigen von der Tatsache, dass ich keine Ahnung hatte, ob es funktionieren würde. Ich wollte dir keine Hoffnungen machen, falls es nicht klappt."

Ich strampelte mit den Beinen und eine kleine Welle traf ihn in die Brust. „Nun, ich bin wirklich froh, dass es geklappt hat. Jetzt müssen wir nur noch die Welt retten, oder?"

„Richtig", stimmte er zu. „Kein Druck."

Ich deutete auf die Wasseroberfläche vor uns, die nun wieder ruhig war. „Warst du fertig? Ich wollte nicht stören." Ein kleines Lachen entwich mir. „Ich fürchte, alles, was ich kann, ist ein bisschen Hundepaddeln und wirklich lahmes Rückenkraulen."

„Ich bin fertig", sagte er, rührte sich aber lange Zeit nicht von seinem Platz, und ich auch nicht.

Die Stille um uns herum war überraschend angenehm, während wir das Zirpen der Insekten und das leise Plätschern des Wassers auf uns wirken ließen. So friedlich hatte ich mich schon lange nicht mehr gefühlt.

KAPITEL ELF

ALS ICH SCHLIESSLICH in mein einsames Bett zurückkehrte, holte mich der Schlaf sofort ein. Es fühlte sich an, als hätte ich in der Dunkelheit der frühen Morgenstunden mit den Augen geblinzelt, und im nächsten Moment, als ich sie öffnete, schien die späte Morgensonne durch die Vorhänge.

Wie immer, wenn ich viel zu lange geschlafen hatte, fühlte ich mich danach fast noch schlechter, als ich mich ohnehin schon fühlte. Was meine Sinne betraf, so hätte ich mich nicht schlechter fühlen können, wenn Edward am Vorabend die verdammten Linguine unter Drogen gesetzt hätte. Ich strauchelte ins Badezimmer und starrte mein verschlafenes, aufgedunsenes Gesicht im Spiegel an, während ich langsam die Augen öffnete.

Die Dusche und das Zähneputzen – so lange, bis sich mein Mund nicht mehr pelzig anfühlte – halfen ein wenig. Edwards kontinentales Frühstück half noch ein bisschen mehr. Jace planschte gerade im Pool, als ich aus dem Speiseraum des Restaurants kam und Zorah rekelte sich in der Nähe unter einem Sonnenschirm. Sie lächelte mich an, als ich mich ihr näherte.

„Hey, Von", sagte sie. „Edward hat mich gebeten, dir zu sagen, dass du ihn um vierzehn Uhr auf dem Parkplatz zum Zaubern treffen sollst. Oh, und er sagte, du sollst den Ohrring mitbringen, aber nicht die Halskette. Ich nehme an, das ergibt für dich Sinn? Für mich nicht, aber was solls."

Ich nickte. „Ja, das tut es. Er hat den Smaragd-Ohrring mitgebracht, den mir Albigard in Dhuinne geschenkt hat. Er scheint zu glauben, dass ich ihn als Fokus verwenden kann. Ich will Jace den Granatanhänger geben."

„Hm. Ergibt Sinn, denke ich. Jace schien mit der Halskette in Callao ziemlich gut zurechtzukommen, wenn wir 'ziemlich gut' anhand der Anzahl der Vampire definierend, die er durchs Lagerhaus geworfen hat", sagte sie ironisch.

„Genau mein Gedanke. Vorausgesetzt, er kann lernen, seine Kräfte auch gegen die Fae einzusetzen." Meine Miene verhärtete sich. „Nicht, dass ich gewollt hätte, dass er Albigard gegen eine Wand schleudert, aber es macht mir Sorgen, dass ihm die Explosion nicht viel anhaben konnte. Ich vermute, es liegt daran, dass er ein Unseelie ist."

„Nun ja", sagte Zorah, „wenn du dich dadurch besser fühlst ... ich denke, jeder von euch könnte ihn *jetzt* ziemlich leicht von den Füßen hauen."

Das half nicht. In der Tat fühlte ich mich dadurch eher schlechter. Ich hatte nicht viel an unsere ansässige Fae gedacht, seit sie sich davongeschlichen hatte, um ihre Wunden zu lecken, aber jemand sollte sich erkundigen, wie es ihm ging. „Apropos Albigard, hat jemand nach ihm gesehen? Geht es ihm gut?"

Zorah zuckte mit den Schultern. „Ich bin mir nicht sicher, ob *okay* das richtige Wort ist, aber er ist körperlich nicht geschwächt oder so. Er ist im Wald auf die Jagd gegangen, um seinen Kopf freizubekommen, meinte er. Anscheinend schießt er mit Pfeil und Bogen auf unschuldige Waldbewohner."

Ich zog die Augenbrauen zusammen. „Wo um alles in der Welt hat er einen Bogen und Pfeile gefunden?"

„Er hat sie gemacht", sagte sie. *„Aus den reichlich vorhandenen lokalen Materialien"*, fügte sie hinzu und ahmte damit seinen hochmütigen Tonfall nach.

Ich nahm an, dass es besser war, wenn er exzentrischen Freizeitbeschäftigungen nachging, als irgendwo so geschwächt herumzuliegen, dass er sich nicht mehr bewegen konnte. „Cool, denke ich. Vielleicht isst er mehr, wenn er das Essen selbst gefangen hat. Es ist erstaunlich, dass er nicht spindeldürr ist."

Zorahs Augen funkelten. „Deine Muttergefühle kommen durch, Von."

Ich schnaubte. „Berufsrisiko. Aber, ja, ich schätze, die jahrhundertealte, knallharte Fae kann sich wahrscheinlich auch ohne meine Hilfe am Leben erhalten. Oh ... apropos Muttergefühle, ich nehme an, Edward will, dass mich Jace heute Nachmittag begleitet?"

„Nein, er soll erst später dazustoßen", sagte Zorah. „Ich glaube, er versucht zu vermeiden, dass ein Elternteil beim Unterricht dabei ist ... wenn du weißt, was ich meine."

Ich verdrängte den kleinen Anflug von paranoider Unruhe, der bei dem Gedanken aufkam, nicht genau zu wissen, wo Jace sein würde oder was er in den nächsten Stunden tat. Edward hatte recht ... mein Sohn würde sich unwohl fühlen, wenn ich ihn wie eine Glucke bewachte, und er war so sicher, wie er nur sein konnte, solange wir uns auf einem riesigen Eisenlager befanden. Ich vertraute Edward und ich vertraute meinem Sohn. Es waren nur die emotionalen Nachwirkungen seiner Entführung, die mir zu schaffen machten.

„Okay, ich habs verstanden", sagte ich. „Ich laufe Gefahr, eine Hogwarts-Helikoptermutter zu werden. Ich werde mich ab sofort etwas zurückhalten."

Zorahs Antwort war ein mitfühlendes Lächeln. „Glaub mir, wenn ich sage, dass sich Edward einem Kugelhagel entgegenstellen würde, um Jace zu beschützen. Es klingt melodramatisch, aber es ist die reine Wahrheit."

„Ja, ich weiß", entgegnete ich. „Glaub mir, ich weiß es."

Und das tat ich auch. Edward war selbstlos, ganz zu schweigen davon, dass er unter dem Schutz eines mächtigen Dämons stand. Nach dem, was ich gesehen hatte, schien er keinerlei Skrupel zu haben, wenn es um seine persönliche Sicherheit ging. Wie er mir einmal gesagt hatte, gab es nichts, was Sterbliche ihm antun könnten, das ihm langfristig schaden würde.

Ich atmete tief ein und langsam wieder aus und sah meinem Sohn dabei zu, wie er in den Pool sprang, wieder an die Oberfläche kam und sich das Wasser aus seinem schwarzen Haar schüttelte. Ich stieß einen durchdringenden Pfiff aus, um seine Aufmerksamkeit zu erregen, und wartete, bis er sich im Wasser zu mir umdrehte.

„Hey, Baby, besorg dir entweder Sonnencreme oder geh in den Schatten. Du verbrennst sonst und siehst aus, wie ein Hummer."

Einen Moment lang sah er mich störrisch an, doch dann hob er eine Hand, um seine Nase zu berühren, und schnitt eine Grimasse. „Oh. Hoppla."

Ich konnte mir ein liebevolles Schnauben nicht verkneifen. „Ich treffe Edward um zwei. Wenn er mit mir fertig ist, bist du als Nächster dran, okay?"

„Zorah hat es mir schon gesagt", rief er zurück. „Mach dir keine Sorgen, ich werde bereit sein."

„Wünsch mir Glück", bat ich.

„Viel Glück", sagte er ernsthaft.

Um vierzehn Uhr stand ich auf dem Parkplatz, nachdem ich auch meinen eigenen Rat befolgt und meine blasse Haut mit Sonnencreme aus dem Souvenirladen des Resorts eingecremt hatte. Wie versprochen, wartete Edward schon auf mich. Nachdem er mich begrüßt hatte, führte er mich zu einem Pfad, der vom Resort wegführte.

Als wir uns in den Schatten der Bäume begaben, scherzte ich: „Solange wir nicht mit Rehen verwechselt und von Albigards Pfeilen getroffen werden …"

Edward gluckste. „Wenn du ihn nicht gerade mit etwas verärgert hast, würde ich mir keine Sorgen machen. Selbst in Abwesenheit seiner Magie sind die Sinne einer Fae scharf."

„Stimmt." Der Smaragd-Ohrring baumelte an meinem Ohr, als ich nickte. Sein Gewicht war noch ungewohnt und neu für mich.

Als wir weit genug von allem entfernt waren, was ich ungewollt beschädigen könnte, blieb Edward stehen und drehte sich zu mir um. Mich überkam ein Déjà-vu. „Ist das die Stelle, an der du mir Äste an den Kopf schleuderst?", fragte ich scherzhaft.

Er lächelte und schüttelte den Kopf. „Ich wage zu behaupten, dass das dieses Mal nicht nötig sein wird. Zeig mir, was du ohne deinen Anhänger kannst, und dann sehen wir weiter."

Was ich konnte ... war nicht viel. Es war schon eine ganze Weile her, dass ich Vampirblut getrunken hatte, und mit Jace' Rückkehr war mir ein Großteil des Bisses, der aus meinem ständigen Cocktail aus Angst, Wut und Traurigkeit bestand, genommen worden.

„Wäre es sehr gewagt von mir, wenn ich vorschlagen würde, dass du dein Glück mit dem Feuer versuchst?", fragte Edward höflich.

Richtig. *Lust*. Nigellus' alter Butler wollte, dass ich mich auf etwas – oder jemanden – konzentrierte, was mich geil machte, und aus seinen Worten ging hervor, dass er genau wusste, welche Emotion mir erlaubte, das Feuer zu kontrollieren – oder besser gesagt, es in den meisten Fällen *nicht* zu kontrollieren.

Ich fragte mich, ob ihm Zorah diese Besonderheit mitgeteilt hatte oder ob mir die Affäre mit einem gewissen Vampir irgendwie ins Gesicht geschrieben war. Wenn man es mir nicht schon vorher angesehen hatte, dann bedeutete die Röte, die über meine verräterisch blasse Haut kroch, dass es mir *jetzt ins Gesicht geschrieben stand.*

„Gewagt? Wahrscheinlich nicht", sagte ich ihm. „Peinlich? Eindeutig."

Ich hatte mich – zumindest bis zu einem gewissen Grad – damit abgefunden, dass das Gefühl der Scham allmählich aus mir herausgebrannt war, da ich zu viel Zeit mit einem Sukkubus verbracht hatte. *Die Welt steht auf dem Spiel*, erinnerte ich mich, schloss die Augen und tat so, als wäre Edward nicht da.

Stattdessen stellte ich mir vor, wie das Wasser gestern Abend im Pool in Rinnsalen die Konturen von Leonides' Gesicht und Hals nachgezeichnet hatte. Einen Moment später hatte ich ein lebhaftes Bild vor Augen, wie ich diesen glitzernden Spuren mit meiner Zunge folgte. Rauch kitzelte in meiner Nase, und als ich die Augen öffnete, sah ich, dass die Laubstreu, auf der ich stand, zu schwelen begonnen hatte.

Mit Verspätung setzte die Beschämung ein, wurde aber von der Beunruhigung verdrängt, als ich anfing, auf den Boden zu stampfen wie jemand, der einen sehr schlechten irischen Jig tanzt. „Verdammt!"

„Keine Sorge, meine Liebe", sagte Edward und schüttete in aller Ruhe die Flasche Wasser, die er mitgebracht hatte, über den Bereich. Da es sich bei dem Wald um einen Regenwald handelte, war er etwas feucht, sodass es nicht lange dauerte, das Feuer zu ersticken und mit der feuchten Erde des

Waldbodens abzudecken, um sicherzustellen, dass jeder Funke gelöscht wurde.

„Interessant", fuhr er fort. „Es scheint, dass jetzt ohne magische Unterstützung durch Blut oder ohne einen Fokus, dass Feuer dein stärkstes Element ist."

„Toll", murmelte ich wenig begeistert. Das war so typisch – dreißig Jahre ohne Orgasmus, und jetzt war die Lust irgendwie meine Superkraft geworden. *Oh, welche Ironie.* Ich beschloss, dass es irgendwie Zorahs Schuld war … obwohl ich es vielleicht besser gefunden hätte, Leonides wäre daran schuld.

„Es ist eine nützliche Elementarkraft in einem Kampf", sagte Edward, was ich aus bitterer Erfahrung bereits wusste.

„Nützlich und *unangenehm*, meinst du bestimmt", stimmte ich zu. „Können wir jetzt bitte mit dem Ohrring weitermachen? Warum glaubst du, dass ich ihn als Fokus verwenden kann? Ist es nicht nur ein Ohrring?"

Vor drei Monaten hätte ich den kleinen glitzernden Smaragd ohne mit der Wimper zu zucken in einem Pfandhaus abgegeben und mir mit dem Geld Ivan und seine Handlanger für ein paar Wochen vom Hals gehalten. Ich hätte keinen Gedanken mehr daran verschwendet.

„Es ist ein *Fae-Ohrring*", sagte Edward. „Und nicht nur der irgendeiner Fae, sondern einer besonders magisch begabten Fae. Dieselbe, die auch deinen Anhänger repariert hat, nachdem er zerbrochen war."

Der Blick, den er mir zuwarf, war vielsagend, und ich verstand, was er meinte. „*Oh*. Und Großtante Mabels Halskette wurde irgendwie verändert, nachdem die ganze Energie von Dhuinne durch sie hindurchgeflossen ist. Glaubst du, ich habe mich daran gewöhnt, etwas zu benutzen, das von Albigard und Dhuinne beeinflusst wurde ... genau wie bei diesem Smaragd?"

Er nickte und schien mit meiner Schlussfolgerung zufrieden zu sein. „Ganz genau."

Ich konzentrierte mich auf das baumelnde Schmuckstück, so gut ich konnte.

Nichts.

„Ich kann es nicht spüren", sagte ich.

„Du erwartest, dass es sich genauso anfühlt wie vorher", sagte Edward geduldig. „Aber jedes Artefakt ist anders. Komm, lass uns ein paar einfache Übungen mit Luft machen, da du das Feuer mit deinem Wasser gelöscht hast."

Ich spürte, wie meine Wangen wieder heiß wurden, aber ich schob die Verlegenheit beiseite, um mit Albigards Geschenk zu experimentieren.

Eine Stunde später entdeckte ich, dass der Schlüssel darin lag, mich auf das Gefühl der Fae zu konzentrieren, das den Smaragd umgab, anstatt nach Ähnlichkeiten mit meinem vertrauten Granatanhänger zu suchen. Es war nicht viel, aber am Ende unserer Stunde konnte ich die Augen schließen und die magischen Felder spüren, die um den Edelstein herum und durch ihn hindurch flossen.

„Das ist genug für heute", sagte Edward. „Lass uns deinen Sohn holen, und dann solltest du dich ausruhen. Ich frage mich, ob es in der Stadt einen Juwelier gibt. Es könnte hilfreich sein, den Smaragd als Anhänger in eine Halskette, so wie den Granat deiner Tante, einzufügen. Zumindest wäre es für dich angenehmer, ihn nachts zu tragen … und ich denke, du solltest ihn so oft wie möglich bei dir haben, bis du dich mit ihm vertraut gemacht hast."

„Gute Idee", sagte ich und fühlte mich erstaunlich erschöpft, obwohl ich während der Stunde kaum etwas von Bedeutung geleistet hatte.

Wir gingen zurück zum Resort, doch als wir den Parkplatz erreichten, kam uns Albigard von einem anderen Weg entgegen. Er hatte ein Tier über die Schultern geworfen, das einem dünnen, haarigen Schwein ähnelte. Es war ungefähr so groß wie ein mittelgroßer Hund.

Edwards Augen leuchteten auf. „Oh, Sir! Was für eine exzellente Beute! Ich habe *seit Jahren* kein Pekari mehr gegessen."

„Wild gibt es hier reichlich", sagte Albigard vorsichtig, als sei er von der Begeisterung des alten Mannes überrascht worden.

„Ja, ich denke schon", stimmte Edward zu. „Wie ich sehe, ist es schon ausgeweidet? Perfekt. Wenn Sie es für mich in den Kühlraum hängen könnten? Ich werde morgen einen Grill aufstellen. Kratzen Sie normalerweise die Borsten ab oder brennen Sie sie weg?"

„Ich verbrühe die Haut und schabe die Borsten runter", sagte die Fae, die Edward immer noch anschaute, als sähe sie ihn zum ersten Mal. „Ich werde mich darum kümmern, bevor ich es für dich aufhänge."

Edward rieb seine Hände vergnügt aneinander. Ich war mir ziemlich sicher, dass ich noch nie jemanden gesehen hatte, der sich so über ein mageres Wildschwein freute.

„Das würde ich sehr zu schätzen wissen, Sir. Meine Güte! Mir ist ganz schwindelig bei der Aussicht auf das morgige Abendessen. Vielleicht könnten Sie während unseres Aufenthaltes ein … wie nennt man das? Ein *Wasserschwein* erlegen? Ich wollte schon immer mal ein solches Tier probieren."

Albigard blinzelte. „Wenn mir jemand sein Aussehen und seinen Lebensraum beschreibt, bin ich bereit, den Versuch zu unternehmen."

„Wunderbar!" Edward zügelte sich sichtlich. „Oh, und in einer anderen Angelegenheit, hätte ich eine Bitte an Sie, Sir. Könnte ich Sie in den nächsten Tagen dazu bewegen, mir bei der Ausbildung des jungen Jace zu helfen? In Fragen der praktischen Lebensmagie sind Sie weitaus qualifizierter als ich."

Der Gesichtsausdruck der Fae wurde säuerlich. „In Sachen *praktischer* Lebensmagie werde ich von geringem *praktischem* Nutzen sein, solange wir an diesem gottverdammten Ort sind. Aber ich werde dir mein theoretisches Wissen zur Verfügung stellen, wenn du es wünschst."

Ich fragte mich, ob Edward die „*Oh mächtiger Jäger*"-Masche benutzt hatte, um Albigard für die Bitte Honig um den Bart zu schmieren, verwarf den Gedanken aber wieder. Es schien nicht zu

Edwards Charakter zu passen, und für die Fae war es nicht gerade typisch, auf alberne Schmeicheleien hereinzufallen. Solange sie zustimmte zu helfen, war der Grund letztlich auch egal.

„Danke, Albigard", sagte ich ehrlich. „Ich habe es nicht oft genug gesagt, aber ich meine es ernst."

Die Worte glitten geradewegs über seine kühle Fassade, ohne sie zu durchdringen. „Es ist die Rückzahlung einer Schuld. Es gibt keinen Grund, mir zu danken."

Damit ging er mit seiner blutigen Last an uns vorbei und verschwand in Richtung des Hauptgebäudes.

Ich sah ihm stillschweigend hinterher und ärgerte mich, obwohl ich es eigentlich besser wissen müsste. „Warum sind die Jungs hier so emotional verstopfte, ahnungslose Arschlöcher?", fragte ich Edward, als ich mir sicher war, dass Albigard nicht mehr in Hörweite war. „Na ja, bis auf Rans jedenfalls. Und, äh, *du natürlich auch.*"

Edward, dem man es zugutehalten musste, wirkte angemessen mitfühlend. „Ich möchte nicht darüber spekulieren, zumindest nicht über die Erwähnung hinaus, dass ein langes Leben ziemlich trostlos erscheinen kann, wenn man niemanden hat, der es versüßt."

„Oder wenn man die Leute, die darin *vorkommen,* nicht reinlässt", murmelte ich.

„Das auch, meine Liebe. Das auch", bestätigte Edward nickend.

Mit einem Seufzer machte ich mich auf den Weg zum Resort, Edward dicht an meiner Seite.

KAPITEL ZWÖLF

DIE FOLGENDEN TAGE verliefen in einer Art Muster. Gelegenheiten zum Ausruhen gab es reichlich, aber mein Gehirn hatte beschlossen, dass es normal war, mich nachts mit einer Litanei von Sorgen und Ängsten zu wecken. Es wurde zu einer Art Ritual, nach Jace zu sehen und mich dann an den Rand des Pools zu setzen. Meistens fand ich Leonides bereits dort vor, der seine Dämonen mit Unterwasserschwimmen zum Schweigen brachte.

Die Begegnungen wurden nicht weniger unangenehm, aber wir hatten auch keine Schritte unternommen, um sie durch Gewohnheitsveränderungen zu vermeiden.

Tagsüber trainierte Edward Jace und mich getrennt, manchmal mit Unterstützung von Albigard und manchmal ohne. Der alte Mann verschwand auch hin und wieder für ein paar Stunden in der Stadt, um zusätzliche Hilfe für uns zu rekrutieren, ohne die Aufmerksamkeit der falschen Leute zu erregen. Bei einem dieser Ausflüge bat er mich darum, meinen Ohrring für ein paar Stunden ausleihen zu dürfen, und kehrte mit einem Anhänger zurück, der an einer Goldkette hing, die Mabels Halskette ähnelte.

Er hatte recht gehabt – irgendetwas an der veränderten Form machte es mir leichter, mich mit dem grünen Edelstein zu identifizieren, und ich begann schließlich, bedeutende Fortschritte darin zu machen, ihn als Fokus zu nutzen.

An dem Tag, an dem Edward entschied, dass Jace genug Kontrolle zeigte, um mit dem Granat zu beginnen, war ich ein nervöses Wrack. Die Geräusche von Krachen und Knallen, die aus dem Wald kamen, in dem sie arbeiteten, trugen nicht gerade zu meiner Beruhigung bei. Ich lief eine Weile in meinem Zimmer hin und her und beschloss schließlich, dass ich verrückt werden würde, wenn ich nicht rausginge und etwas unternähme.

Rans und Zorah waren in die Stadt gefahren, um einen Happen zu essen, aber Leonides hatte sich im Konferenzraum des Hauptgebäudes verkrochen. Er hatte ihn übernommen und als Büro eingerichtet, da das Eisen im Boden Albigards Wirkung auf Computer und Handys gedämpft hatte, ebenso wie den Rest seiner Magie. Ich marschierte hinüber, klopfte an die Tür und trat ein, als er rief: „Komm herein."

„Ich brauche dein Blut", sagte ich ihm ohne Vorrede.

Er zog die Augenbrauen hoch, und um fair zu sein, hätte ich das wohl etwas taktvoller angehen können.

„Speziell meins? Nicht das stärkere Zeug?", fragte er.

„Rans und Zorah sind gerade nicht hier", sagte ich.

Er lehnte sich in seinem Ledersessel zurück. „Sie werden bald zurück sein. Ist das eine Art Notfall, von dem ich wissen sollte?"

Etwas entkräftet zog ich einen Stuhl am anderen Ende des Tisches heran und ließ mich darauf nieder. „Edward lässt Jace heute mit dem Granatanhänger arbeiten."

Ein weiterer Knall ertönte in der Ferne. Mit etwas Glück würden die Bewohner von Carajás annehmen, dass er von der Mine kam.

„Das dachte ich mir schon", sagte Leonides trocken. „Aber ich fürchte, ich sehe keinen Zusammenhang zwischen diesen beiden Dingen."

Ich fuchtelte mit den Fingern vor meinem Gesicht herum und versuchte, die Form meines Arguments zu skizzieren. „Ich habe meine Magie vernachlässigt, da wir hier nicht in unmittelbarer Gefahr zu sein scheinen. Aber jetzt, da ich wieder einen brauchbaren Fokus habe, muss ich wieder zu voller Stärke zurückfinden."

„Du dachtest dir also, du fängst am besten mit dem Äquivalent von Rum und Cola an?", schlug er vor. „Anstatt gleich den achtzigprozentigen Wodka zu nehmen?"

Ich lachte – ein einzelnes, raues Bellen. „Ehrlich gesagt, habe ich gar nicht darüber nachgedacht, obwohl es wahrscheinlich kein schlechter Plan ist."

Wenigstens hatte er sein Blut nicht mit einem *Sex on the Beach* verglichen. Das wertete ich als Sieg.

Er legte den Kopf schief, als er mich ansah. „Warum flippst du aus? Solltest du dich nicht freuen, dass Jace seine Kräfte besser in den Griff bekommt? Je stärker er ist, desto sicherer ist er doch."

Ich fuhr mir mit der Hand durchs Haar und versuchte, meine kreisenden Gedanken in einen logischen Zusammenhang zu bringen. „Es gibt zu viel Ungewissheit. Er war wochenlang auf dieser Insel gefangen. Alles, was er hatte, wurde von der Fae zur Verfügung gestellt. *Geschenke* von den Fae. Und irgendwann werden wir gegen sie kämpfen müssen. Was ist, wenn mehr Macht eine größere Zielscheibe bedeutet? Was ist, wenn wir all das durchgemacht haben, um ihn zurückzubekommen *und ich ihn immer noch nicht beschützen kann*?"

Als ich meinen Mund öffnete, hatte ich nicht beabsichtigt, dass all das herauskommt. Ich umarmte mich abwehrend. Leonides runzelte die Stirn, stieß sich vom Konferenztisch ab und erhob sich von seinem Stuhl. Er kam an meine Seite und stützte sich mit den Hüften auf der Tischkante ab, nah genug, um eine meiner Hände zu ergreifen und sie aus meinem Griff um meine Arme zu befreien.

Überrascht starrte ich auf die Stelle, an der sich unsere Finger berührten. Ich hob meinen Blick und traf auf seinen.

„Hey", sagte er. „Wir sitzen hier auf achtzehn Milliarden Tonnen Eisen. Er ist hier sicher. Wir wissen noch nicht, was die Zukunft bringen wird. Dein Sohn ist etwas Besonderes. Die Fae haben keine Ahnung, *wie* besonders."

Ich sah wieder nach unten und mein Blick fiel auf unsere verschränkten Hände – satte, dunkle Haut auf blasser Haut. Meine Fingernägel waren komplett zerfressen.

„Ich kann ihn nicht noch einmal verlieren, Leo", flüsterte ich. „I-ich *kann es* einfach nicht."

Sein Griff um meine Finger wurde fester und lenkte meine Aufmerksamkeit wieder auf sein Gesicht.

„Vonnie, ich ..." Er hielt inne und schien seine Worte zu überdenken, bevor er fortfuhr. „Ich habe noch nie so eine Bindung wie die zwischen dir und deinem Sohn gesehen. Die meisten Eltern wären ein komplettes Wrack gewesen, zu verzweifelt über das Verschwinden ihres Kindes, um etwas Sinnvolles zu tun."

„Ich *war* ein totales Wrack."

Ich bin ein komplettes Wrack, dachte ich.

Er starrte mich mit einem durchdringenden Blick an. „In der Zeit seit seiner Entführung hast du gelernt, Elementarmagie als Waffe einzusetzen, ein anderes Reich besucht, eine weltweite Verschwörung zur Übernahme des Planeten aufgedeckt und dich in die Festung unseres Feindes eingeschmuggelt, um Jace zurückzuholen."

So ausgedrückt, klang es viel beeindruckender – und gar nicht wie ein wildes Durcheinander – als es tatsächlich war. Das war wahrscheinlich der Grund, warum mein Verstand vor seiner Interpretation zurückschreckte und an mir abprallen ließ wie Wasser, das über eine Orangenschale glitt.

„Ich habe Ehrfurcht vor dieser Verbindung", sagte er nach einem Moment. „Ich verstehe es nicht. So etwas werde ich nie haben. Jedenfalls nicht jetzt. Ich wünschte, es wäre so."

Seine kühle Haut wurde dort warm, wo seine Finger meine berührten. Ich strich abwesend mit meinem Daumen über seine Fingerknöchel – eine kleine Bewegung ohne bewusste Absicht.

„Du *kannst* es haben." Die Worte entwichen mir, bevor ich sie aufhalten konnte.

Er war völlig still. Ich auch. Ein Teil von mir wollte einen Rückzieher machen ... die Sache herunterspielen ... wollte versuchen, die Zeit zurückzudrehen und es irgendwie ungeschehen zu machen. Doch ich tat es nicht. Mit Anstrengung ließ ich die Äußerung in der Stille zwischen uns liegen. Mein Herz klopfte gegen mein Brustbein, als ich ihre Bedeutung verstand.

Darauf zu warten, dass er etwas erwiderte, war eine Qual. Als sie endlich kam, klang seine Antwort heiser.

„Ich ... glaube nicht, dass ich das kann, Vonnie."

Meine Augen waren feucht, verschwommen von Tränen, obwohl ich mir nicht ganz sicher war, warum. Ich saß immer noch zusammengekrümmt auf dem Stuhl und umklammerte meinen Arm mit der Hand, die er nicht hielt. Ich richtete mich auf, ließ los und streckte meine Hand aus, um das Kinn des Löwen zu umfassen ... obwohl mich sein Kiefer hätte entzweibrechen können.

„Du kannst es haben", beharrte ich. „Auch wenn du sterben könntest oder ich sterben könnte oder" – mein Atem stockte schmerzhaft – „oder ... Jace sterben könnte. Du könntest es immer noch haben, wenn du es wolltest. Auch wenn du es eines Tages wieder verlierst."

Denn das war es doch, nicht wahr? Das war der Teil in ihm, der zerbrochen war. Wenn man die

Hand über die Flammen der Liebe hält und sich oft genug verbrennt, lernt man irgendwann, sich vom Herd fernzuhalten.

Leonides sah aus, als hätte ich ihm ein silbernes Messer in den Bauch gerammt. Ich glitt mit meiner Hand zu seiner Wange und zwang ihn, mich weiter anzuschauen, auch wenn es uns beiden wehtat.

„Vonnie", sagte er nach einer weiteren schmerzhaften Pause. „Du weißt, was ich bin. Du könntest es so viel besser treffen als mich."

Ich schaute nicht weg. Ich bewegte mich keinen Zentimeter. Ich blinzelte nicht einmal.

„Nein, Leo", sagte ich. „Das könnte ich nicht."

Ich hielt den Augenkontakt noch einen Moment lang aufrecht und nahm das leere Unverständnis wahr, das in seinen dunklen Tiefen wuchs. Dann ließ ich meine Hände von ihm weggleiten und erhob mich, um zu gehen, bevor einer von uns beiden etwas sagen konnte, das den Moment völlig zerstören würde. Er saß immer noch wie erstarrt da, als die Tür hinter mir zufiel.

Ich begegnete Jace und Edward, die aus dem Wald zurückkehrten, als ich benommen in Richtung meines Zimmers ging. Als ich sie sah, wurde mir klar, dass ich das verdammte Vampirblut völlig vergessen hatte.

Jace sah völlig schockiert aus und umklammerte den Anhänger an seinem Hals, als wäre er eine

Art Rettungsanker. „Hast du mich gehört, Mom?", fragte er.

„Ja, Baby, das habe ich", versicherte ich ihm. „Es hörte sich an, als würdest du eine neue Mine in den Berg sprengen."

Edward warf mir einen scharfen Blick zu, sodass ich mich fragte, was für einen Gesichtsausdruck ich hatte. Aber er sagte nur: „Es scheint, dass der junge Jace hier eine besondere Affinität zur Lithomantie hat. Sobald er etwas mehr Zeit hatte, sich an die Verwendung des Artefakts zu gewöhnen, möchte ich, dass ihr beide zusammen mit der Elementarmagie trainiert. Eure Kräfte scheinen sich immerhin gut zu ergänzen."

„Natürlich", sagte ich, wobei mir bewusst war, dass meine Stimme distanziert und abwesend klang. „Das können wir machen."

Jetzt sah mich auch Jace seltsam an. „Kann ich, ähm, kurz mit dir reden, Mom?"

Für einen kleinen Moment dachte ich, er hätte das Gespräch, das ich gerade mit Leonides geführt hatte, irgendwie mitbekommen und wolle mich über mein Liebesleben ausfragen. Dann blinzelte ich und kehrte in die Realität zurück, in der Jace ein Teenager war, dem sowohl telepathische Kräfte als auch ein differenziertes Verständnis für das Gefühlsleben von Erwachsenen fehlte.

„Immer, Baby", sagte ich ihm. „In deinem Zimmer?"

Edward warf uns einen wissenden Blick zu. „Ich lasse euch allein. Vielleicht sollten wir uns alle den Rest des Nachmittags freinehmen. Ich glaube, Albigard hat es endlich geschafft, uns ein Wasserschwein zu erlegen, also bin ich in der Küche, falls mich jemand braucht."

Jace blickte ihm ungläubig hinterher, als er sich auf den Weg machte, um mit einem riesigen Nagetierkadaver zu kämpfen. „Bedeutet das, dass wir zum Abendessen noch mehr seltsames Fleisch essen müssen?"

„Da bin ich mir ziemlich sicher, ja", antwortete ich. „Komm, lass uns reden."

Als wir uns in Jace' Zimmer begeben hatten, wandte er sich an mich. „Seit wir hier sind, hast du noch nichts über Dad gesagt."

Das Wirrwarr aus Schuldgefühlen, Ärger und Enttäuschung, das ich immer empfand, wenn ich an Richard dachte, durchbrach meinen derzeitigen, abwesenden Zustand ziemlich effektiv.

„Geht es ihm gut?", drängte Jace. „Warum ist er nicht hier?"

Und war *das* nicht gerade die Frage der Stunde? Im Stillen verfluchte ich Richard dafür, dass er mich in diese Situation gebracht hatte, in der ich versuchen musste, die Wahrheit gegen die Aussicht abzuwägen, einen Vater im Beisein seines Sohnes, der ihn liebte, schlecht zu machen.

Ich ließ mich auf dem Rand des Bettes nieder. „Soweit ich weiß, geht es ihm gut", sagte ich vorsichtig. „Er hatte ein paar Probleme im Laden. Es gab einen Einbruch, aber er wurde nicht verletzt oder so etwas."

Im Gegensatz zu den Jungs, die eingebrochen sind, fügte ich mental hinzu. *Denen geht es nicht so gut.*

„Jedenfalls war danach alles ein ziemliches Durcheinander, und ich nehme an, dass er bei Freunden untergekommen ist", fuhr ich fort.

Der verletzte Blick, den ich zu vermeiden gehofft hatte, glitt über Jace' Gesicht, bevor es ihm gelang, ihn zu verbergen. „Aber ich bin entführt worden, und du hast mich gesucht. Und ... er hat es nicht getan?"

Meine Kehle brannte. „Baby, dein Vater liebt dich. Er war am Boden zerstört, als er erfuhr, dass du entführt wurdest. Er wollte einen anderen Weg gehen. Mit der Polizei. Mit dem FBI. Er verstand das mit den Fae nicht. Also blieb er zurück, um mit den Behörden zusammenzuarbeiten, und ich machte mich mit den drei Vampiren und einem von Dämonen gefesselten Butler aus dem Staub. Es war reiner Zufall, dass ich dich zuerst gefunden habe."

Ich betete zu jeder Gottheit, die mir zuhören mochte, dass Jace niemals herausfinden würde, wie viel von dieser Geschichte kreative Interpretation war. Vielleicht konnte Edward mir sagen, ob Lügner wirklich in die Hölle kamen, und wenn ja, was mich dort erwarten würde.

„Wo ist er jetzt?", fragte Jace.

Wenigstens dieser Teil war die Wahrheit. „Es tut mir so leid, Jace, aber ich habe keine Ahnung. Seit wir auf der Flucht sind, war ich nicht wirklich in der Lage, die Leute zu Hause zu kontaktieren. Ich kann dir nur sagen, dass es ihm gut ging, als ich ihn das letzte Mal gesehen habe."

„Du könntest ihn doch jetzt anrufen, oder?", sagte Jace. „Ich meine, Edward kontaktiert ständig jemanden und Guthrie hat Internet in seinem Büro, und –"

Überrascht runzelte ich meine Stirn. „Moment mal. Du nennst ihn Guthrie?"

Er starrte mich an. „Alle nennen ihn Guthrie, nur du nicht." Er zögerte etwas. „Nun … du und Edward. Und … ich glaube, Albigard nennt ihn meistens *Blutsauger*. Aber Rans und Zorah nennen ihn so."

„Richtig …" Ich ließ die Sache auf sich beruhen. „Wie auch immer, du hast absolut recht. Wir werden versuchen, ihn zu erreichen und ihn wissen zu lassen, dass es dir gut geht. Es tut mir leid, dass ich nicht früher daran gedacht habe." Mit einem vorsichtigen Blick sagte er: „Ist schon okay. Ich weiß, dass ihr beide euch irgendwie hasst."

„Wir hassen uns nicht", sagte ich schnell, um über den Wahrheitsgehalt dieser Aussage nicht zu lange nachdenken zu müssen. „Wir frustrieren einander. Aber das Wichtigste ist, dass wir dich beide lieben, denn du bist unser Kind und du bist großartig."

Sein Blick wurde bitter. „Ja, *großartig*. Das bin ich", murmelte er. „Also, wenn du die Elementarmagier-Hälfte meiner Genetik bist, bedeutet das …?"

Ich zögerte mit meiner Antwort, aber zu diesem Zeitpunkt gab es wirklich nichts, was dagegen sprach. „Ja. Das bin ich. Ich schätze, Lebensmagie liegt in der Familie deines Vaters. Bis vor Kurzem hat er nie Anzeichen dafür gezeigt, aber das hat sich geändert."

„Was kann er tun?", fragte Jace, was eine ganz natürliche Frage auf diese neuen Erkenntnisse war.

In jüngster Zeit gab es ein Minenfeld voller Dinge, von denen Jace meiner Meinung nach nie erfahren musste, doch leider ...

„Er manifestierte einen Geisterwolf, als die Männer in seinen Laden einbrachen. Es war ... verdammt beeindruckend, aber soweit ich weiß, kann er es nicht wirklich kontrollieren oder es auf Abruf geschehen lassen."

„Ernsthaft? Ein *Geisterwolf*?", fragte Jace und seine Augen wurden groß. „*Whoa.*"

„Das hat mich genauso überrascht, das steht fest", sagte ich.

„Das ist *so cool*", rief Jace. „Albigard könnte ihm sicher beibringen, wie man es kontrolliert. Oder vielleicht Edward."

„Wenn wir ihn hierher bringen", räumte ich vorsichtig ein. „Ich weiß nicht, ob das möglich ist oder nicht, Baby."

Jace rollte mit den Augen, ganz Teenager. „Nun, zuerst müssen wir natürlich mit ihm reden. Ich könnte Guthrie fragen. Ist er in seinem Büro?"

Das Wort *Minenfeld* tauchte wieder in meinem Bewusstsein auf, aber Leonides musste einfach mit einem Kind fertig werden, das mit seinem Vater sprechen wollte, nachdem es durch die Hölle gegangen war. Das hatte nichts mit dem zu tun, was zwischen uns beiden war – was auch immer es war.

„Ja. Er sollte im Büro sein", sagte ich. „Soll ich mitkommen?"

Jace spannte seinen Kiefer an und sah Richard in diesem Moment so ähnlich, dass es mir den Atem verschlug. „Nein. Ich sage dir Bescheid, wenn wir ihn erreichen. Ich weiß, dass du nicht mit ihm reden willst, wenn du nicht musst."

Es hätte weniger weh getan, wenn es nicht so wahr gewesen wäre. „Ich werde irgendwann mit ihm sprechen müssen, aber es muss nicht heute sein. Sag ihm, dass wir es arrangieren können, ihn hierher zu holen, wenn er will."

Ich vertraute nur bedingt darauf, dass er es tun würde, aber dieses Mal war ich bereit, ihn Jace seine Gründe selbst erklären zu lassen, anstatt zu versuchen, mich einzumischen.

„Okay, ich gehe jetzt und schaue, ob ich mir ein Handy leihen kann", sagte er etwas mürrisch, als ob er erwartete, dass ich mir eine Ausrede einfallen lassen würde, um ihn aufzuhalten. Das tat ich nicht.

Als sich die Tür hinter ihm schloss, ließ ich mich auf das Bett zurückfallen und starrte nichts sehend auf die Vorhänge. Ich wusste, dass ich an mehreren Fronten gleichzeitig kämpfen musste, doch momentan war ich mir nicht ganz sicher, wo ich anfangen sollte.

KAPITEL DREIZEHN

IN DIESER NACHT ging ich in den frühen Morgenstunden mit dem Gefühl zum Pool hinaus, dass etwas Unvermeidliches passieren würde. Meine Augen glitten über die blaue Oberfläche, die in der Dunkelheit von der Unterwasserbeleuchtung auf unheimliche Weise beleuchtet wurde. Und tatsächlich, eine vertraute Gestalt schwamm unter Wasser und durchquerte es mit anmutigen Zügen.

Ich ließ mich in dem Bereich, den er anvisiert hatte, am Rand nieder und wartete. Er tauchte ein paar Meter entfernt auf und wischte sich das Wasser aus dem Gesicht.

„Ich habe vorhin vergessen, dein Blut zu trinken", sagte ich ohne jegliche Vorrede.

Er warf mir einen verwunderten Blick zu, bevor er zum Rand schwamm und sich aus dem Wasser hievte. Ich sah zu, wie sich die Muskeln seiner Arme anspannten und die Rinnsale an seinem Körper hinunterliefen, als er aus dem Becken stieg. Er drehte sich um, um sich circa eine Armlänge entfernt neben mich zu setzen. Er trug Boxershorts – ich schätze, er hatte es genau wie ich nicht geschafft, während unserer rasanten Flucht durch Südamerika shoppen zu gehen.

„Rans und Zorah sind wieder da, weißt du", sagte er. „Vielleicht sind sie um diese Zeit sogar schon wach, obwohl ich nicht darauf wetten möchte, ob sie gerade Sex haben oder nicht."

Ich seufzte. „Achtzigprozentiger Wodka, schon vergessen? Mein Können mit dem neuen Anhänger ist noch nicht *so* zuverlässig."

Leonides hielt inne, dann sagte er: „Jace hat es geschafft, deinen Ex heute zu erreichen. Richard." Sein Ton war zu neutral.

„Ich weiß", sagte ich. „Er hat es mir gesagt."

Richard war zumindest an sein Handy gegangen. Allerdings hatte er Jace vertröstet – er hatte nicht mit einem klaren *Ja* oder *Nein* geantwortet, ob er hierherkommen würde. Ich war *zutiefst* überrascht.

„Was du wahrscheinlich noch nicht weißt, ist, dass er vor einer Stunde zurückgerufen hat", fuhr Leonides fort, „und sich bereit erklärt hat, sich auf den Weg hierher zu machen."

Ich musterte ihn scharf. „Er hat *was* getan?"

Er zuckte mit den Schultern. „Du hast mich schon verstanden. Ich habe ihm Geld für die Reise überwiesen und ihn mit jemandem in Kontakt gebracht, der einen diskreten Transport bis nach Panama organisieren kann. Edward kümmert sich um die Logistik auf der südamerikanischen Seite, wie ich höre."

Es dauerte einen Moment, bis mein Gehirn wieder funktionierte. „Dir ist klar, dass er wahrscheinlich dein Geld nehmen und verschwinden wird, oder?"

„Wenn er das tut, dann ist es eben so. Aber sein Kind ist hier. Wir können seine Fragen über das Übernatürliche hier beantworten, und er läuft wie eine okkulte Zeitbombe mit diesem außer Kontrolle geratenen Geisterwolf herum. Ich glaube, du unterschätzt, wie motiviert er ist."

Oh Gott. War das wirklich wahr? War Richard im Begriff, etwas Mutiges zu tun, weil sein Sohn hier war und ihn brauchte?

Ich blinzelte. *Nein.*

„Wir werden sehen", sagte ich und ließ das Thema erst einmal auf sich beruhen. Wie Leonides gesagt hatte ... entweder würde er hier auftauchen oder nicht. Ich konnte Richards Handlungen nicht kontrollieren.

Leonides erhob sich mit einer einzigen geschmeidigen Bewegung. „Wenn du das mit dem Blut ernst meinst, komm mit zu mir. Ich öffne für dich eine Ader, aber ich würde nur ungern den ganzen Poolbereich vollbluten."

Er streckte mir eine Hand entgegen und ich ergriff sie und erlaubte ihm, mich auf die Füße zu ziehen. Mein Verstand lief bereits auf Hochtouren und versuchte, sich über ein halbes Dutzend Dinge gleichzeitig Gedanken zu machen.

„Okay, danke", sagte ich zu ihm. „Heißt das, dass Edward auch andere Leute hierherruft?"

Leonides schnappte sich ein Handtuch von einem nahe gelegenen Liegestuhl und trocknete sich Gesicht und Oberkörper ab, während wir zu einem der frei stehenden Gebäude gingen, in dem er sich ein Zimmer genommen hatte.

„Das tut er, ja. Ein paar andere an Dämonen gebundene Menschen, deren Seelen noch nicht von ihren Meistern eingefordert worden sind, warum auch immer, sowie ein paar Bekannte von ihm, die auch Magie besitzen. Sollte ein interessanter Haufen sein."

Ich holte tief Luft. „Und die anderen Eltern?"

„Er streckt seine Fühler aus, was vermutlich bedeutet, dass er Nigellus dazu bringen will, das Gleiche zu tun." Leonides' Mund verzog sich. „Es wäre schön, wenn sich dieses Arschloch entweder dazu entschließen würde, uns richtig zu helfen, oder uns im Voraus warnen würde, dass er es nicht tun wird, damit wir wissen, dass wir nicht auf ihn zählen können."

Ich warf ihm einen Seitenblick zu. „Aus meiner Sicht scheint er ziemlich engagiert zu sein. Auch wenn er nicht sehr offen damit umgeht."

Leonides schnitt frustriert mit der Hand durch die Luft. „Verdammte Dämonen. Immer diese Ausflüchte und Irreführungen."

„Im Gegensatz zu den Fae, die ein Inbegriff der Geradlinigkeit sind", sagte ich trocken. „Und Vampire. Ich meine … Vampire sind praktisch ein offenes Buch."

Er hob seine Augenbrauen und sah mich an. „Du hast die anderen beiden *kennengelernt*, nicht wahr?"

Ich schnaubte. „Ja. Und ich kenne *dich*."

Wir kamen an seiner Tür an, und er stieß sie auf. „Vonnie, ich bin kein komplizierter Mann."

Diesmal war es an mir, ihn ungläubig anzusehen. „Okay. Was auch immer du sagst."

Er schaltete das Licht an und führte mich nach drinnen. Der Raum, den er ausgesucht hatte, hatte eine weiße, minimalistische Einrichtung, die mich stark an sein Penthouse erinnerte ... bevor die Fae es gesprengt hatten.

„Nimm Platz", sagte er. „Ich hole ein Glas oder einen Becher und bin gleich wieder da."

Bevor er in der winzigen Küche verschwinden konnte, hielt ich ihn auf.

„Warte. Verrate mir erst etwas." Die Worte sprudelten aus mir heraus, angetrieben von Erschöpfung, die die Barrieren zwischen Emotionen und Mundwerk in den frühen Stunden der Nacht durchlässig machte.

Er zögerte an der Tür und schaute zu mir zurück.

„Im Moment ist alles ein großes Durcheinander", fuhr ich fort, „und ich weiß nicht, wie ich damit umgehen soll. Die Welt könnte untergehen, und wir werden versuchen, uns zu wehren, wenn es so weit ist, aber niemand weiß bisher genau, wie wir das anstellen sollen. Jace ist frei, aber er könnte an eine Fae gebunden sein, oder sogar an viele Fae, die ihm Geschenke gemacht haben, als sie ihn gefangen hielten. Richard könnte hierherkommen, und wenn er das tut, wird es kompliziert werden. Oder er kommt nicht, und in diesem Fall muss ich mir überlegen, wie ich das Jace beibringen kann, ohne ihn zu verletzen."

Ich hielt inne, um Luft zu holen. „Es wäre wirklich schön, wenn es nur *eine* verdammte Sache gäbe, auf die ich mich verlassen kann. Eine Sache, bei der ich mir wirklich sicher sein kann, wo ich stehe."

Leonides sah mich ausdruckslos an, seine Hand umklammerte den Türrahmen, während er unbeweglich dastand.

„Wie stehst du zu mir, Leo?", fragte ich, denn es war zwei Uhr nachts und er war kurz davor, sich die Pulsadern aufzuritzen, um mir Blut zu geben. Wir hatten zweimal Sex gehabt und kaum darüber gesprochen und jedes Mal, wenn ich versuchte, ihm mehr zu geben, sah er aus, als würde ich ihm ein Glas kühles, klares Wasser mitten in der Wüste hinhalten, aber auch, als hätte ich ihm ein Messer in den Bauch gerammt.

Irgendwann auf dem Rückweg vom Pool hatte mein Herz offenbar beschlossen, dass es keine Lust mehr auf diesen Mist hatte und Antworten brauchte. Ich ging durch sein monochromes Zimmer auf ihn zu und legte meine Hand auf seine nackte Brust, unter der sein Herz schlagen sollte, und sah zu Leonides auf.

„Vonnie", sagte er heiser. Das Holz des Türrahmens knarrte protestierend unter seinem Griff.

„Tu es nicht", sagte ich ihm. „Was auch immer du sagen willst, *tu es nicht*. Ich muss nur wissen, ob ich für dich immer noch der hungernde Streuner bin, den du aufgenommen hast, oder ob es mehr als das ist." Ich schluckte schwer. „Wir werden gemeinsam unser Leben im Kampf gegen die Fae riskieren und ich verdiene es, zu wissen, was wir einander bedeuten, Leo."

Die Stille dauerte einen Atemzug, dann zwei. Und plötzlich fand ich mich mit dem Rücken an der Wand neben der Küchentür wieder und Leonides' Lippen bedeckten meine. Er hielt mich fest –

als ob ich vorhätte, irgendwohin zu gehen – während sein Mund meinen eroberte und die unausgesprochenen Worte direkt von seinem Körper in mein Herz übertrug.

Nach einigen Augenblicken zog er sich ein wenig zurück, um unsere Stirnen aneinanderzupressen.

„Verdammt noch mal, Vonnie", flüsterte er. „Wenn du immer noch fragen musst ..."

„Ich kann vielleicht zaubern, aber ich bin keine Hellseherin", schoss ich zurück, „und ich kann nicht gerade auf ein erfolgreiches Beziehungsleben zurückblicken. Sei nicht so streng mit mir."

Ein kleiner Hauch Luft entkam seinen Lungen – vielleicht Belustigung ... oder Frustration. *„Mein Gott.* Ist dir nicht klar, dass das eine Katastrophe ist, die nur darauf wartet, stattzufinden?"

Ich zog mich so weit zurück, dass ich seine Augen sehen konnte, ohne zu schielen. „Ähm ... *vielen Dank.* Dann weiß ich ja, wo ich stehe."

Doch er schüttelte abrupt den Kopf. „Nein. Es liegt nicht an dir. Sondern an mir. Ich habe dir schon einmal gesagt, dass du es so viel besser treffen könntest."

Ich sah ihn finster an. „Und ich habe *dir* gesagt, dass das Blödsinn ist. Weißt du, ab einem bestimmten Punkt fängt deine Selbstabwertung an, furchtbar nach einer Ausrede zu klingen, warum du nicht ehrlich zu mir sein kannst. Ehrlich gesagt, klingt es nach einer Lüge ... selbst wenn es eine Lüge ist, die du dir selbst einredest."

Stille folgte auf meine Worte.

„Okay. Solange du dich daran erinnerst, dass du das gesagt hast, wenn das hier unweigerlich scheitert", murmelte er, und dann traf sein Mund wieder auf meinen.

Wir stolperten durch die Küche zu einer weiteren Tür, die in einen kleinen, privaten Garten führte, von dem aus sich der Sternenhimmel über uns erstreckte. Ich nahm kurz einen weißen Sichtschutzzaun und einen Whirlpool im Boden wahr. Der Bereich war mit geschmackvollen Einbaulichtern ausgeleuchtet. Die Steinplatten waren kühl unter meinen nackten Füßen.

Leonides zog sich lange genug zurück, um die Kissen von den Liegestühlen zu nehmen und sie in den Whirlpool zu werfen. Ich starrte ihn verwirrt an, bis mir einfiel, dass die Stühle selbst, ebenso wie der Tisch, aus Eisen waren. Abgesehen von unserer Kleidung, waren die Kissen die einzigen brennbaren Gegenstände in unserer Nähe.

Als hätte die Erkenntnis eine Art Schleuse geöffnet, durchströmte mich eine Lust, deren Kraft mir völlig fremd war. Unbeholfen lenkte ich die plötzliche Hitzewelle durch den Smaragd, der an meinem Hals hing, bevor sie entweichen konnte. Dann packte ich Leonides, als er sich wieder zu mir umdrehte, und hakte meine Finger in den Bund der feuchten Boxershorts, in der denen er geschwommen war, und zog sie nach unten.

Bevor ich sie versehentlich in Brand steckte. Sicherheit geht immer vor. Das war alles.

Sein Schwanz sprang hervor, bereits dick und hart. Er gab ein leises Keuchen von sich und stieg aus den Boxershorts, bevor er sich revanchierte, und das T-Shirt, das ich trug, über meinen Kopf hob. Ich streckte meine Arme, um ihm behilflich zu sein, und schob gleich darauf meine Schlafshorts nach unten. Unsere Kleidung folgte den Kissen in den warmen Whirlpool, um außerhalb der Reichweite meiner Flammen zu sein.

Leonides nahm mich bei der Hand und führte mich zu dem näheren der beiden Liegestühle. Er setzte sich auf die Kante der gewebten Liegefläche und zog mich auf seinen Schoß, sodass ich rittlings auf ihm saß. Seine großen Hände umfassten meine Hüften, um mir Halt zu geben, bis ich mein Gleichgewicht gefunden hatte und dann glitten sie meine Seiten hinauf nach vorne, um meine Brüste zu umfassen.

„Oh mein Gott, Vonnie", sagte er, und ich küsste ihn wieder.

Unser Kuss war diesmal nicht verzweifelt – nicht wie in der Nacht in Chicago, nachdem er sich von den schrecklichen Verbrennungen erholt hatte, die er sich bei der Explosion der Gasleitungen zugezogen hatte. Unsere Berührungen in diese Nacht waren blindwütig gewesen – eine instinktive Hingabe, voller Bedürfnisse, verstärkt durch Zorahs Sukkubus-Blut und den Adrenalinabfall.

Das hier ... *das* war etwas anderes. Süßer. Gefährlicher.

Wenn mir Leonides nach diesem Kuss noch einmal die Füße unter dem Boden wegzog, würde das mehr wehtun, als ich zu ertragen vermochte. Doch das bedeutete Vertrauen, nicht wahr? In dem Moment, in dem man eine andere Person hereinließ, gab man ihr Macht über sich selbst.

Es war ein zweischneidiges Schwert. Ich war nicht die Einzige, die ihre Mauern fallen ließ. War noch jemand zu ihm durchgedrungen, seit seine süße Frau ihn in den Fünfzigerjahren zum Abschied geküsst hatte und zum Laden an der Ecke gegangen war, nur um nie wieder zurückzukehren?

„Ich sehe dich, Leonides", hauchte ich an seinen Lippen, wie ich es schon so lange tun wollte. „Ich laufe nicht weg."

KAPITEL VIERZEHN

LEONIDES' BRUST hob sich stockend unter meiner Hand, obwohl es völlig überflüssig für ihn war, zu atmen. Er hielt mich über sich, während er sich in den Liegestuhl schwang, sich zurücklehnte und mich mit sich nach unten zog. Ich ließ mich rittlings auf ihm nieder, drückte meine Knie an seine Flanken und legte mich mit meinem Oberkörper wie eine Decke auf ihn. Meine Lippen strichen über sein Schlüsselbein, während er mich eng an seinen Körper zog.

Ob nun gewebt oder nicht, ich konnte mir nicht vorstellen, dass der Liegestuhl ohne die gewohnten Kissen sehr bequem war, aber sein harter Körper entspannte sich unter mir. Als ich mich an ihn drückte, war Leonides unter mir fast knochenlos geworden. Ich seufzte – ein kleines, zufriedenes Wimmern entwich meiner Kehle –, und war mir nicht sicher, ob ich mich jemals zuvor in meinem Leben so gut gefühlt hatte.

Es war nicht das erste Mal, dass ich mich in Leonides' Armen eingerollt hatte, so viel stand fest. Doch jedes Mal gab es etwas, das einen von uns oder uns beide zurückhielt. Er hatte mich zuvor in seinen Armen gehalten, weil ich Schutz in Dhuinne brauchte, bevor ich wahnsinnig wurde oder weil ich verzweifelt war. Ich hatte mich von ihm halten lassen, weil ich zu erschöpft war, um zu kämpfen, oder weil ich einsam war, oder trauerte, oder Angst hatte.

Jetzt hielt er mich, weil er es wollte, und ich lag zufrieden in seinen Armen, während sich mein Unterleib zu flüssiger Lava verwandelte und ich mir nicht vorstellen konnte, irgendwo anders zu sein. Ich konnte fühlen, wie sich sein harter Schwanz an mich schmiegte, und ich verzehrte mich danach. Die normale Dringlichkeit war jedoch aus unseren Berührungen verschwunden. Diesmal musste ich den Moment nicht sofort ergreifen, ehe er mir entglitt.

Wir waren immer noch an allen Seiten von Gefahr umgeben, bedrohlich wie eh und je ... aber es war keine Entweder-oder-Situation mehr. Dieses Gefühl der Zufriedenheit, dass wir zusammengehörten, existierte parallel zu unserer alltäglichen Realität, obwohl in Zukunft schreckliche Dinge passieren würden. Wir konnten die Fae bekämpfen und gleichzeitig einen Zufluchtsort in den Armen des anderen finden.

„Das hier ist keine Katastrophe", murmelte ich gegen seine Haut. „Es ist nur der Beginn einer neuen Reise. Auf dem Weg dorthin kann immer etwas schiefgehen, aber du musst trotzdem den Schritt vom Bahnsteig wagen, wenn du dein Ziel erreichen willst."

Er schwieg einen Moment lang, aber ich spürte, wie er seine Arme um mich herum fester zusammenzog.

„Was ist das Ziel?", fragte er schließlich.

„Ein unbekannter Ort, der besser ist, als unser Ausgangspunkt", antwortete ich ohne zu zögern.

Er erschauderte fast unmerklich. Ich fragte mich, wann er sich zum letzten Mal erlaubt hatte, sich eine glücklichere Zukunft vorzustellen.

„Und was ist, wenn die Zukunft schlimmer ist, als wir erwarten?", flüsterte er.

Ich zuckte mit den Achseln, während ich mich tiefer an ihn schmiegte. „Dann hatten wir wenigstens das hier."

„Also ... carpe diem?", schlug er vor.

Ich nickte und rieb meine Wange an der glatten Haut unter seinem Schlüsselbein. „Ganz genau. Carpe *all* die diems dieser Welt", stimmte ich zu.

Diesmal war das leise Geräusch, das er in seiner Brust machte, mit ziemlicher Sicherheit ein belustigtes Brummen, und ich musste schmunzeln.

„Du bist eine ungewöhnliche Frau", murmelte er leise, während seine Hand an meinem Rücken auf und ab glitt.

Ich schnaubte. „Na ja, ich meine, ich stecke Sachen in Brand, wenn ich erregt bin, also ... ja, so könnte man es auch sagen." Meine Wangen wurden heiß. „Tut mir übrigens leid wegen dieser ganzen Feuergeschichte. Ich weiß, es ist ziemlich nervig."

Zu meiner großen Überraschung spürte ich, wie sich sein Körper vor einem echten – wenn auch stummem – Lachen für einen Moment lang schüttelte. Hatte ich ihn jemals lachen sehen, abgesehen von einem reumütigen Grinsen, das er hin und wieder zeigte? Wenn ja, dann konnte ich mich nicht daran erinnern. Ich setzte mich auf und starrte ihn an. „Du *lachst?* Über mich?", verlangte ich zu wissen. „Weil meine Pyrokinese *von Sex ausgelöst wird?"*

Doch er schüttelte nur hilflos den Kopf und zog mich wieder an sich, um den Moment zu genießen, während er sich immer noch amüsierte. Dann küssten wir uns irgendwie wieder, und alles andere war vergessen.

„Ich werde nicht lügen", sagte er zwischen zwei Küssen, als sich seine Lippen ihren Weg über meinen Kiefer bahnten und an meinem Hals entlangfuhren. „Die Pyrokinese birgt eine gewisse ... Herausforderung." Ich erschauderte, als seine Zähne über die Stelle glitten, an der er mich einmal gebissen hatte. „Aber das ist es wert."

„*Mmm*", wimmere ich, als die Erinnerung an das Gefühl seiner Reißzähne mit der gleichen Wucht auf mich einschlug wie die Katastrophe, die er zuvor prognostiziert hatte.

Während er mich küsste, war seine Hand tiefer gewandert, bis er meinen Hintern umfassen und kneten konnte. Irgendwann hatte sich mein vermeintlich frigider Körper darauf eingestellt, auf seine Berührungen wie eine läufige Hündin zu reagieren. Ich war feucht – pulsierte und verlangte nach ihm –, und alle Gedanken an ein ausgiebiges Vorspiel verflogen, als ich mich zurücklehnte, um seiner Länge entgegenzukommen, die zwischen meine Pobacken gerutscht war, als wir umschlungen dalagen.

Er atmete scharf ein, als ich mich in Position brachte und ihn an meinen Eingang führte. Ich genoss die Dehnung und Penetration auf eine Weise, die ich mir vor ein paar Wochen noch nicht einmal hätte vorstellen können. Seine Hände gruben sich in meine Hüften und drückten mich nach unten, während er gleichzeitig seinen Schwanz mit einer einzigen, gleitenden Bewegung in mir versenkte und mir damit ein Keuchen entlockte. Ich bäumte mich auf und stützte meine Hände auf seine durchtrainierte Brust – ich wollte sehen, wie er seine Augen schloss und seinen Kopf nach hinten reckte, um mir seine Kehle zu entblößen, als er sich vollkommen in mir vergrub.

Ich spürte, wie mein Innerstes um seinen großen Umfang flatterte ... und fühlte den wachsenden Drang, mich zu bewegen, um das Gefühl dieses ersten Stoßes immer wieder nachzuempfinden. Mit Sicherheit würden meine Knie rote Abdrücke von dem unnachgiebigen Netz des Liegestuhls haben, aber das war mir egal, denn seine großen Hände führten meine Hüften auf und ab und wir verfielen in einen langsamen, schaukelnden Rhythmus.

„Sieh mich an", forderte ich atemlos, mir der Tatsache bewusst, dass mein Bauch von meiner Teenager-Schwangerschaft eine Leinwand aus Dehnungsstreifen war und mein Gesicht durch den wochenlang anhaltenden Stress und schlechten Schlaf aufgedunsen und hager aussah, während die dunklen Augenringe mich zehn Jahre älter wirken ließen. Er dagegen war perfekt – ewig jung und wunderschön –, während ich nur allzu menschlich war. Und doch wollte ich, dass er mich anschaute – dass er mich *sah*.

Er tat es … seine Augen leuchteten in dem schwachen Licht fast violett. Gott allein wusste, was für einen Gesichtsausdruck ich trug. Ich zog meine Unterlippe zwischen die Zähne, als seine Hände nach oben glitten, um meine Brüste zu umfassen. Seine Daumen strichen über meine Brustwarzen, bis sie sich zu festen, kribbelnden Spitzen zusammenzogen.

„Du bist wunderschön, Vonnie", sagte er, als hätte er meine brutal ehrliche Selbsteinschätzung in meinen Gedanken gelesen. „So schön."

Ich ritt ihn langsam und beobachtete dabei fasziniert sein Gesicht, bis eine seiner Hände über meinen Bauch glitt und sich sein Daumen seinen Weg zwischen meine Falten bahnte, um meine Knospe zu umkreisen und damit mein Gehirn außer Betrieb zu setzen. *Heilige Scheiße*. Ich hatte mir schon mal Sorgen darüber gemacht, dass ich, während er in mir war, ohnmächtig werden könnte, wenn ich kam, und es sah so aus, als hätte er die Absicht, diese Theorie heute Abend zu testen.

Jeder Nerv in meinem Körper strebte einem Orgasmus entgegen, der mich völlig zu vernichten drohte, und ich stürzte auf den Rand dieser Klippe zu, wie ein verzweifelter Junkie auf der Suche nach dem nächsten Hit.

„Ja … *ja*", keuchte ich. „Oh Gott, hör nicht auf … bitte hör niemals auf, Leo."

Und er ließ mich nicht hängen.

Die Zeit war bedeutungslos geworden, und ich hing für Sekunden, die sich wie eine halbe Ewigkeit anfühlten, in der Schwebe, bevor sich mein Körper zusammenzog, sich nach vorne krümmte und von einer Kaskade weiß-glühenden Vergnügens durchströmt wurde. Es strahlte in Wellen von seiner dicken Länge, die in mir vergraben war, und dem schwieligen Daumen, der meine empfindliche Knospe umkreiste, nach außen. Ich war nicht wirklich ohnmächtig geworden, aber ich schluchzte und murmelte unsinnige Worte, bis meine Stimme brach.

Als ich nicht mehr das Gefühl hatte, dass ich mich von der Realität zu lösen drohte, kam ich auf Leonides' Brust liegend wieder zu mir, während er mich fest an sich gedrückt hielt. Er war immer noch in mir ... immer noch hart. Er bewegte sich nicht, als ob jede Bewegung, die er machte, einen oder uns beide zerschmettern würde.

Als ich meine Muskeln halbwegs wieder unter Kontrolle hatte, ließ ich meine Hüften versuchsweise kreisen und entlockte ihm ein raues Stöhnen. Irgendwie schaffte er es, uns beide im Liegestuhl aufzurichten – ich saß immer noch auf seinem Schoß, während er seinen großen Körper um den meinen schmiegte und sein Gesicht an meiner Kehle vergrub.

„Ich muss dich schmecken", hauchte er. Seine Worte kribbelten auf meiner empfindlichen Haut. „Lass mich dich schmecken, Vonnie ... *bitte.*"

Er klang, als sei er in Trance, hörte sich an, wie ich mich fühlte, als ob nichts außer dem Hier und Jetzt existierte.

„Alles, was du willst", entgegnete ich leise und legte eine Hand um seinen Nacken, um ihn an meinen Hals zu drücken. „Nimm es dir."

Seine Reißzähne durchbrachen meine Haut, und ich gab einen Laut von mir, das ein Beutetier machte – von zwei Seiten eingekesselt, zweimal durchbohrt. Mein Körper begann zu zittern, als mein Blut in ihn hineinfloss und er sich wieder in mir bewegte. Leonides knurrte an meinem Hals und ergoss sich tief in mich. Es fühlte sich an, als würde sich ein Kreis zwischen uns schließen. Ich brach erschöpft in seinen Armen zusammen und bemerkte kaum, wie er über die zwei Einstichlöcher an meinem Hals leckte und sie mit seinem Vampir-Mojo heilte.

Für eine Weile war alles etwas verschwommen, dann hatte ich das Gefühl, hochgehoben und getragen zu werden. Kurz darauf lag ich in einem Bett und realisierte, wie er mit einem weichen Waschlappen die Sauerei zwischen meinen Beinen wegwusch. Dann kitzelte mich der metallische Geruch von Blut in der Nase. Leonides stützte meinen Kopf und hob ein Glas an meine Lippen. Ich trank, und der Nebel verschwand, der mein Hirn eingelullt hatte, als das Vampirblut mir neue Lebenskraft verlieh, die mir entzogen worden war. Der leichte Schmerz in meinen Knien, der von dem unbequemen Liegestuhl herrührte, verschwand, als hätte es ihn nie gegeben.

Das Licht ging aus, und ich spürte seine kühle Haut, als er neben mir unter die Decke schlüpfte und sich an mich schmiegte. Ich rollte mich an Leonides' Seite und legte meinen Kopf auf seine Brust, während er seine Arme um mich schloss und mich sicher an sich gedrückt hielt.

„Lass mich nicht verschlafen", murmelte ich. „Ich will nicht, dass Jace aufwacht und denkt, ich wäre verschwunden."

„Das werde ich nicht", schwor Leonides. „Schlaf, Vonnie. Ich kümmere mich um alles."

KAPITEL FÜNFZEHN

EINIGE STUNDEN SPÄTER, in der grauen Morgendämmerung, stolperte ich schlaftrunken zurück in mein Zimmer. In meinem Kopf herrschte ein Wirrwarr aus Hoffnung und Besorgnis. Ich wusste, dass ich mehr körperliche Male für das, was wir in der Nacht zuvor getan hatten, tragen sollte, aber Leonides' Blut hatte jegliche Beschwerden aus der Welt geschafft.

Anscheinend war ich jetzt also mit einem Vampir zusammen – wenn man ‚zusammen sein' als ‚unsere Gefühle füreinander offenbaren und Karnickelsex haben, während die Welt um uns herum implodiert' definierte.

Ich zog meine nassen Klamotten aus, die Leonides aus dem Whirlpool gefischt hatte, duschte und fiel mit dem Gesicht nach unten in mein Bett, denn selbst mit dem Vampirblut, das durch meine Adern raste, waren drei Stunden postkoitaler Schlaf nicht annähernd genug, um richtig zu funktionieren. Als ich einige Zeit später von einem Klopfen an meiner Tür geweckt wurde, zeigte der Wecker auf meinem Nachttisch neun Uhr morgens an.

„Mom?", rief Jace. „Alles in Ordnung bei dir?"

„Ja, einen Moment", rief ich zurück und setzte mich auf. Ein kurzer Blick in den Spiegel verriet nichts, was unverhohlen nach 'wilder Sex mit einer Kreatur der Nacht' schrie, also öffnete ich die Tür und blinzelte gegen das Sonnenlicht an, das mir entgegenschlug. „Hey, Baby. Tut mir leid, ich habe in letzter Zeit nicht gut geschlafen. Mein Körper hat sich wohl heute Morgen entschieden, das nachzuholen."

Er musterte mich und nickte. „Sieht aus, als hättest du es gebraucht."

Ich rümpfte die Nase. „Sehr witzig. Was gibts?"

Er warf einen Blick über seine Schulter. „Es kommen noch mehr Leute an. Freunde von Edward, glaube ich."

Das weckte sofort mein Interesse und ich war auf einmal hellwach. „Hm. Das ging aber schnell. Ich werde mir etwas Wasser ins Gesicht spritzen und mich anständig anziehen. Bin in ein paar Minuten draußen."

Jace nickte und drehte sich um, um wieder in Richtung des Parkplatzes zu schauen. „Okay. Ich gehe mal *Hallo* sagen. Vielleicht bedeutet das, dass Dad auch bald hier sein wird."

Mein Herz zog sich zusammen, aber ich nickte nur. „Vielleicht. Dann geh schon mal vor. Komm niemandem in die Quere. Ich werde gleich nachkommen."

Er schenkte mir ein angestrengtes Lächeln und eilte dann davon, um die Neuankömmlinge zu begrüßen. Ich vertraute darauf, dass Edward und die anderen niemanden eingeladen hatten, der gefährlich war ... oder besser ausgedrückt, ich vertraute darauf, dass sie niemanden eingeladen hatten, der *für uns* gefährlich war. Ehrlich gesagt, konnten wir alle gefährlichen Leute gebrauchen, die wir kriegen konnten, solange sie wussten, in welche Richtung sie die sinnbildlichen Torpedos schießen mussten.

Ich machte mich so gut es ging frisch und ging dann los, um zu sehen, was vor sich ging. Zu meiner Überraschung traf ich auf Albigard und Zorah, die sich anstrengten, nicht zu euphorisch zu wirken. Sie hielten sich in der Nähe des Eingangs auf und sprachen leise miteinander. Albigard hatte sich in den letzten Tagen kaum noch blicken lassen, außer um Edward nach einer seiner einsamen Jagden gelegentlich einen Kadaver mit geheimnisvollem Fleisch zu überreichen. Er hatte auch aufgehört, Jace bei seinem magischen Training zu unterstützen, wie ich feststellte. Ein einziger Blick auf ihn bestätigte mir, dass die Strapazen des Aufenthalts an diesem Ort schwer auf ihm lasteten.

Während ich Albigard auscheckte, hatte Zorah offensichtlich das Gleiche mit mir getan.

„Das hat auch lange genug gedauert", sagte sie nüchtern.

„Oh mein Gott", quiekte ich. „Könntest du *bitte* nicht so schadenfroh klingen?"

„Wer ist hier schadenfroh?", schoss sie zurück.

Die Fae beäugte uns beide, als wäre sie sich nicht sicher, ob sie fragen wollte. „Möchte ich wissen, wovon ihr redet?"

Zorah nickte in meine Richtung. „Sie und Guthrie sind gestern Abend endlich richtig zusammengekommen."

Albigards müde grüne Augen huschten von oben bis unten über mich. „Und?"

Zorah rollte mit den Augen. „Und vielleicht ist die sexuelle Spannung jetzt nicht mehr so dick, dass man sie mit einem Messer durchschneiden könnte."

„Ich stehe genau neben dir, weißt du", betonte ich, aber sie zuckte nur mit den Schultern. Mit einem Seufzer versuchte ich, das Gespräch auf ein dringlicheres Anliegen zu lenken. „Also, was ist hier los? Jace sagte, dass einige von Edwards Kontakten aufgetaucht sind?"

„In der Tat", sagte Albigard. „Ausnahmsweise scheint mein derzeitiger ... *Zustand* von Vorteil zu sein. Ich muss mich zumindest nicht mit dem Gestank von so viel Dämonenmagie auseinandersetzen, zumal sie so gebündelt an einem Ort zu finden ist."

„Charmant", meinte ich mit geschürzten Lippen, bevor ich mich an Zorah wandte. „Ich nehme an, das sind einige von Edwards dämonisch gebundenen Freunden, oder?"

„Das glaube ich auch", sagte sie nickend.

Ich beobachtete die Neuankömmlinge aus der relativen Sicherheit des Eingangs aus. Es war eine bunt gemischte Gruppe, wenn auch keine besonders große – Männer und Frauen verschiedener Herkunft, die von jung bis alt reichten. Obwohl ich annahm, dass, wenn sie an Dämonen gebunden waren, das Aussehen nicht viel zu bedeuten hatte. Sie konnten leicht Jahrhunderte alt sein und trotzdem jünger als ich aussehen.

Ich holte tief Luft und fing Albigards Blick auf. „Wird sich das deiner Meinung nach auf das Ergebnis auswirken? Ich meine, ich behaupte nicht, zu wissen, wie mächtig diese Leute sind. Nur ... es hat dich kaum beeinträchtigt, als es Jace geschafft hatte, drei Vampire mit Magie durch die Luft zu schleudern. Werden ein paar Dutzend oder gar ein paar Hundert Menschen mit Magie in der Lage sein, die Unseelie irgendwie zu bekämpfen?"

„Das bezweifle ich", antwortete die Fae, ohne zu zögern.

Zorah starrte sie leicht entsetzt an. „Das hättest du auch schon früher sagen können."

„Was hätte das für einen Sinn ergeben, wenn es keinen besseren Vorschlag gegeben hat?", schoss sie zurück.

Trotz meines kurzen Intermezzos in der Nacht zuvor, während dessen ich, wenn schon nicht optimistisch, aber zumindest kurzzeitig zufrieden war, legte sich die schwere Last dessen, was uns bevorstand, wieder auf meine Schultern nieder. Ich blickte zurück zu der Gruppe auf dem Parkplatz – zu Jace, der sich aufgeregt mit einer Frau mittleren Alters unterhielt, auf deren Schulter eine Eule saß, und zu Leonides und Rans blickte, die mit Edward und einem kleinen Kreis von Neuankömmlingen in eine Diskussion vertieft waren.

„Wir brauchen also etwas Besseres", sagte ich. „Wir müssen die Situation aus einem anderen Blickwinkel betrachten ... wir brauchen eine Art Vorteil."

„Nun ... *ja*", stimmte Zorah zu. „Offensichtlich brauchen wir das. Aber was?"

Ich runzelte die Stirn und versuchte, das, was wir bereits wussten, gedanklich noch einmal durchzugehen und einen anderen Ansatzpunkt zu finden. Doch im Grund kam ich nur zu dem Schluss, dass ich unbedingt Kaffee brauchte.

„Ich weiß es noch nicht", antwortete ich ehrlich.

Sie seufzte. „Nun, dann lass uns erst einmal die neuen Leute kennenlernen. Wer weiß, vielleicht hat einer von ihnen eine gute Idee."

Ich nickte und folgte ihr, wohl wissend, dass Albigard seinen Platz im Schatten nicht verlassen hatte, um sich uns anzuschließen.

Nachdem ich etwa ein Dutzend von Edwards dämonischen Freunden kennengelernt hatte, die auf seinen Ruf hin hierhergekommen waren, drehte sich mir der Kopf. Ich bezweifelte, dass ich mich an die Hälfte ihrer Namen erinnern würde, was wahrscheinlich an der Aufregung und dem Schlafmangel der letzten Wochen lag. Doch das kleine Lächeln, das mir Leonides geschenkt hatte, als ich mich der Gruppe genähert hatte ... nun, *das hatte sich* für immer in mein Gedächtnis eingebrannt. Es war die Art, wie sich sein Mundwinkel verzog ... und die Art, wie er unmittelbar danach so überrascht über seine eigene Reaktion ausgesehen hatte.

Und was ist, wenn die Zukunft schlimmer ist, als wir es erwarten?, hatte er mich gestern Nacht gefragt, und ich hatte geantwortet, *Dann hatten wir wenigstens das hier.*

Jetzt hatte ich sein kleines Lächeln als Talisman, um mir die Zukunft zu versüßen. Ich verstaute es sorgfältig in der gleichen mentalen Schublade, in der auch die Erinnerung an sein lautloses Lachen lebte, das er mir geschenkt hatte, als wir uns liebten.

Ich entschuldigte mich schließlich höflich, mit der Absicht, noch ein wenig zu schlafen, bevor mich Edward zum Training abholen würde, und ließ Jace zurück, der sich mit einigen der Neulinge über die Kombination von Blutmagie und Lebensmagie unterhielt, während die Vampire und Edward mit den anderen über Strategien diskutierten.

Als ich zum Eingang des Resorts zurückkehrte, lauerte Albigard immer noch dort, wo wir ihn zurückgelassen hatten.

„Komm mit mir, Adept", sagte er, als ich ihm einen fragenden Blick zuwarf.

Ich dachte sehnsüchtig an das bequeme Bett in meinem Zimmer ... oder, noch besser, an das bequeme Bett in *Leonides'* Zimmer, doch dann seufzte ich, als ich mich meinem Schicksal ergab.

„Natürlich", sagte ich und ließ ihm den Vortritt.

Wir gingen an Albigards Zimmer vorbei, damit er sich seinen Bogen und einen Köcher mit Pfeilen über die Schulter werfen konnte, was mich dazu veranlasste, mich zu fragen, was für einen *Spaziergang* wir hier vor uns hatten. Meine hochgezogenen Augenbrauen mussten meine Bedenken verraten haben, denn er winkte meine Sorgen mit einer Hand ab und sagte: „Das ist ein wildes Land, das ist alles. Wir werden nicht lange weg sein und keine große Strecke zurücklegen."

„Wenn du das sagst", antwortete ich knapp und folgte ihm in den brasilianischen Regenwald.

Ich war jetzt schon einige Male mit Edward hier draußen gewesen, aber meine Aufmerksamkeit galt hauptsächlich den Übungen, die ich an dem Tag durchführte. Ich hatte mir nicht wirklich die Zeit genommen, um herumzuwandern und meine Umgebung in mich aufzunehmen. Der Wald war wunderschön und fremd, voller ungewohnter Anblicke, Geräusche und Gerüche.

Albigard bewegte sich lautlos, wie ein Geist inmitten all des Grüns. Der Kontrast zu meinen ungeschickten, lauten Schritten auf dem unebenen Waldboden und den knackenden Zweigen unter meinen Füßen war krass, aber er kommentierte es nicht.

„Ich nehme an, du hast mich nicht nur für einen späten Morgenspaziergang hierhergeschleppt?", fragte ich, als wir aus der Hörweite der Resort-Gäste waren. „Worüber wolltest du mit mir reden?"

Er warf mir einen finsteren Blick aus den Augenwinkeln zu, ließ mich aber nicht weiter zappeln. „Erzähl mir von jedem Detail deiner Interaktion mit dem Unseelie namens Teague."

Ich blieb stehen, und um mich herum verdampfte der Saft der feuchten Vegetation, als meine instinktive, weiß glühende Wut bei der Erwähnung *dieses Namens* meiner Kontrolle entglitt. Die Blätter eines nahestehenden Baums kräuselten sich und verwelkten, als das Wasser in ihnen verdampfte.

„*Warum?*", zischte ich.

„Weil es vielleicht wichtiger ist, als du dir vorstellen kannst", antwortete Albigard, unbeeindruckt von dem kleinen magischen Sturm, der aus mir herausgebrochen war.

Ich starrte ihn einen Moment lang mit offenem Mund an, bevor ich antworten konnte. „Er hat versucht, Leonides zu töten. Er hat ihn *bei lebendigem Leibe verbrannt*. Er hat alle Menschen in Leonides' Hochhaus ermordet, die es nicht herausgeschafft haben, als die Gasleitungen explodierten."

„Das weiß ich", sagte die Fae empathielos. „Das beantwortet jedoch nicht meine Frage."

Ich schüttelte den Kopf. „Nein. Sag mir erst, warum du das wissen willst. Keine schwammigen Vorwände. Warum fragst du? Was hoffst du zu erfahren?"

Albigard stieß einen leisen, frustrierten Atemzug aus. „Teague ist eine junge Fae, aber er stand viele Jahre unter meinem Kommando. Hätte mich jemand gefragt, hätte ich ihn als loyal eingeschätzt."

Ungläubigkeit überflutete mich. Ich schob es beiseite und versuchte ihn zu verstehen. „Loyal dir gegenüber? Oder den Unseelie?"

„Gegenüber mir."

„Und ... weiter? Er hat dich schließlich verraten? Ist das der Grund, warum du in Dhuinne öffentlich zur Schau gestellt wurdest?"

„Ganz und gar nicht. Ich wurde für den Mord an einem anderen Unseelie bestraft – ein Rachemord. Es war kein Verrat im Spiel. Als der Mord aufgedeckt wurde, war ich der offensichtliche Schuldige. Die Richter befragten mich und ich sagte ihnen die Wahrheit. Teague hatte nichts damit zu tun. Tatsächlich war er zu diesem Zeitpunkt bereits meinem Kommando entzogen worden und nach Chicago gegangen."

„Er hätte Leonides fast umgebracht", wiederholte ich, falls ihm das beim ersten Mal entgangen war.

Albigard hob eine Augenbraue. „Du hast dafür einen eindeutigen Beweis, nehme ich an?"

Ich legte den Kopf schief. „Nun, natürlich habe ich –" Ich hielt inne und zog die Augenbrauen nachdenklich zusammen.

„Ja?", fragte er.

Ich zögerte.

„Okay", gab ich nach. „Vielleicht habe ich keinen *eindeutigen* Beweis, aber es ist offensichtlich, dass er es war. Und er wusste von Jace' Entführung. Er hat es mir praktisch unter die Nase gerieben."

Die Fae nickte. „Dann erzähl mir davon." Er deutete tiefer in den Wald und wir gingen weiter.

Ich blieb an seiner Seite. Die ganze Sache kam mir vor, als wäre es schon hundert Jahre her, aber ich erzählte ihm von der ersten Nacht im Vixens Den, als Teague hereingeplatzt war und uns bedroht hatte. Er hatte Maurice – den Türsteher – gezwungen, sich die Waffe an den Kopf zu halten.

Albigard blickte zum Himmel. „Er ist offenbar immer noch ein Hitzkopf", kommentierte er trocken.

Ich erzählte ihm von der Nacht, in der Ivan Richard und mich entführt hatte – oder zumindest von dem, was man mir darüber erzählt hatte, da Teague damals meine Erinnerungen verwischt hatte. Ich erzählte ihm von der angespannten Situation im Club, als mich Teague verspottete und mir sagte, dass Jace an einen Ort gebracht worden war, wo ich ihn nie finden würde. Und schließlich von der mysteriösen silbernen Skulptur im Keller, die sich als Splitterbombe und tödlich für Vampire entpuppt hatte, zusammen mit der Fae-Magie, die wir wahrgenommen hatten, bevor die Gasleitungen zu platzen begannen.

Als ich fertig war, nickte er nachdenklich. „Er weiß also von den verschwundenen Kindern. Das steht fest."

Ich warf ihm einen ungläubigen Blick zu. „Ja, kein Scherz. Hast du das bezweifelt?"

„Ohne klare Beweise ist nichts eindeutig."

Ein Tier huschte in einiger Entfernung vor uns durch das Unterholz. Ich sah lediglich einen braunen Blitz aus dem Augenwinkel an uns vorbeischießen.

Ich schloss meine Augen, atmete ruhig ein und aus und versuchte, meine Gedanken zu ordnen. „Okay. Also, was war der Sinn des Ganzen? Wolltest du nur wissen, wie es deinem alten Kumpel geht, seit du wegen eines Rachemordes verhaftet wurdest und er sich in ein mordendes Psycho-Arschloch verwandelt hat?"

Er warf mir einen verächtlichen Blick zu. „Ich versuche festzustellen, ob er sich so sehr verändert hat, dass er an diesem Plan beteiligt ist, den Court von Dhuinne auf die Erde zu verlegen."

Ich starrte ihn frustriert an. „Habe ich dir nicht gerade erzählt, was er uns alles angetan hat?"

Er warf mir einen durchdringenden Blick zu. „Du sagtest mir, er wüsste von der Entführung deines Sohnes."

Reicht das nicht aus?, wollte ich schreien, aber ich fing mich und nahm mir einen Moment Zeit, um mir seine Denkweise vor Augen zu führen.

„Glaubst du, die Unseelie, die für diesen Plan verantwortlich sind, haben ihn im Unklaren darüber gelassen, *warum* die Kinder entführt werden?", fragte ich Albigard. „Ihn ... und vielleicht auch andere Unseelie, die nicht direkt involviert sind? Hast du einen bestimmten Grund, der dich dazu veranlasst, das zu glauben?"

Albigard zuckte mit einer Schulter. „Ich würde nicht erwarten, dass Teague mit einem solchen Plan einverstanden ist."

Ich versuchte, das zu verstehen. „Äh, nichts für ungut, aber er scheint ein ziemlich großes Interesse daran zu haben, Menschen und Vampire *buchstäblich ohne Grund* zu töten. Warum sollte er nicht damit einverstanden sein, den Planeten zu übernehmen? Er scheint nicht viel von uns Menschen zu halten."

Zum ersten Mal schien Albigard mit der Richtung des Gesprächs unzufrieden zu sein.

„In den Augen der *meisten* Fae bedeutet die Erschaffung neuer Vampire, eine neue Armee, die gegen uns aufgestellt wird", sagte er. „Die Dämonen haben am Ende des letzten Krieges, als alle anderen Vampire vernichtet waren, um das Leben von Ransley Thorpes gefeilscht, was sehr teuer war. Es ist jetzt klar, dass sie dies taten, um eine Quelle für die Erschaffung neuer Vampire in der Zukunft zu haben, aber die Vertragsklausel besagt, dass nur *er* geschützt sein würde. Die Fae haben eine Waffe, die Vampire auf magische Weise tötet" – sein Gesichtsausdruck verhärtete sich – „also wissen die Dämonen, dass der Versuch, weitere Menschen in Vampire zu verwandeln, sie dazu veranlassen könnte, diese Waffe ein zweites Mal einzusetzen."

Ich hörte gebannt zu.

„Dass die Dämonin in ein Nachtgeschöpf verwandelt wurde, birgt einige Komplikationen", fuhr er fort. „Zorah Bright und Ransley Thorpe haben ihre Seelen aneinandergebunden, und wenn man sie tötet, tötet man ihn, was gegen den Vertrag verstößt."

Ich ging davon aus, dass er damit auf etwas hinauswollte, auf das ich von alleine nicht kommen konnte. Und doch …

„*Oh*. Also ist Leonides Freiwild, soweit es deine Leute betrifft?" Mir lief ein Schauer über den Rücken, als ich mich an jene erste Nacht erinnerte, als Teague gespöttelt hatte und sagte: *Es ist also wahr … Der letzte existierende Blutsauger hat sich über die ungeschriebenen Bedingungen des Vertrages hinweggesetzt und einen weiteren seiner üblen Sorte geschaffen.*

Bis jetzt hatte ich die Tragweite dessen nicht ganz verstanden. In den vergangenen Monaten hatte ich zwar den größten Teil der Geschichte erfahren, aber nur bruchstückhaft. Ich hatte vielleicht alle Puzzleteile, aber ich hatte sie nicht zu einem vollständigen Bild zusammengesetzt.

Albigards Blick schweifte in die Ferne. „Für die meisten meines Volkes übertrumpft der Krieg alles andere."

„Ich dachte, der Krieg sei vorbei?", fragte ich.

Nur einen Augenblick lang glitt ein Ausdruck purer Erschöpfung über seine Züge, bevor er ihn unter seiner gewohnten kühlen Maske verbarg.

„Der Krieg hat nie geendet", sagte er grimmig. „Er hat in den letzten zweihundert Jahren lediglich unter der Oberfläche gebrodelt."

Ich erschauderte, obwohl mir in der schwülen südamerikanischen Hitze der Schweiß auf meinem Gesicht stand und am Hals herunterrann.

„Der Punkt ist", fuhr er fort, „dass ich nie erwartet hätte, dass es Teague gutheißt, unsere Heimat aufzugeben, egal wie sehr er die Bewohner der Erde verachtet – sowohl die Lebenden als auch die Untoten."

Wir gingen für ein paar Minuten schweigend weiter. Er hatte uns in einer großen Schleife durch den Wald geführt, während wir sprachen, und ich konnte vor uns durch die Bäume hindurch die Gebäude ausmachen, die die Grenze des Resorts markierten.

„Ich werde Teague nie verzeihen, was er uns angetan hat", sagte ich, als wir uns unserem Ausgangspunkt näherten.

„Das würde ich auch nie erwarten", antwortete Albigard ausdruckslos, und schien in Gedanken versunken, während er sprach.

KAPITEL SECHZEHN

AN DIESEM NACHMITTAG bat mich Edward am Ende meines Trainings für ein paar Minuten mit Jace zu üben – als Einführung in die Verschmelzung unserer Magie, für den Fall, dass wir es im Kampf einsetzen mussten. Ich war immer noch erschöpft von der Nacht zuvor und fühlte mich noch nicht hundertprozentig mit meinem neuen Artefakt wohl. Ganz zu schweigen davon, dass meine Kräfte im Wandel waren, weil ich zum ersten Mal seit mehreren Tagen Vampirblut getrunken hatte.

Alles in allem lief es nicht besonders gut, und es war wahrscheinlich besser, dass ich mich nicht für Rans' Blut entschieden hatte – oder Gott bewahre, für das von Zorah. Ich war erleichtert, als ich mich nach dem Dinner davonschleichen konnte und kurze Zeit später an Leonides' Bürotür klopfte. Er sah auf, als ich eintrat, und Besorgnis glitt über seine Gesichtszüge.

„Vonnie. Nichts für ungut, aber du siehst aus, als wärst du kurz davor, umzufallen." Er erhob sich von seinem Bürostuhl und kam auf mich zu. Ich kam ihm auf halbem Weg entgegen und war über alle Maßen erleichtert, dass er sich nicht versteifte oder zurückzog, als ich meine Arme um ihn schlang. Seine Arme schlossen sich um mich, und etwas von der schmerzenden Anspannung, die ich im Nacken und in den Schultern gespürt hatte, fiel von mir ab.

„Ich muss mit dir über etwas reden, was Albigard heute zu mir gesagt hat", murmelte ich gegen seine Brust.

Er schwieg einen Moment lang.

„Kann es bis morgen früh warten?", fragte er.

Ich dachte darüber nach ... oder versuchte es, denn mein Gehirn war zu träge. „Wahrscheinlich", entschied ich.

„Du brauchst eine Nacht Schlaf, ohne Unterbrechung", bemerkte er. „Ich könnte dich zurück in dein Zimmer begleiten."

„Deins liegt näher", brummte ich. „Ich habe einen Zettel an meine Tür gehängt, dass ich mit dir reden wollte, damit sich niemand Sorgen macht, wenn sie mich nicht finden können."

Sein Griff um meine Schultern wurde fester, und ich summte zufrieden.

„In Ordnung", stimmte er zu. „Nur, um zu schlafen; das brauchen wir jetzt beide. Ich werde dafür sorgen, dass du rechtzeitig aufstehst, damit du zurück bist, bevor Jace morgen aufwacht."

Ich nickte zustimmend, rührte mich aber noch nicht von meinem bequemen Platz. „Ich versuche nicht, uns zu verheimlichen", sagte ich. „Ich muss nur zuerst mit Jace darüber reden. Ich möchte nicht, dass er es herausfindet, indem er sieht, wie ich mich mit nassen Klamotten in mein Zimmer schleiche. Ich werde es morgen tun. Die letzten Tage waren einfach verrückt, das ist alles."

Er strich mir die Haare aus dem Gesicht. „Es ist über fünf Jahrzehnte her, seit ich jemandes schmutziges kleines Geheimnis war. Ich kann noch eine Nacht damit leben."

Ich stieß ihn in die Rippen, so fest, dass er amüsiert schnaufte.

„Du bist müde", sagte er. „Komm, bevor du im Stehen einschläfst und ich dich tragen muss."

Wir machten uns auf den Weg zu seinem Zimmer. Im Vergleich zur gewohnten Ruhe herrschte im Resort jetzt reges Treiben, während sich die Neuankömmlinge einrichteten. Es waren jedoch Fremde, und keiner von ihnen würde wissen, wer in wessen Zimmer schlief.

Die Eleganz des Zimmers, das Leonides für sich beansprucht hatte, umschloss mich und erinnerte mich erneut an das Penthouse, in dem ich ihn zum ersten Mal getroffen hatte. Er rückte gerade die Manschettenknöpfe seines lavendelfarbenen Hemdes zurecht, als er aus seinem Schlafzimmer trat, um seine unbekannte, für die Nacht angeheuerte Begleitung zu begrüßen. In gewisser Weise war die vertraute Umgebung beruhigend, aber gleichzeitig auch bittersüß.

„Ich wette, du hättest nie gedacht, dass deine angeheuerte Partybegleitung am Ende so teuer sein würde", murmelte ich, während er im Zimmer umherging und alles für die Nacht vorbereitete.

Er warf mir einen fragenden Blick zu. „Ich bin reich, schon vergessen? Die besten Dinge sind teuer." Müde und erregt beobachtete ich, wie er sein schwarzes, eng anliegendes T-Shirt auszog und es mir hinhielt. „Zieh dich aus. Du kannst mein Shirt anziehen, wenn du willst. Das würde mir gefallen, um ehrlich zu sein."

Ich nahm das Oberteil entgegen, ein Hauch von … etwas … wärmte meine Haut. Er zog sich bis auf seine seidenen Boxershorts aus, und ich hielt seinen Blick gefangen, während ich mich entkleidete, bevor ich mir das T-Shirt über den Kopf streifte. Es reichte mir bis zu meinen Oberschenkeln und fühlte sich weich und kühl auf meiner Haut an. Ich atmete seinen würzigen Moschusduft ein – wie zuvor, als ich in seinen Armen gelegen hatte.

Nachdem ich sein Badezimmer benutzt hatte, fand ich ihn bereits im Bett liegend vor. Ich genoss den Gedanken einen Moment lang, dass ich *das* jetzt ohne Schuldgefühle oder Unbehagen haben durfte, und schlüpfte zu Leonides unter die Decke. Er schaltete die Nachttischlampe aus, aber die Dämmerung färbte das weiße Zimmer grau. Seine muskulöse Gestalt schmiegte sich von hinten an mich, wobei er einen Arm über meinen Bauch legte, um mich an sich zu ziehen.

Das ist schön. Ich sollte noch ein bisschen wach bleiben, um es zu genießen, dachte ich … und schlief prompt ein.

Die Nacht war viel zu schnell vorbei, aber ich hatte trotzdem so gut geschlafen, wie seit Langem nicht mehr. Ich erwachte mit dem wohligen Gefühl einer breiten Handfläche, die mir das Haar aus dem Gesicht strich und mich sanft streichelte – warm und intim.

Ich brummte leise in meiner Kehle, was fast wie ein Schnurren klang, und streckte mich genüsslich. Wir lagen immer noch in der gleichen Position, sodass ich mich fragte, ob wir uns letzte Nacht *überhaupt* bewegt hatten. Als ich meinen Rücken nach hinten wölbte und die Wirbel knackten, stieß mein Hintern an etwas Hartes und Unverwechselbares. Überrascht hielt ich inne, als ich an all meine Ex-Freunde dachte, die immer von mir erwartet hatte, dass ich mich um ihre Morgenlatten kümmerte, sobald ich wach war, wohingegen ich nur daran denken konnte, wie schnell ich eine Tasse Kaffee bekommen konnte.

Nein, dachte ich entschieden. *Stopp.*

Ich *mochte* Sex mit Leonides. Ich würde mich darum kümmern, wenn es das war, was er erwartete. Unbeholfen räusperte ich mich. „Ähm, guten Morgen. Tut mir leid, ich bin in diesen Dingen nicht besonders erfahren. Es kann ein paar Minuten dauern, bis ich kapiere, was erwartet wird."

Seine Verwirrung war fast greifbar, als er hinter mir innehielt. „Was erwartet wird? Weswegen?"

Ich rieb meinen Hintern an seiner Erregung und spürte, wie meine Wangen heiß wurden.

„Oh", sagte er. „Nein, sorry. Ignoriere das einfach. Ich hoffe, ich muss das nicht erst sagen, aber du kannst das *immer* ignorieren, wenn du nicht in der Stimmung bist. Im Moment interessiert mich viel mehr, was du mir gestern Abend sagen wolltest."

Ich entspannte mich ein wenig, doch als ich mich daran erinnerte, worüber Albigard und ich am Vortag gesprochen hatten, kehrte die Anspannung sofort in meine Schultern zurück. Ich setzte mich auf und lehnte mich gegen das Kopfteil. Leonides ließ mich gewähren.

„Verdammt", sagte ich und rieb mir mit den Handballen die Augenhöhlen.

Leonides stützte sich auf einen Ellbogen. „Kein besonders beruhigender Auftakt", bemerkte er.

Ich schüttelte den Kopf. „Nein ... nein, es ist nichts Schlimmes. Na ja, ich meine, es ist schon irgendwie schlimm, aber wahrscheinlich nicht so, wie du denkst. Also, Albigard hat Zorah und mir gestern gesagt, dass er es bezweifelt, dass ein paar Hundert magiebegabte Menschen etwas gegen die Unseelie ausrichten könnten", begann ich zögerlich.

Er sah beunruhigt, aber nicht überrascht aus. „Ja, ich hatte diesbezüglich auch schon meine Zweifel, aber in Ermangelung von besseren Alternativen ..."

„Das hat er im Grunde auch so gesagt." Ich versuchte, meine Gedanken neu zu ordnen. „Aber die Sache ist die ... er wollte auch mit mir über Teague sprechen. Er hat mich praktisch über jede Interaktion, die wir je mit ihm hatten, ins Kreuzverhör genommen."

Leonides' Gesichtsausdruck war angesichts des Themas beunruhigend neutral geworden. „Oh?"

„Anscheinend", fuhr ich fort, „sind er und Teague alte Freunde. Na ja ... so was in der Art."

Das rief eine Reaktion hervor. Leonides' Augenbrauen schossen in die Höhe. „Waren oder sind sie alte Freunde?"

Ich zuckte mit den Schultern. „Teague stand jahrelang unter Albigards Kommando, meinte er. Und Albigard nahm an, er sei loyal. Ihm gegenüber, meine ich. Er schien wirklich erstaunt darüber zu sein, dass Teague dafür ist, den Unseelie-Court auf die Erde zu verlegen. Im Grunde scheint Albigard zu glauben, dass die Unseelie, die für das Projekt mit den Kindern verantwortlich sind, die meisten Fae über ihre wahren Ziele im Unklaren gelassen haben – Teague eingeschlossen."

Ich konnte in seinem Blick sehen, wie Leonides' Gedanken zu rasen begannen.

„Ich frage mich also", fuhr ich fort, „was passieren würde, wenn Albigard ein Treffen mit Teague unter dem Fae-Äquivalent eines Waffenstillstands arrangieren würde und wir ihm ein paar gut platzierte Wahrheiten auftischen würden."

„Das ist ... eine sehr interessante Idee", sagte er langsam.

„Ich bin froh, dass du so denkst", entgegnete ich, „denn es gibt einige Aspekte in Aussicht auf diesen Kampf, die mich dazu bringen, meinen Mageninhalt im nächsten Mülleimer entladen zu wollen."

„Nur weil du auf deine Gefühle hörst und nicht auf deinen Kopf", erwiderte er, ohne zu zögern. „Davor hätte ich dich warnen sollen."

Ich rollte mit den Augen und streichelte sein Kinn. „Ja, Emotionen, igitt. Sie sind das Allerschlimmste", sagte ich voller Ironie.

Er hatte den Anstand, ein wenig verlegen zu schauen, als er meine Hand ergriff und sie an seine Lippen hob, um mir einen Kuss auf die Handfläche zu drücken. „Okay, vielleicht nicht alle Emotionen", gab er zu. „Obwohl ich immer noch behaupte, dass einige von ihnen nichts als nervend sind."

Er ließ meine Hand los und rollte sich auf den Rücken, verschränkte die Finger hinter dem Kopf und starrte an die Decke. Ich konnte mich nicht davon abhalten, den straffen Konturen seiner Arme und seines Oberkörpers mit meinem Blick zu folgen, und spürte ein interessiertes Pochen in meiner Mitte, das mir sagte, dass Sex nach dem Aufwachen, unter den richtigen Umständen, vielleicht doch nicht so schlecht war. Widerwillig schüttelte ich den Gedanken ab – zum einen, weil es das Letzte war, was ich brauchte – im Schlafzimmer des armen Kerls ein Feuer zu entfachen – und zum anderen, weil es bereits draußen hell wurde, was bedeutete, dass ich zurück in mein Zimmer musste, bevor Jace aufwachte.

„Aber sei ehrlich", sagte ich. „Was hältst du von dem Vorschlag, dass Albigard ihm einen Besuch abstattet? Denn wir werden nicht ewig Zeit haben, einen brauchbaren Plan zusammenzuschustern, und wenn die Möglichkeit besteht, dass die anderen Fae das, was der Aufseher und seine Leute tun, nicht unterstützen, sollten wir das ausnutzen."

„Es könnte gefährlich sein", meinte Leonides und blickte weiter nachdenklich an die Decke. „Doch ich denke, wir sollten es trotzdem versuchen."

„Ich will aber nicht, dass Albigard allein geht", sagte ich. „Auch wenn er es wahrscheinlich versuchen wird. Und Zorah und Rans sollten sich nicht in die Nähe der Fae begeben, solange es nicht absolut unvermeidbar ist. Dasselbe gilt für Edward. Sie würden ihn als Sprungbrett zu Nigellus missbrauchen. Im Grunde bleiben nur du und ich übrig."

Er schnaubte und seine Augen trafen auf meine. „Genau. Oder ich könnte allein gehen, da ich schwerer zu töten bin, und du könntest hierbleiben ... bei deinem Sohn."

Ich hatte etwas erwartet, das ein bisschen mehr in Richtung: *Auf keinen Fall, nein* ging, aber das war zumindest ein Anfang.

„Hör mir zu. Ich denke, wir sind uns ziemlich sicher, dass Teague nicht weiß, dass du die Explosion deines Gebäudes nicht lebend überstanden hast, richtig? Also, gehen wir rein wie auf der Osterinsel. Albigard und ich gehen durch die Vordertür und du hängst dich als Nebelwolke an uns dran. Und dann trifft Teague nicht nur auf Albigard, sondern auch auf mich, einen Menschen, den er zu töten versucht hat, und wir beide sagen ihm, was seine Unseelie-Kollegen planen", sagte ich.

Er hob eine Augenbraue. „Und wenn das Treffen schiefgeht?"

Ich verdrehte die Augen, da die Antwort auf der Hand zu liegen schien. „Dann materialisierst du dich und jagst ihm eine Eisenkugel durchs Herz. Ehrlich gesagt, würde ich das sehr gerne sehen. Ob er uns nun hilft oder nicht, aus meiner Sicht ist es eine Win-win-Situation."

Er griff nach mir und zog mich an seine Brust. Ich schmiegte mich an seine Seite und legte meinen Kopf an seine Schulter. Erst da merkte ich, dass ich zu zittern begonnen hatte.

„Mörderische Wut steht dir nicht", sagte er sachlich, obwohl sein Ton frei von Verurteilung war. „Lass mich ein paar Stunden darüber nachdenken und selbst mit Albigard sprechen."

„In Ordnung", stimmte ich, ohne zu zögern zu und kuschelte mich für ein paar kostbare Augenblicke an ihn, während ich mich von meinem plötzlichen Panikanfall erholte. Schließlich musste ich mich jedoch der Tatsache stellen, dass es Zeit war, aufzustehen und in mein eigenes Zimmer zurückzukehren. Widerstrebend richtete ich mich auf und sah zu ihm hinunter. „Ich werde heute als Erstes mit Jace sprechen. Über uns, meine ich. Ich kann nicht sagen, wie er die Nachricht aufnehmen wird, aber es ist, wie es ist. Wie versteht ihr euch, seit wir hier sind?"

„Er ist ein guter Junge", sagte Leonides. „Einer, der bereits einen Vater hat, ganz gleich, was wir von Richard halten. Er muss mich nicht *mögen*, obwohl er, seit Albigard seine Konditionierung in Callao aufgehoben hat, recht zugänglich ist. Er sollte wissen, dass ich nicht darauf aus bin, seinen Vater zu ersetzen."

Ich nickte und beugte mich hinunter, um ihn zu küssen. „Im Moment dreht die ganze Welt irgendwie ein bisschen durch. Ich weiß, es ist nicht wirklich fair, ihn unter diesen Umständen damit zu belasten, aber ich werde es ihm nicht verheimlichen, und ich werde dich auch nicht aufgeben."

„Sprich einfach mit ihm", sagte Leonides und strich mir eine verirrte rote Haarsträhne hinters Ohr. „Ich komme später nach, wenn ich mich mit Albigard unter vier Augen unterhalten habe."

Mein Lächeln bebte etwas, aber es war absolut aufrichtig. „Danke, Leo."

Er erwiderte mein Lächeln kurz, bevor er einen leidgeprüften Gesichtsausdruck annahm. „Der Spitzname wird also bleiben, hm? Könnte schlimmer sein, denke ich."

„Ich habe versucht, dich im Voraus zu warnen", erwiderte ich.

„Das hast du", stimmte er zu.

Ich hievte mich aus dem Bett und fühlte mich – ironischerweise – so menschlich wie schon lange nicht mehr. „Ich würde dich ja für ein bisschen Blut anpumpen ...", warf ich über die Schulter, während ich meine Klamotten von letzter Nacht zusammensuchte, „... aber wenn wir das wirklich machen, sollte ich stattdessen lieber Rans anzapfen, um seinen achtzigprozentigen Wodka zu bekommen."

Er brummte zustimmend und sagte: „Wahrscheinlich ist das besser. Aber wenn du dich entschließen solltest, Zorah anzuzapfen, sag mir unbedingt Bescheid", während er mir schamlos dabei zusah, wie ich sein T-Shirt über den Kopf streifte und meine eigenen Sachen wieder anzog.

Ich zielte mit dem T-Shirt auf seinen Kopf, doch er fing es aus der Luft, bevor es ihm ins Gesicht klatschen konnte. „Du wirst der Erste sein, der es erfährt", sagte ich in einem vorgetäuscht säuerlichen Ton, auch wenn ich die erneut aufflammende Lust in meinem Inneren nicht verleugnen konnte.

Das ist jetzt nicht der richtige Zeitpunkt, Vonnie, erinnerte ich mich entschieden.

Als ich in mein Zimmer zurückkam, ging die Sonne bereits auf. Ich begegnete ein paar Leuten auf dem Flur, die schon auf dem Weg zum Restaurant waren, vermutlich um zu frühstücken, und beschloss, mich bei Edward zu erkundigen, ob er genug Hilfe hatte, um die Küche mit all den zusätzlichen Leuten, die verpflegt werden mussten, reibungslos am Laufen zu halten. Etwas ernüchtert dachte ich an Len und spielte kurz mit dem Gedanken, ihn hierherzuholen, um Tapas für die magischen Massen zu machen, aber ich wusste, dass es ihn nur noch mehr in Gefahr bringen würde.

Ich duschte und zog mich um. Als ich bereit war, mich dem Tag zu stellen, tauchte Jace blinzelnd aus dem Zimmer nebenan auf – es war noch zu früh für ihn.

„Hey, Baby", sagte ich. „Lass uns frühstücken gehen, und dann muss ich mit dir reden."

Der Gedanke an ein *ernsthaftes Gespräch* ließ ihn das Gesicht verziehen, aber bei der Erwähnung des Essens schüttelte er es ab. „Okay." Seine braunen Augen musterten mich kritisch. „Du siehst heute Morgen besser aus."

Ich stieß ein reumütiges Schnaufen aus. „Ich habe ausnahmsweise mal anständig geschlafen. Du hingegen siehst aus, als wärst du zu lange aufgeblieben und hättest dich mit Edwards Freunden unterhalten. Nicht, dass ich es dir wirklich verdenken könnte. Sie sind ein interessanter Haufen."

Seine Augen weiteten sich. „Sie sind *so alt*", flüsterte er verschwörerisch. „Oh mein Gott, Mom, im Ernst. Da ist diese Frau – ich dachte, sie wäre so alt wie du, aber sie wurde im *achtzehnten Jahrhundert* geboren."

Ich schnaubte belustigt. „Habe ich dir keine Manieren beigebracht? Man fragt eine Dame nicht nach ihrem Alter!"

Er kicherte. „Das sind besondere Umstände, meinst du nicht auch? Okay, ich verspreche, dass ich ab jetzt nur noch die Jungs nach ihrem Alter frage."

Ich zerzauste sein Haar – ich konnte nicht anders.

Als wir ankamen, waren sie von Edward bereits mit einem ordentlichen kontinentalen Frühstück versorgt worden, aber es war noch genug für uns übrig. Ich knabberte an einem Bagel, während ich Jace dabei zusah, wie er sich eine Unmenge an Essen in den Mund stopfte. Als er fertig war, gingen wir in mein Zimmer zurück und ich bereitete mich mental auf das Gespräch vor.

„Richtig", begann ich. „Also … ich weiß, es ist eine verrückte Zeit für uns alle, aber …"

„Geht es um dich und Guthrie?", fragte er und sah mich fragend an.

Ich starrte ihn einen Moment lang an, bevor ich herausplatzte: „Oh mein Gott. Ich warne dich, Kid, wenn du mir jetzt so einen blöden Spruch, wie: *Gott sei Dank, es wurde auch Zeit* reindrückst, werde ich etwas Schweres nach dir werfen."

KAPITEL SIEBZEHN

JACE ZUCKTE MIT DEN SCHULTERN. „Tut mir leid. Aber, na ja, ihr seid nicht gerade subtil gewesen."

Von wegen, wir waren supersubtil gewesen! Ich wollte seine Antwort infrage stellen, wusste aber, dass ich damit sowohl anklagend als auch ahnungslos klingen würde. Also schluckte ich meine Einwände hinunter und sagte stattdessen: „Okay, was hältst du davon?"

Er fummelte am Saum seines T-Shirts herum. „Er scheint ein guter Kerl zu sein. Nun ja ... ein guter *Vampir*, denke ich. Ein bisschen grimmig, vielleicht. Er lächelt nicht oft."

„Er ist schon sehr lange allein", gab ich ihm zu bedenken.

Jace nickte, ohne mich direkt anzuschauen. „Bist du glücklich?", murmelte er nach einer unbeholfenen Pause.

Ich dachte einige Augenblicke darüber nach. „Ich bin mir nicht sicher, ob *glücklich* unter diesen Umständen das richtige Wort dafür ist. Aber ... er hilft mir, stark genug zu bleiben, um den Rest zu bewältigen."

Der Adamsapfel meines Sohnes wippte. „War es ... schwer? Als ich weg war?"

In meiner Kehle bildete sich ein Kloß. Ich zog ihn in meine Arme, und er ließ mich gewähren. „Es war sehr schwer", flüsterte ich. „Sehr, *sehr* schwer."

Er lehnte sich gegen mich. Gott, er war fast so groß wie ich – er hatte in den Wochen, in denen er auf der Osterinsel festgehalten worden war, einen Wachstumsschub erlebt. Schließlich zog er sich zurück.

„Er scheint besser zu sein als die Typen, mit denen du sonst ausgehst", sagte Jace, ohne mir in die Augen zu sehen.

Autsch. Aber er hatte recht.

„Das ist er", stimmte ich zu.

„Aber ich werde ihn nicht *Dad* oder so nennen", fügte Jace eilig hinzu.

„Glaub mir", sagte ich, „er kommt mir nicht gerade wie eine Vaterfigur vor. Aber er *ist* über alle Maßen reich, und wenn wir es irgendwie schaffen, heil aus der Sache herauszukommen, hast du wahrscheinlich durch diese Beziehung auch einige Vorteile."

Er keuchte erschrocken auf und lächelte dann zaghaft. „Gut zu wissen." Wieder herrschte Stille. „Werden wir das überstehen, Mom? Sie sind stark. Die Fae, ich meine ... sie sind *wirklich* stark und mächtig. Weit mehr als wir."

Der Gedanke, ehrlich zu ihm zu sein, nagte an mir. Er war vierzehn. Er war ein *Kind*. *Mein* Kind. Doch er befand sich auch mitten in einem Krieg, und dem Krieg war es egal, wie alt seine Opfer waren.

„Wir werden uns wehren. So hart und so clever wie möglich, denn unsere Welt steht auf dem

Spiel und wir sind alles, was zwischen ihr und den Fae steht", sagte ich, packte ihn an den Schultern und zwang ihn, mich anzusehen. „Apropos clever kämpfen – Albigard, Leonides und ich werden uns vielleicht mit jemandem treffen, der uns helfen könnte, vorausgesetzt, er ist bereit, mit uns zu reden. Wenn wir gehen, möchte ich, dass du hier bei Zorah, Rans und Edward bleibst, damit du weiter trainieren und stärker werden kannst. Okay?"

Seine Augen suchten mein Gesicht ab. „Wird es gefährlich sein?"

Es hatte keinen Sinn, zu lügen. „Ein bisschen, ja. Deshalb werde ich, wenn wir es tun, mit denselben Leuten gehen, die es geschafft haben, mich auf die Osterinsel zu bringen und uns beide dort *herauszuholen*."

Er kaute auf seiner Unterlippe, bevor er herausplatzte: „Ich hasse den Krieg, Mom."

„Das tun wir alle, Baby", murmelte ich und umarmte ihn erneut.

Als Leonides gegen Mittag auftauchte, hatte er Albigard, Rans und Zorah im Schlepptau. „Büro", schlug er vor, und wir folgten ihm wortlos. Drinnen angekommen, schloss er die Tür hinter uns ab und wandte sich an Rans.

„Hmm. Das scheint mir alles sehr geheimnisvoll", bemerkte Rans. „Wie besorgt sollte ich sein?"

„Das liegt an dir", sagte Leonides. „Wir sollten in dieser Situation keine Geheimnisse mehr voreinander haben, aber lass mich dir gleich zu Beginn sagen, dass ich sehr, sehr sauer sein werde, wenn du dich in dieser Sache quer stellst und versuchst, mir Befehle zu erteilen."

„Ja, das ist nicht gerade beruhigend, Guthrie", mischte sich Zorah ein.

Leonides winkte mich zu sich. „Um es kurz zu machen: Es hat sich herausgestellt, dass Albigard eine Vorgeschichte mit Teague hat, und Vonnie hat eine Idee, wie wir daraus Kapital schlagen können."

Alle Augen richteten sich auf mich, und ich räusperte mich. „Okay, also, Teague stand lange Zeit unter Albigards Kommando, und Albigard glaubt nicht, dass er den Plan, den Fae-Court auf die Erde zu verlegen, befürworten würde, wenn er davon *wüsste*. Also dachte ich, warum ihn nicht aufspüren und ihm davon erzählen? Mal sehen, ob wir ein wenig Zwietracht unter den Unseelie säen können?"

Zorah blinzelte mich verwirrt an und hob einen Finger. „Ähm … ich logge *'weil er versucht hat, uns zu töten'* für fünfhundert Dollar ein, Herr Jauch."

Leonides beobachtete Rans aufmerksam, aber es war Albigard, der sprach.

„Das war nicht meine Absicht, als ich dich um Informationen über ihn bat, Adept."

„Oh? Was hast du denn für einen Vorschlag?", fragte ich.

Er hielt inne, und ich stellte mit leichtem Erstaunen fest, dass er tatsächlich nach Worten zu suchen schien. „Das nicht", sagte er schließlich.

Rans zog einen Stuhl heran und setzte sich mit dem Rücken zur Fae gewandt hin. „Wie zuversichtlich bist du in Bezug auf deine Einschätzung dieser Fae, Alby?"

Albigards Mund öffnete sich, aber es verging etwas Zeit, bis er schließlich sprach: „Er ... war ehrgeizig, aber immer loyal. Er erledigte jede Aufgabe, die ich ihm gab, *angemessen*. Schließlich wurde er befördert und nach St. Louis geschickt. Er verehrt die Magie von Dhuinne. Er verehrt unser Zuhause. Oder ... er tat es zumindest."

Zorah wandte sich an Rans. „Moment mal. Du kannst das doch nicht wirklich in Erwägung ziehen?"

„Oh, das *kann* ich sehr wohl." Rans fixierte Albigard weiterhin mit seinem blauen Blick. „Wenn er zustimmt, sich mit dir unter den Bedingungen eines Waffenstillstands zu treffen, würdest du ihm vertrauen, dass er sich an die Abmachung hält?"

Albigards Augenbraue hob sich scharf. „Es ist nicht so, dass er lügen könnte, Blutsauger."

„Das ist ein gutes Argument, nehme ich an", gab Rans zu. „Du gehst da natürlich nicht allein rein."

„Ich möchte dasselbe Team vorschlagen, das wir auf der Osterinsel hatten", sagte ich. „Albigard und ich gehen zur Vordertür hinein, Leonides löst sich in Nebel auf und dient als Verstärkung."

Wie erwartet, sah Leonides nicht begeistert aus, aber er protestierte auch nicht sofort. Rans hingegen schon.

„Obwohl ich von der Idee im Großen und Ganzen fasziniert bin, scheinen Zorah und ich die bessere Wahl für die Verstärkung zu sein."

Doch ich schüttelte den Kopf. „Da bin ich anderer Meinung. Zum einen weiß Teague vielleicht immer noch nicht, dass du in diesen Schlamassel verwickelt bist, und in Anbetracht deiner Geschichte mit den Fae wollen wir, dass das so bleibt, wenn das möglich sein sollte. Zum anderen weiß er vielleicht auch nicht, dass Leonides den Gebäudeeinsturz überlebt hat. Und drittens hat es mehr Gewicht, wenn ich Albigards Geschichte bestätige, nachdem Teague Jace' Entführung arrangiert und versucht hat, uns zu töten."

Albigard schürzte die Lippen. „Unabhängig von den Umständen wird er den Worten eines Menschen – oder eines Vampirs – kein großes Gewicht beimessen. Meine Zeugenaussage wird ausreichen."

Es würde wahrscheinlich nichts bringen, einzuwenden: *Ja, aber wenn er versucht, dich zu hintergehen, möchte ich persönlich dabei sein, wenn ihm Leonides eine Kugel aus Eisen durchs Herz jagt.* Also entschied ich mich für: „Es kann aber auch nicht schaden. Und wir waren uns schon einig, dass du nicht allein hingehen wirst."

„Ich bin mit all dem nicht glücklich", sagte Leonides. „Aber uns läuft die Zeit davon und uns gehen die Möglichkeiten aus. Dieser Schachzug könnte uns helfen, oder auch nicht. Offen gesagt, es könnte uns um die Ohren fliegen. Und wenn das passiert, will ich die unverwüstlichsten Leute hier haben, damit sie versuchen können, den ursprünglichen Plan auszuführen, wenn alles schiefgeht."

Rans hielt seinen Blick einen Moment lang schweigend gefangen, bevor er sich zu mir umdrehte. „Du kannst auch hierbleiben, Vonnie. Lass Guthrie mit Albigard gehen."

Ich spannte meinen Kiefer an. „Ich könnte, aber ich werde es nicht tun."

Zorah lehnte sich auf den Tisch, sichtlich aufgebracht. „Vonnie. Dein *Sohn* ist hier."

„Ja", erwiderte ich ruhig. „Das ist er. Und er wird keine Welt haben, in der er aufwachsen kann, wenn wir das nicht irgendwie verhindern können." Ich milderte meinen Tonfall ein wenig, bevor ich fortfuhr. „Die beiden werden sich um mich kümmern. Doch du und Rans müsst auf Jace aufpassen. Und Edward natürlich."

Rans beobachtete uns schweigend. Ich konnte praktisch sehen, wie die Räder in seinem jahrhundertealten Kopf mahlten. Es herrschte eine gewisse Kälte, ein Maß an Distanziertheit, die ich nie vermutet hätte, als ich ihn zum ersten Mal traf. Ich nahm an, dass es die Aussicht auf den Weltuntergang war, die *das* in uns allen hervorrief. Das Schicksal der Menschheit stand auf dem Spiel und da verloren die Gefühle bei der Entscheidungsfindung stark an Bedeutung.

Entweder war ein Plan trotz des Risikos gut, oder er war es nicht. Mein Plan war gut. Dessen war ich mir sicher.

Rans richtete seine nächsten Worte an Albigard. „Nun gut. Wenn du ein solches Treffen mit einem gewissen Vertrauen in Teagues Absichten dir gegenüber arrangieren kannst, werde ich es unterstützen."

Zorahs Griff um die Tischkante wurde fester, bis die laminierte Oberfläche knarrte. „Und wenn ich es nicht unterstütze?"

Der Blick, den Rans ihr zuwarf, war nicht ohne Mitgefühl. „Es scheint derzeit unsere beste Chance zu sein, einen Vorteil zu unseren Gunsten zu bekommen."

Zorah sah einen Moment lang hilflos drein und als sie sich vom Tisch wegdrückte und quer durch den Raum schritt, zeichneten sich in ihren hübschen Gesichtszügen Frustration und Sorgen ab. Sie blieb mit dem Rücken zu uns gedreht stehen.

„Gut", schnauzte sie. „Aber es gefällt mir trotzdem nicht."

„Willkommen im Club", sagte Leonides. „Also, Albigard, was brauchst du, um das zu arrangieren?"

Albigard sah auch nicht gerade begeistert aus, aber er sagte: „Eine Möglichkeit, eine analoge Handynummer in den Vereinigten Staaten zu kontaktieren, ohne dass der Anruf zu diesem Ort zurückverfolgt werden kann."

Leonides nickte. „Ich werde für dich eine Handynummer über Voice-over-IP einrichten."

„Ich habe keine Ahnung, was das bedeutet", erwiderte Albigard.

Leonides seufzte. „Es wird so aussehen, als käme der Anruf von irgendwo anders her. Vielleicht Malaysia. Dort gibt es viele Menschen und viele Inseln. Schwer alles abzusuchen, falls er sich entscheidet, es zu versuchen."

„Das sollte ausreichen", stimmte Albigard zu. „Abgesehen davon werde ich mich ein paar Stunden erholen müssen, nachdem ich die Grenzen dieser unheimlichen Gegend verlassen habe. So lange, bis ich stark genug bin, um uns zum Ort des Treffens zu bringen, sollte Teague damit einverstanden sein."

Da die Alternative vermutlich bedeuten würde, dass Albigard mir die Energie für unsere Reise entziehen würde, klang das nach einer vernünftigen Lösung.

„Rans", sagte ich, „ich werde Blut brauchen. Sehr viel davon. Ich fange zwar an, mich mit diesem neuen Artefakt vertraut zu machen, aber ich will mit der maximalen magischen Kraft ausgestattet sein. Ich würde auch gerne Edward bitten, meine Halskette wieder mit einem Schutzzauber zu belegen. Und dieses Mal werde ich es vermeiden, dass sie mit Gischt besprizt wird."

„Also gut." Rans rieb sich zügig die Hände. „Klingt, als hätten wir alle etwas zu tun. Komm mit, Vonnie – zuerst presse ich dir etwas frischen Saft. Langsam verstehe ich, wie sich eine Blutorange fühlen muss."

216

KAPITEL ACHTZEHN

ES HATTE LÄNGER GEDAUERT, als mir lieb war, alles in die Wege zu leiten, aber die zusätzlichen Tage bedeuteten auch, dass ich mehr Zeit hatte, mich an das höhere Energieniveau zu gewöhnen, wenn ich das Smaragd-Artefakt benutzte. Es wäre vielleicht sinnvoller gewesen, den Granat von Jace zu leihen, aber er hatte bereits eine große Affinität zu Mabels Halskette entwickelt, und wenn nur einer von uns ihn haben konnte, dann wollte ich, dass er es war.

Edward hielt sich mit seiner Meinung zu unserem Plan zurück, aber er machte beide Anhänger unsichtbar, sowohl visuell als auch magisch. Jace war davon fasziniert, und Edward erlaubte ihm, bei den Blutsiegeln auf dem Granat zu helfen, bevor er den Zauber beendete.

Als Albigard eines Abends aus Leonides' Büro kam, um zu verkünden, dass Teague einem Treffen mit uns zugestimmt hatte, war ich erleichtert. Die herabgesetzten Kräfte der Unseelie-Fae bedeuteten, dass sie in der Lage war, mit der Technologie hier im Resort zu interagieren, ohne sie zu beschädigen, aber sie sah immer noch so aus, als hätte sie etwas Bitteres geschluckt, wenn sie gezwungen war, direkt mit Computern und Handys umzugehen.

„Wir werden in zwei Tagen nach Castle Hill in Neuseeland reisen", sagte er. „Unser Termin ist um 12 Uhr Ortszeit. Aus offensichtlichen Gründen sollten wir schon früher dort eintreffen."

„Warum Neuseeland?" Ich konnte mir die Frage nicht verkneifen, denn ich hatte irgendwie angenommen, dass wir nach St. Louis zurückkehren würden.

„Er glaubt, wir kommen aus Südostasien. Ich habe den Eindruck, dass er uns aus Höflichkeit auf halbem Weg entgegenkommen wollte."

'Höflichkeit' war nicht gerade das, was ich mit 'Teague' in Verbindung gebracht hätte, aber ... egal.

„Wird er allein kommen?", fragte ich.

„Das wird er. Er hat zugestimmt, dir während des Treffens keinen Schaden zuzufügen, solange ich der bin, der ich behaupte zu sein", sagte Albigard. Ich brauchte einen Moment, um das zu verstehen.

„*Okay*", sagte ich langsam. „Das ist sehr ... spezifisch. Hat er auch zugestimmt, *dir* keinen Schaden zuzufügen?"

„Ich bin ein gesuchter Verbrecher."

„Äh ... ich auch", sagte ich. „Ich bin einer der Leute, die deinen Gefängnisausbruch eingefädelt haben, falls du das vergessen hast."

Er brummte abweisend. „Du bist ein Mensch. Außerdem hast du mein Geschenk angenommen, bevor du diese Tat begangen hast. In den Augen der Fae ist dein Verbrechen auch mein Verbrechen."

Ich sah ihn mit zusammengekniffenen Augen an. „Toll. Das ist ja praktisch. Doch das beantwortet immer noch nicht meine Frage, ob er bereit ist, für deine Sicherheit zu garantieren", wies ich darauf hin.

„Wie ich bereits gesagt habe, schätze ich ihn aufgrund unserer früheren Zusammenarbeit als loyal ein", sagte Albigard. „Zudem sind wir uns in unserer Magie ebenbürtig. Es wäre töricht von ihm, allein zu kommen, wenn er vorhätte, mich gefangen zu nehmen."

„Wenn du meinst …" Ich konzentrierte mich auf die logistischen Hürden, die wir überkommen mussten, um das Treffen möglich zu machen. „Ich nehme an, wir müssen dich mit dem Rover von hier wegbringen? Dann kannst du uns ein Portal zu der Insel mit den Grabhügeln schaffen und dann reisen wir entlang einer Kraftlinie."

„Richtig." Er schien nicht viel mehr Enthusiasmus bei dem Gedanken zu empfinden, wieder in diesem schrecklichen Gefährt zu fahren, aber wenigstens würde es diesmal nicht dreizehn Stunden dauern. So nervenaufreibend magische Reisen auch sein konnten, ich begann den Reiz zu verstehen. Wenigstens war es früher vorbei.

„Wann müssen wir los?", fragte ich.

„Heute Abend wäre am besten", sagte er. „Je früher, desto besser, wenn ihr mich fragt."

„Ja, darauf wette ich", entgegnete ich sarkastisch. „Bist du sicher, dass du genug Zeit haben wirst, um deine magischen Batterien wieder aufzuladen?"

Er nickte. „Ja, solange wir in der Natur kampieren. Keine Angst, Adept. Ich werde dich nicht auslaugen müssen, es sei denn, es passiert etwas Unerwartetes."

Ich konnte mir kaum verkneifen, mit den Augen zu rollen. „Etwas Unerwartetes? Klar, denn wann passiert uns *das* schon mal?"

Er warf mir einen finsteren Blick zu, der nicht im Geringsten dazu beitrug, mich zu beruhigen.

Nachdem ich Jace über die Situation informiert und ihm noch einmal versichert hatte, dass es wichtig sei und dass mich Albigard und Leonides beschützen würden, trank ich noch etwas Blut von Rans und verbrachte den Rest des Nachmittags mit Edward beim Training.

Leonides schien die Details der Reise zu kennen, also überließ ich ihm das Organisatorische. Ich zwang mich, beim Abendessen gut zu essen, und fragte mich dabei, was für ein verrücktes südamerikanisches Tier dieses Mal in dem köstlich duftenden Eintopf gelandet war. Jace wirkte abwesend – offensichtlich besorgt. Und wer könnte ihm das verdenken?

Als wir fertig waren, ging ich in die Küche, um mit Edward unter vier Augen zu sprechen, und hielt ihm im Wesentlichen dieselbe Rede, die ich Zorah und Rans gehalten hatte. *Das ist notwendig … es wird wahrscheinlich gut gehen, aber wenn nicht, pass bitte auf mein Kind auf und sorge dafür, dass es sicher ist.* Edward hatte den gleichen grimmigen Gesichtsausdruck wie damals, als das SWAT-Team in den Wald im östlichen Teil von Missouri eindrang, in dem wir uns versteckt hielten, aber er tätschelte mir nur den Arm und wünschte mir Glück.

Wir fuhren in der Abenddämmerung los, nachdem ich meinen Sohn in den Arm genommen und mich von Zorah, die sehr besorgt aussah, und Rans, der eher verhalten schien, verabschiedet hatte. Ich war mehr als froh, Leonides das Fahren zu überlassen, denn nachtsüber einspurige Straßen im brasilianischen Regenwald zu rasen, war nicht gerade meine Vorstellung von Spaß. Die Fahrt dauerte zwar nicht so lange wie die von Belém hierher, aber es dauerte trotzdem mehrere Stunden, bis Albigards Schultern sackten. Die Erleichterung machte sich sofort in ihm bemerkbar.

„Sind wir aus der Gefahrenzone heraus?", fragte ihn Leonides. „Die Karten des Eisenerzvorkommens sind leider nicht sehr genau, muss ich sagen."

„Ja", sagte die Fae. „Noch ein Stückchen weiter … dann sollten wir einen Platz finden, an dem wir unser Nachtlager aufschlagen können."

Als wir schließlich auf eine kleine Zufahrtsstraße fuhren, die Gott-weiß-wohin führte, war ich mehr als bereit, unser Lager auszuschlagen. In diesem Knochenbrecher zu dösen, war völlig unmöglich. Wenigstens hatte ich etwas von dem Dörrfleisch und den Nüssen genascht, die Leonides für mich eingepackt hatte. Er parkte den Höllen-Rover auf einem ebenen Stück Land am Rande der Baumgrenze, und ich entschuldigte mich, um mich im Schein einer alten Taschenlampe im Freien zu erleichtern.

Als ich zum Fahrzeug zurückkehrte, wartete Leonides auf mich, doch von Albigard war keine Spur zu sehen.

„Er wollte in einem Baum schlafen", antwortete Leonides auf meinen fragenden Blick hin. „Oder vielleicht wandert er einfach die ganze Nacht im Wald herum. Es gehört nicht zu meinen Aufgaben, die Fae nach Details zu fragen. Es geht mich auch nichts an. Jedenfalls wird sie morgen früh wieder hier sein, bevor wir aufbrechen müssen."

„Na gut. Wenn das so ist, verlegen wir die Party auf die Rücksitzbank", sagte ich. „Ich leihe mir einfach deinen Schoß als Kopfkissen."

Es hätte gruselig sein müssen, in einem knarzenden Land Rover zu schlafen, der unter großen Bäumen auf einem Grundstück geparkt war, das möglicherweise jemandem gehörte, aber ich war mit einem Mann zusammen, der jeden, der auftauchte, davon überzeugen konnte, dass er nichts Ungewöhnliches gesehen hatte. Albigard – wo auch immer er die Nacht verbrachte – war ebenso fähig, auf sich selbst aufzupassen.

Und ich? Ich war müde, und ich hatte einen starken, bequemen Oberschenkel, auf dem ich meinen Kopf betten konnte, während seine kühlen Finger durch mein Haar fuhren. „Nacht, Leo", murmelte ich.

„Schlaf gut, Vonnie", sagte er mit seiner tiefen, samtenen Stimme.

Ich schloss die Augen und ließ meine Sorgen bis zum Morgen Sorgen sein. Ich fühlte mich in Leonides' Gegenwart sicher, trotz der undurchdringlichen Dunkelheit hinter den Fenstern oder der unbekannten Insekten, die in der Nacht zirpten, und schlief tief ein.

Als ich aufwachte, roch es nach gebratenem Hähnchen. Eine zusammengerollte Jacke lag nun unter meinem Kopf, statt des kalten Oberschenkels, an den ich mich so schnell gewöhnt hatte. Bevor ich mir jedoch Sorgen machen konnte, knarrte die Tür auf, und Leonides steckte seinen Kopf herein.

„Wach? Gut. Es gibt Frühstück."

Ich grunzte, noch immer nur halb bei Bewusstsein, und kroch unbeholfen vom Rücksitz. Obwohl ich seit unserer Ankunft im Resort gut gegessen hatte, ließ mir der Geruch das Wasser nach etwas im Mund zusammenlaufen, das nicht aus einer knittrigen Verpackung kam.

Draußen war die Sonne gerade erst über die Baumkronen gestiegen. Albigard hockte neben einem von Steinen umringten Feuer. Der Kadaver eines Vogels von der Größe eines Huhns war auf einem Spieß aufgespießt, der über den Flammen errichtet worden war. Die Fae versuchte mit zwei Stöcken so etwas wie Päckchen aus verkohlten Blättern aus der Glut zu holen.

Er sah heute Morgen … besser aus. Mehr er selbst.

Albigard blickte auf, als Leonides und ich uns ihm näherten. „Iss, Adept. Es werden ein paar lange Tage."

Das Gras um die kleine Zufahrtsstraße war gemäht, und so ließ ich mich im Schneidersitz im niedrigen Gras nieder, nachdem ich es sorgfältig nach Schlangen und Ameisenhaufen abgesucht hatte. „Wie hast du ohne deinen Bogen einen Vogel gefangen?"

„Ich habe mir eine Steinschleuder gebaut", sagte er und öffnete eines der mit Blättern umwickelten Päckchen, wobei er die intakten grünen Innenblätter als eine Art Teller benutzte. Zwei längliche Knollen lagen darauf, dampfend und an den Rändern goldgelb gebräunt. Er setzte es vor mir ab und öffnete dann das zweite Päckchen für sich selbst. Schließlich nahm er den Spieß aus dem Feuer und drehte die beiden Schenkel des Vogels für mich ab, das Brustfleisch behielt er für sich.

„Wow", sagte ich und betrachtete die Mahlzeit. „Und ... äh, ich nehme an, dass diese Knollen für den menschlichen Verzehr absolut sicher sind?"

Er hob eine Augenbraue und sah mich an. „Es wäre kontraproduktiv, wenn ich dich vergiften würde, Adept, du kannst das getrost essen. Ich glaube, der gebräuchliche Name dafür ist Maniokwurzel, ein Grundnahrungsmittel in diesem Teil der Welt."

„Okay", sagte ich ein wenig verlegen. „Danke."

Ehrlich gesagt war es seltsam, etwas zu essen, dem keinerlei Gewürze hinzugefügt wurden, außer dem, was ihm der Rauch des Feuers verliehen hatte. Das Fleisch war im Vergleich zu Hähnchen aus Massentierhaltung zäh, aber es war sättigend, um nicht zu sagen, viel befriedigender als ein Proteinriegel es gewesen wäre.

„Kannst du den Land Rover irgendwie sicher unterstellen, bis wir zurückkommen?", fragte Leonides, als wir fertig waren.

Ich beäugte das Auto mit Abscheu. „Oder wir lassen ihn einfach unverschlossen hier stehen und hoffen, dass ihn jemand mit einer masochistischen Ader stiehlt."

„Das wäre nicht optimal, da ich uns wegen des Eisens nicht nach Carajás zurückbringen kann", sagte Albigard säuerlich. „Unter anderen Umständen wäre ich mit einem solchen Vorschlag durchaus einverstanden. So wie es aussieht, kann ich einen kleinen Schutzwall errichten, der die Menschen davon abhält, sich ihm zu nähern."

Er ließ die Türen unverschlossen und den Schlüssel im Zündschloss stecken, sodass jeder von uns bei unserer Rückkehr schnell auf den Fahrersitz springen konnte, falls das notwendig werden sollte. Nachdem er uns in die Einzelheiten des Schutzzaubers eingewiesen hatte, waren wir bereit, zu gehen. Die Rucksäcke über die Schultern geschnallt, warteten Leonides und ich darauf, dass Albigard ein Portal aufrief. Ich trat als Erste hindurch und stolperte ein wenig, als ich in Teso Dos Bichos – der abgelegenen Friedhofsstadt, die entlang der Kraftlinie gebaut wurde – auftauchte, doch fing mich noch, bevor die anderen nach mir durchkamen. Das Portal schnappte hinter uns zu. Albigard führte uns zielsicher zu dem Punkt, an dem wir aus Lima angekommen waren. Leonides entmaterialisierte sich in eine Nebelwolke und dann öffnete Albigard die Kraftlinie, die uns in einem Lichtblitz verschluckte. Eine Ewigkeit – oder vielleicht war es auch nur ein kurzer Augenblick – verging, und sie spuckte uns in den Hügeln über einer kleinen, mondbeschienenen Stadt wieder aus, die mit Schnee bedeckt war.

KAPITEL NEUNZEHN

ICH WAR DESORIENTIERT UND ZITTERTE AM GANZEN KÖRPER. Es war gerade noch Hochsommer gewesen, denn Brasilien lag auf der Südhalbkugel, umgeben von einem Regenwald, wo es das ganze Jahr über warm war. In Neuseeland war es jedoch Winter, was nicht heißen sollte, dass es draußen bitterkalt war. Der Schnee war stellenweise zu Schneematsch geschmolzen, die Temperatur musste also über dem Gefrierpunkt liegen, wenn auch nicht viel. Ich griff nach dem Poncho aus Alpakawolle – ein Kleidungsstück, auf das Leonides bestanden hatte – den er über meinen Rucksack gehängt hatte. Ich schüttelte ihn aus und legte ihn mir über die Schultern, um mich vor der Kälte zu schützen.

„Also ... wo genau sind wir?", fragte ich Albigard.

„Oberhalb von Castle Hill Village", antwortete er und nickte in Richtung der kleinen Ansammlung von Gebäuden im Tal. „Es ist kurz vor Mitternacht – wir haben die internationale Datumsgrenze überschritten."

Ich rechnete gedanklich nach. „Unser Treffen findet also nicht morgen Mittag, sondern erst übermorgen statt?"

„Richtig." Er beobachtete, wie ich mich unter meinem Poncho zusammenrollte. „Komm mit. Wir werden uns ein Haus leihen, anstatt in den Bergen zu campen."

Ich sträubte mich. „Du willst einfach hereinplatzen und eine arme Familie überreden, uns für zwei Tage bei sich aufzunehmen?"

Er winkte meine Worte ab. „Unnötig. Dies ist ein Ferienort. Die meisten Häuser werden nicht ständig bewohnt."

Toll, dachte ich. *Also werden wir stattdessen einfach ein bisschen einbrechen.*

Die Fae seufzte. „Betrachte es mal so: Wir versuchen, die Besitzer der Häuser vor einem elenden Leben in Sklaverei unter der Herrschaft der Unseelie zu retten ..."

Ich spürte, wie meine Kiefermuskulatur arbeitete. „Ja, ja. Gutes Argument. Lass uns gehen, es ist kalt hier draußen."

Wir gingen den Hügel hinunter und fanden ein Häuschen, von dem Albigard behauptete, es stehe leer. In der Stadt war es totenstill, aber ich sah mich trotzdem nervös um, als er mit seiner Magie das Schloss manipulierte und sich die Tür gleich darauf öffnete. Draußen spiegelte der Schnee das silberne Mondlicht wider und beleuchtete unsere Umgebung. Und drinnen war es stockdunkel, aber Albigard suchte sofort nach dem Lichtschalter. Wenige Augenblicke später ging eine Deckenlampe an und tauchte den Raum in ein warmes Licht. Leonides materialisierte sich neben uns und schaute sich um.

„Zentralheizung?", fragte er und warf einen Blick in meine Richtung, während ich mit den Händen unter den Achseln eingeklemmt zitterte.

„Unwahrscheinlich", sagte Albigard.

Ich zeigte in eine Ecke. „Das sieht aus wie ein Holzofen."

„Ich werde draußen nach Holz suchen", sagte Leonides, aber Albigard hielt ihn auf.

„Nein, ich mache das schon. Es ist besser, wenn du nicht gesehen wirst, auch nicht im Vorbeigehen."

„Richtig." Er drehte sich zu mir um. „Nun ... vielleicht gibt es eine mobile Heizung oder etwas anderes, das den Ofen ersetzen kann. Wir sollten mal nachsehen."

„Klingt nach einem Plan", stimmte ich zu, als wir uns aufteilten, um das Haus zu erkunden.

In der Tat fand ich im Badezimmerschrank einen kleinen Heizstrahler. Und dort entdeckte ich auch, dass der Strom zwar angeschlossen, das Haus aber winterfest gemacht und das Wasser abgestellt worden war.

Unter den gegebenen Umständen war das keine große Überraschung, aber es war trotzdem ziemlich ärgerlich. Ich brachte den Heizstrahler in den Hauptraum, schloss ihn an und ging dann zu Leonides, der in der Küche herumstöberte.

„Hier gibt es ein paar Konserven", sagte er. „Nichts Ausgefallenes."

„Ich werde kein Essen stehlen", sagte ich entschieden. „Wir haben genug für die Reise mitgebracht, zumal wir heute Morgen Maniok und gebratenen Papagei oder was auch immer gegessen haben."

Heute Morgen ... war vor etwa fünfundvierzig Minuten gewesen, und jetzt war es fast Mitternacht. Wenn uns die Sonne in ein paar Stunden einholte, würde ich den Jetlag des Jahrtausends haben.

Leonides nickte. „Du solltest versuchen, zu schlafen. Du wirst es sonst bereuen."

„Ich bereue es jetzt schon", murmelte ich und sah zu ihm auf. „Aber ja. Wir sollten es hier drin warm genug haben, damit meine Füße heute Nacht nicht erfrieren. Würdest du mir ... Gesellschaft leisten, vorausgesetzt, es gibt eine Matratze, die groß genug für uns beide ist? Ich werde wahrscheinlich nicht gleich schlafen können."

Die Frage hätte mein Herz nicht so zum Flattern bringen sollen, aber ich war immer noch ziemlich unbeholfen in dieser ganzen *Beziehungssache*, besonders nach dem Widerstand, den er geleistet hatte, als wir uns gerade kennenlernten.

„Immer", sagte er. In meiner Brust löste sich der angespannte Knoten, der mir das Atmen momentan erschwert hatte.

Albigard kam mit einer Ladung Brennholz zurück. Nachdem der Ofen im Hauptraum fröhlich vor sich hin zu brennen begonnen hatte, brachte ich den Heizstrahler ins Schlafzimmer und ließ ihn auch diesen Raum aufwärmen.

„Ich werde hier bleiben und Wache schieben", sagte die Fae.

Wovor willst du uns bewachen?, wollte ich fragen, bevor ich beschloss, dass es besser war, es nicht zu wissen.

„Bist du sicher?", fragte Leonides. „Ich kann später für ein paar Stunden übernehmen, wenn du dich etwas ausruhen willst."

„Unnötig", antwortete er. „Ich schlafe selbst in Friedenszeiten nicht viel." Seine waldgrünen Augen musterten uns einen Moment lang. „Ich habe jedoch ein ausgezeichnetes Gehör. Bitte versucht, daran zu denken."

Es dauerte ein paar Sekunden, bis ich die Andeutung verstand, und wurde dann augenblicklich rot.

Leonides seufzte. „Sei kein Arschloch, Albigard."

„Du kannst von Glück reden, dass ich nicht wie Zorah bin", fügte ich hinzu. „Sie würde das wahrscheinlich als Herausforderung sehen."

„Glaube mir", sagte Albigard. „In dieser Hinsicht schätze ich mich mehr als glücklich."

Mit dieser peinlichen Bemerkung zogen wir uns ins Schlafzimmer zurück und überließen der mürrischen Fae die Wache. Das Bett war zwar nicht riesig, aber es war ordentlich gemacht und bot Platz für zwei Personen, die nichts dagegen hatten, miteinander zu kuscheln. Ich versuchte, so zu tun, als wäre es ein Samstagmorgen und ich würde nach dem Frühstück faul zurück ins Bett gehen, und nicht, als hätte ich plötzlich neun Stunden durch die interkontinentale Reise verloren.

Keiner von uns zog sich weiter aus, außer Schuhe und Jacken abzulegen. Es war immer noch so kühl im Zimmer, dass ich den Alpaka-Poncho ausbreitete, um ihn als Wärmedecke auf dem Bett zu verwenden. Als wir uns niedergelassen hatten – Leonides hatte sich mit einem Kissen im Rücken an das Kopfteil gelehnt, und ich hatte mich neben ihm unter der Decke zusammengerollt –, sprach ich ein Thema an, das mich schon lange beschäftigte.

„Denkst du, dass unser ... Ungleichgewicht in Sachen Libido ein Problem darstellen könnte?", fragte ich und dachte an all die Enttäuschungen in meiner Vergangenheit.

Frigide Bitch ... flüsterte ein gesichtsloser Mann in meiner Erinnerung.

Leonides' Hand kam auf meinem Scheitel zu Ruhe und sein Daumen, der müßig über meine Schläfe gestrichen hatte, hielt abrupt inne. „Was meinst du?"

Ich nahm mir fest vor, die Sache nicht peinlich werden zu lassen und machte weiter. „Du hattest ... eine Menge Sex. Das ist alles, was ich damit sagen will. Und ich bin mir nicht sicher, ob ich jemals eine Frau sein werde, die es *jeden Tag und samstags zweimal* treiben will. In dieser Hinsicht habe ich im Laufe der Jahre einige Männer enttäuscht. Und ehrlich gesagt, wäre es mir lieb, dich nicht auch zu enttäuschen."

Er nahm seine Streicheleinheiten wieder auf, doch schwieg einige Augenblicke, bevor er antwortete und als er es tat, war sein Tonfall nachdenklich.

„Sex ist nützlich, um meine Gedanken für eine Weile auszuschalten und jemandem nahe genug zu kommen, um sein Blut zu trinken, ohne sich hinterher wie ein komplettes Arschloch zu fühlen." Er hielt wieder inne. „Aber … das ist es nicht, was ich in all den Jahren seit Clarabelles Tod vermisst habe."

Ich stützte mich auf einen Ellenbogen, um ihn anzusehen, obwohl ich sein Gesicht in der Dunkelheit kaum erkennen konnte. „Nein? Was hast du denn dann vermisst?"

Er zog mich näher an sich heran. „Das hier. Das habe ich vermisst."

Erst als das Sonnenlicht durch das staubige Fenster strömte, fiel mir ein, dass Albigard wahrscheinlich mit seinem für eine Fae typischen hyperaktiven Hörvermögen die Details meiner sexuellen Unsicherheiten mitgehört hatte, auch wenn wir ihn nicht mit Sex selbst belästigt hatten.

Na ja. Ich konnte nicht alles haben.

Es wäre gelogen zu sagen, dass ich gut geschlafen hatte, aber ich hatte gedöst und mich treiben lassen, während ich die Intimität in Leonides' Armen genoss. In gewisser Weise machte es die paar Nächte wett, in denen ich in Leonides' Armen eingeschlafen war, ohne das Gefühl wirklich genießen zu können. Zumindest in unserem Verlangen nach Kuscheleinheiten schienen wir gut zusammenzupassen.

Der folgende Tag war höllisch langweilig. Vielleicht sollte ich vorsichtiger mit dieser Redewendung umgehen, denn ich war noch nie in der Hölle gewesen, und es war möglich, dass die Hölle die absolute Partyzentrale war. Es genügte zu sagen, dass es im Haus nicht viel zu tun gab, und wir hatten nicht vor, die Aufmerksamkeit der Bewohner zu erregen, indem wir tagsüber nach draußen gingen.

Ich schlief schließlich ein, als mein Schlaf-wach-Rhythmus darauf bestand, dass es schon spät war, obwohl es in Neuseeland erst Mittag war. Ich las den alten, am wenigsten langweilig aussehenden Groschenroman, den die Besitzer auf einem Regal im Hauptraum liegen gelassen hatten und aß den unappetitlich aussehenden Inhalt der Konserven. Albigard fastete und schaute viel aus dem Fenster und Leonides nahm sich einen der kitschigen, zwanzig Jahre alten historischen Liebesromane und amüsierte sich. Er machte dabei mit einem Kugelschreiber Anmerkungen an den Rändern.

Der Schnee schmolz im Laufe des Tages und in der darauffolgenden Nacht fiel kein Neuschnee. Am Morgen unseres Treffens bat Leonides Albigard um ein paar ehrliche Worte.

„Wie ich schon in Carajás sagte, stehen wir zu kurz vor dem Ende, um uns nicht die unverblümte Wahrheit zu sagen", sagte er. „Ich werde bewaffnet sein, wenn wir zu dem Treffen gehen, und wenn sich Teague gegen einen von euch wendet, werde ich nicht zögern, um ihn unschädlich zu machen. Ich weiß, dass die Fae denken, dass sie nach anderen Regeln spielen, aber in der menschlichen Welt ist er ein Entführer und ein Massenmörder. Wenn er uns nicht helfen will, dann ist er ein Hindernis und wir haben keine Zeit, um uns weiter mit ihm auseinanderzusetzen. Wird das ein Problem sein?"

Ich gebe zu, sein nüchterner Ton, in Verbindung mit dem stählernen Versprechen, machte mich heiß. Und obwohl ich wusste, dass ich Teague ermutigen sollte, vor Reue auf die Knie zu fallen und uns anzubieten, uns bei der Verteidigung der Erde gegen seine Unseelie-Freunde zu helfen, wäre ich genauso froh, ihn tot in einer Blutlache liegen zu sehen. Es war nicht politisch korrekt ... oder klug, aber es war unbestreitbar wahr.

Albigard hob sein Kinn und betrachtete Leonides mit seinen waldgrünen Augen. „Hoffen wir, dass es nicht so weit kommen wird."

Wir brachen drei Stunden vor dem Treffen auf. Albigard und ich gingen zu Fuß, während Leonides über uns in der Luft herumwirbelte und dann verschwand. Die uralte geologische Formation, nach der das Dorf benannt war, lag etwa dreieinhalb Kilometer südlich, informierte mich Albigard, als wir aufbrachen. Es war ein atemberaubend schönes Land – graue Berge und goldene Stoppelfelder umgaben uns, mit einem Hauch von Grün, jetzt, da der Schnee geschmolzen war.

Es war etwas frisch, aber nicht unangenehm kalt, und der Highway, dem wir folgten, breitete sich mit sauber gemalten weißen Seitenstreifen vor uns aus. In der Luft lag der Duft von brachliegender Erde und verrottenden Ernterückständen. Es dauerte etwa fünfundvierzig Minuten, bis wir den leeren Parkplatz erreichten, auf dem sich in der wärmeren Jahreszeit zweifellos Kletterbegeisterte versammeln würden.

Ein Kiesweg führte vom Parkplatz in die umliegenden Hügel, wo seltsame Felsformationen der

Landschaft einen fremdartigen Anblick verliehen. Sie ragten aus dem grasbewachsenen Boden hervor, massiv und verformt, mit sanften Kurven und erzwungenen Windungen. Albigard wies uns den Weg in das steinige Labyrinth, vorbei an einer Formation, die wie ein kopfloser Elefant aussah, der sich vom Rest des Hügels zu befreien versuchte, und an einer anderen, die an eine Kolonie von Robben erinnerte, die gemeinsam auf einer felsigen Klippe am Meer faulenzten.

Ich sah mich überwältigt um und versuchte, alles auf einmal in mich aufzunehmen. Für ein paar Augenblicke vergaß ich nur allzu leicht, warum ich überhaupt hier war, und spielte Touristin. Plötzlich hatte ich den Drang, mein Handy zu zücken und Fotos zu machen, doch das hätte nur dazu geführt, dass Albigards Aura es durchbrannte.

Er lief voran, als ob er wüsste, wohin er gehen musste. Ich war mir nicht sicher, ob er auf den Punkt zusteuerte, an dem sich die Kraftlinie mit dem seltsamen Denkmal kreuzte, oder ob sich Teague und er im Voraus auf einen bestimmten Ort geeinigt hatten.

„Er ist bereits hier", sagte Albigard, als wir uns einer Höhle näherten, die auf allen Seiten von Felsen umgeben war, mit Ausnahme einer kleinen Öffnung an der Vorderseite. Auf einem kleinen Schild neben dem Eingang stand *Echo-Höhle*.

Wir waren etwa zwei Stunden zu früh, aber Albigard schien nicht beunruhigt zu sein. Er hatte betont, dass er rechtzeitig vor dem Treffen ankommen wollte, aber ich hatte den Eindruck, dass er eher „in der Gegend ankommen" als „bei dem Treffen selbst" meinte.

Solange Teague Leonides nicht ausmachen konnte, schien Albigard damit zufrieden zu sein, seinem ehemaligen Untergebenen das Gefühl zu geben, dass er die Oberhand behielt, da er als Erster ankam. Als wir die Öffnung in den Steinen durchquerten, atmete ich langsam und tief ein, was jedoch nichts daran änderte, dass plötzlich mein Herz anfing, wie wild gegen meinen Brustkorb zu pochen.

Teague wartete tatsächlich im Inneren des natürlichen Amphitheaters auf uns. Er saß auf einem Felsvorsprung, ein Bein hochgezogen, während das andere lässig baumelte.

KAPITEL ZWANZIG

ICH MUSSTE EIN PAAR MAL BLINZELN, um die Gestalt vor uns mit der Person aus meiner Erinnerung in Einklang zu bringen. Teague spielte nicht länger den Menschen – er war jetzt ganz Fae. Er war in Hirschlederhosen und ein ungebleichtes Leinenhemd gekleidet, und sein Haar war in kunstvollen Zöpfen aus seinem Gesicht geflochten, die seine spitzen Ohren enthüllten. Blattgrüne Augen leuchteten unter seinen dicken Brauen, die wie Flügel geschwungen waren. Der Gesamteindruck ließ ihn irgendwie jünger aussehen.

Sein betont lässiges Auftreten konnte nicht ganz verbergen, wie misstrauisch sein Blick war, als er Albigard mit einem durchdringenden Blick fixierte. Offensichtlich war ich als Mensch – selbst als einer mit Magie – nicht mehr als einen kurzen Blick würdig, aber ich hatte nicht vor, mich um die Etikette zu scheren.

„Bleibt dort stehen, wo ihr seid", sagte er. Albigard tat es, und ich folgte seinem Beispiel. „Was hat Eidyn gesagt, nachdem der Stadtrat von Chicago vor fünf Jahren beschlossen hat, seinen Lieblingspark an Bauunternehmer zu verkaufen?"

Albigard hob eine Augenbraue. „Er drohte damit, die Wilde Jagd auf den Alderman zu hetzen, der die ausschlaggebende Stimme abgegeben hatte, und, ich zitiere, 'seinen Hund mit einer *Cu-Sidhe* zu kreuzen, damit die daraus resultierenden Nachkommen ihm die Seele aus dem Leib reißen.' Wir beschwichtigten ihn, indem wir den Bauunternehmer dazu brachten, ein paar Hektar naturbelassen zu lassen."

Teague nickte vorsichtig und sprang von seinem Felsvorsprung herunter. „Gib mir deine Hand."

Albigard hob seinen Arm, als sich die andere Fae ihm näherte, und hielt ihr seine Hand locker, mit der Handfläche nach oben, entgegen. Teague ergriff sein Handgelenk, fast so, als würde er seinen Puls messen wollen. Sein Blick wurde für einen Moment abwesend und wandte sich nach innen. Ein Strahl weißen Lichts schoss an Albigards Arm hinauf und verschwand einen Moment später. Teague ließ ihn los.

„Kein Schimmer. Du bist es also wirklich", sagte er. „Du hast mich in eine schwierige Lage gebracht."

„Ja, das habe ich", stimmte Albigard zu.

Teagues finsterer Blick fiel auf mich. Ich konzentrierte mich auf die magischen Felder, die mich umgaben, und kanalisierte sie so gut es eben ging in einer Endlosschleife durch den Smaragd, um mich vor seinem Einfluss zu schützen.

„Auch die Wahl deiner Begleitung lässt zu wünschen übrig", sagte er zu Albigard und fixierte mich weiterhin mit seinen grünen Augen.

„Sie ist magisch begabt und nützlich für mich", sagte Albigard abschätzig. „Genau wie ihr Sohn, möchte ich hinzufügen."

Teague richtete seinen Blick wieder auf Albigard, und sein Ausdruck wurde unleserlich. „Ihr Sohn? Was weißt du über diese Angelegenheit?"

„Offensichtlich mehr als du", sagte ich, nicht gewillt, länger eine stumme Zuschauerin zu sein. Es war leichter, als ich erwartet hatte, meine Wut auf die Fae zu kontrollieren, aber ich spürte immer noch die Benommenheit, die mit dem Wissen einherging, dass ich vor der Person stand, die so viel Schmerz verursacht hatte – nicht nur mir, sondern auch den Menschen, die mir wichtig waren.

Teagues Gesichtsausdruck wurde spöttisch. „Ach, tatsächlich?"

„Es ist wahr", sagte Albigard zu ihm. „Zumindest hoffe ich das, denn die Alternative wäre, dich als Feind zu betrachten."

Teague trat einen Schritt zurück. „Als *Feind*? Du bist ein Verräter des Courts, wie du selbst zugegeben hast."

„Das bin ich", stimmte Albigard zu. „Aber ich bin ein Verräter, der weiß, was Oren und seine Handlanger dir vorenthalten haben."

Wieder bemerkte ich dieses Aufflackern von Unsicherheit in Teagues Augen.

„Du hast meinen Sohn entführt, ohne dir die Mühe zu machen, *nach dem Grund zu fragen*", schimpfte ich. „Und wie viele andere? Wie viele Kinder?"

Seine grünen Augen blitzten auf. „*Menschenkinder*. Nachkommen von *Vieh*. Eure Welt hat einen strategischen Wert gegenüber der Hölle. Das ist alles. Was kümmert mich eure dreckige Brut?"

„Eine Brut, die Magie beherrscht, genau wie unsere Jungen", sagte Albigard tonlos. „Höchstwahrscheinlich haben deine Befehle angedeutet, dass die Unseelie vorhaben, begabte Menschenkinder zu indoktrinieren, um unseren Einfluss auf der Erde zu festigen."

Teague verengte seine Augen zu Schlitzen. „Und was, wenn sie es getan haben?"

Ich biss mir auf die Zunge, denn ich wusste, dass Albigards nächste Worte mehr Wirkung haben würden als alles, was ich je zu Teague sagen könnte.

„Dann haben sie wohl versäumt, das Motiv dafür zu erwähnen", sagte er. „Dhuinne versinkt im Chaos. Es wird jeden Tag schlimmer. Oren und seine Mitverräter planen, unsere Heimat zu verlassen und den Court auf die Erde zu verlegen."

Absolute Stille herrschte in der Höhle. Ich hielt den Atem an und wartete darauf zu erfahren, in welche Richtung Teague tendieren würde.

„Du ... wurdest falsch informiert", sagte er nach einer kleinen Ewigkeit. „Oder ... vielleicht hast du etwas mitgehört und falsch verstanden."

Albigard schnaubte spöttisch. „Wäre das der Fall, würde ich bezweifeln, dass sich Oren die Mühe gemacht hätte, mich mit einem Schweigezauber zu belegen, der mich daran hindern sollte, über das zu sprechen, was ich gehört habe."

Ich bemerkte, dass Teague unter dem Gewicht dieser Behauptungen einknickte.

„Du wurdest verzaubert? Und ... du hast den Zauber gebrochen?", fragte er.

Albigard nickte zu mir. „Ich sagte dir, dass der Adept für mich nützlich ist. Sie hat mein Geschenk angenommen. Ich habe ihre Kraft genutzt, um den Zauber zu brechen."

Ich nickte. „Das hat er. Das war übrigens echt ätzend. Lass uns das bitte nie wieder tun."

Teague schürzte die Lippen, dann setzte er sein Pokerface wieder auf und wandte es gegen Albigard. „Von Rechts wegen sollte ich versuchen, euch gefangen zu nehmen und vor den Court zu zerren. Ich habe meine eigene Position gefährdet, indem ich diesem Treffen überhaupt zugestimmt habe."

„Das werde ich nicht zulassen", erwiderte Albigard in einem ruhigen Ton. „Es steht zu viel auf dem Spiel. Die Fae dürfen Dhuinne nicht aufgeben. Das ist ihre Stunde der Not, und die Zukunft unseres Volkes steht auf dem Spiel. Ich kann dafür sorgen, dass du, wenn du dem Court von diesem Treffen erzählst und sie dich fragen, warum du mich nicht gefangen genommen hast, sagen kannst, dass ich dich magisch überwältigt habe."

Mir stockte der Atem. Ich hatte erwartet, dass Teague ausrasten und … uns vielleicht sogar angreifen würde. Deshalb war ich überrascht, als er sich nur versteifte und sein Kinn anhob. „Was schlägst du vor, und warum sollte ich dir vertrauen, dass du meine Position im Court schützen wirst?"

Albigard warf ihm einen vernichtenden Blick zu. „Da ich dich bitte, meinen Behauptungen nachzugehen und mir gegen diese Verräter beizustehen, wäre es kaum hilfreich, dich unter Verdacht kommen zu lassen. Und ich schlage dir nur vor, dass du versuchst, dich zu widersetzen, wenn ich dich mit einem kurzzeitigen Schlafzauber belege, damit du deinen Vorgesetzten wahrheitsgemäß von den Ereignissen berichten kannst, wenn du gefragt wirst."

Teague zog die Augenbrauen zusammen, und seine Miene wurde herablassend. „Ich versichere dir, Flight Commander, dass ich nicht durch einen einfachen Schlafzauber überwältigt werden kann."

„Adept, mach dich bereit." Albigard legte blitzschnell eine Hand an Teagues Schläfe, und ich starrte ihn einen Herzschlag lang an, bevor mir klar wurde, dass mir meine Magie entrissen worden war.

Ich schwankte und sank auf ein Knie.

Teague hingegen ging wie ein Sack Steine zu Boden und blieb regungslos liegen.

„*Verdammt noch mal*", keuchte ich. „Was habe ich gerade gesagt? Dass ich das nie wieder tun will, oder?"

Albigards Griff um meine Kraft lockerte sich. Ein lautes Schnarchen kam von der Gestalt am Boden. Leonides materialisierte sich neben mir aus einem Wirbel dunklen Rauchs. Sein Gesichtsausdruck machte selbst mir Angst. Er war unglaublich wütend.

„Albigard, du *verdammtes Arschloch* ..."

Ich winkte ihn benommen ab. „Halt ... *hör auf*. Spar dir die Höhlenmenschen-Nummer. Mir gehts gut. Ernsthaft." Ich nahm seine Hand an, die er mir reichte, wohl wissend, dass er Albigard immer noch mit eisernen Dolchen in den Augen anstarrte. Ich richtete meine Aufmerksamkeit ebenfalls auf die Fae. „Ist das alles? Ich habe nämlich das Gefühl, dass wir nicht wirklich Antworten bekommen haben, bevor du ihn außer Gefecht gesetzt hast."

„Ich habe ihn über die Situation informiert und ihm erklärt, was ich mir von ihm erhoffte", meinte Albigard. „Dann habe ich ihm eine plausible Entschuldigung dafür gegeben, wieso er mich nicht gefangen genommen hat. Ich sehe keinen Sinn darin, das Gespräch noch weiter zu vertiefen. Er ist hin- und hergerissen und wird Zeit brauchen, um seine Entscheidung zu treffen. Wir hingegen müssen woanders sein, wenn er wieder aufwacht."

Wie so oft in solchen Momenten wurde mir erneut die kulturelle Kluft zwischen Menschen und Fae bewusst. Bei den Menschen würde man in der Regel nicht weit kommen, wenn man jemanden um einen Gefallen bat und ihm dann sofort das Licht ausknipst. Doch anscheinend dachte Albigard, er würde Teague einen Gefallen tun, indem er ihn ausknockte.

Ich seufzte.

„Du sagtest, er würde nur kurzzeitig schlafen, richtig?", drängte ich.

„In der Tat", stimmte er zu. „Kommt."

Er führte uns zu einer Stelle gleich hinter dem Felsen, unter dem Teague schnarchte, und rief die Kraftlinie herbei, die durch diese Höhle verlief. Nach ein paar Momenten, in denen wir uns wie Toffee ausgedehnt hatten, spuckte uns ein Lichtblitz in der Dunkelheit eines warmen, mir bekannten Ortes wieder aus, während um uns herum die Insekten in der Nacht zirpten.

Wir sind schon wieder in Teso Dos Bichos, dachte ich, und mein Magen drehte sich dank des abrupten Ortswechsels. Schweißperlen bildeten sich unter meinem Wollponcho. Vor uns erschien ein leuchtendes Portal und Leonides nahm meine Hand, trat hindurch und zog mich hinter sich her. Wir tauchten ein paar Meter von unserem Höllen-Rover entfernt wieder auf, der immer noch unberührt neben der Zufahrtsstraße im brasilianischen Regenwald parkte. Ich blinzelte, denn ich hatte Mühe, mit den vielen Veränderungen mitzuhalten.

„Ich werde fahren", sagte Leonides. „Wir sollten vor dem Morgengrauen wieder bei den anderen sein."

„Meine Vorfreude kennt keine Grenzen", antwortete Albigard trocken und schurzte die Lippen.

KAPITEL EINUNDZWANZIG

„DAD IST HIER", MURMELTE JACE, als ich ihn weckte, um ihm mitzuteilen, dass wir wieder zurück und in Sicherheit waren. Wir waren kurz nach halb fünf im Resort angekommen und hatten uns bei Zorah und Rans gemeldet, bevor wir getrennte Wege gingen – in meinem Fall zum Schlafen, in Leonides' Fall, um E-Mails und Nachrichten zu lesen, und, wie ich annahm, in Albigards Fall, um zu grübeln.

Ich hielt inne, meine Hand auf der Schulter meines Sohnes. *Vielleicht hat er nur von Richard geträumt*, dachte ich.

„Das ist gut", murmelte ich. „Schlaf weiter. Es ist noch früh. Ich werde auch noch ein paar Stunden schlafen."

Als ich später am Morgen aus meinem Zimmer trat, wurde mir klar, dass Richard entgegen aller Erwartungen tatsächlich hier war. Er stand vor Jace' Tür und starrte sie an, als wäre er sich nicht sicher, ob er klopfen sollte oder nicht. Er sah mich erschrocken an, als ich aus dem Zimmer nebenan kam. Seine braunen Augen weiteten sich, als sich unsere Blicke trafen.

„Vonnie", sagte er unsicher.

„Richard", antwortete ich, ebenfalls etwas aus dem Gleichgewicht gebracht.

Er hatte sichtlich abgenommen und unter seinen Augen hatten sich dunkle Ringe gebildet. Alles in allem sah er aus wie ein Mann, der seit langer Zeit nicht mehr richtig geschlafen oder gegessen hatte. Seine Haare schienen auch länger nicht geschnitten worden zu sein.

Er hob die Hand und kratzte sich am Hinterkopf. „Ich … ähm …", stammelte er, bevor er es erneut versuchte. „Jace rief mich an und bat mich zu kommen. Du … hast ihn gerettet. Ich bin so froh, dass es ihm gut geht." Das schwache Beben seiner Stimme weckte in mir kein Mitleid.

„Ja", schaffte ich. „Danke, dass du … gekommen bist. Ich weiß, dass dieser Ort mitten im Nirgendwo liegt."

Er sah ein wenig verlegen drein. „Es ist ja nicht so, dass ich die Flugtickets bezahlt habe", murmelte er.

Kein Scherz, dachte ich, hatte aber die Geistesgegenwart, es nicht laut zu sagen. „Du bist jetzt hier, das ist das Wichtigste. Heißt das, du hast es dir anders überlegt und bist jetzt bereit *Scooby-Doo* mit einem Haufen Freaks zu spielen? Zumindest glaube ich mich zu erinnern, dass du es so ausgedrückt hast."

Richard schnitt eine Grimasse.

Wahrscheinlich sollte ich mich schuldig fühlen, doch ich konnte kein Quäntchen Mitleid für ihn heraufbeschwören.

„Der Wolf ist zurückgekommen, Vonnie", flüsterte er heiser. „Es geschah noch zwei weitere Male, nach jener Nacht, als Ivans Männer in meinen Laden einbrachen. Dann passierte es nicht mehr. Ich dachte, ich würde den Verstand verlieren ... unter der Belastung zusammenbrechen, verstehst du? Doch dann habe ich über einige der Dinge nachgedacht, die du gesagt hast, und ich dachte ... vielleicht ...?"

Ich begegnete seinem Blick. „Vampire, Dämonen und Fae existieren. Magie ist real. Wir beide besitzen sie, und wir haben diese Gene an Jace weitergegeben. Wir haben ihn damit zur Zielscheibe gemacht. Da ist ... diese Gruppe von Fae. Sie entführen begabte Menschenkinder und planen, sie als eine Art herrschende Klasse zu installieren, um sich darauf vorzubereiten, den Planeten zu übernehmen. Wir versuchen, sie zu stoppen."

Es herrschte Stille, die nur durch das rege Treiben an anderen Stellen im Resort unterbrochen wurde, während die anderen ihren Tag begonnen. Richard schien mit etwas zu kämpfen zu haben. Ich verschränkte meine Arme und wartete darauf, dass er ausflippte oder wegrannte.

„Okay", sagte er jedoch, als die angespannte Stille zwischen uns schließlich zu schwer wurde. „Ich ... weiß nicht, was ich zu all dem sagen soll, aber ich bin hier. Ich möchte alles tun, was ich kann, um dich und Jace zu schützen. Um ... um zu helfen."

Ich dachte an all die Male, die Richard uns hatte zappeln lassen. All die Male, die ich in Gefahr gewesen war – manchmal, weil er mich selbst in diese Gefahr gebracht hatte – und er war nirgends zu finden gewesen. Ich öffnete den Mund, um etwas Bissiges zu entgegnen, etwas, das die schwelende Wunde ausbrechen lassen würde, die so lange in meinem Herzen existierte. Doch Jace öffnete in diesem Moment mit einem breiten Grinsen im Gesicht die Tür zu seinem Zimmer. „Dad! Und Mom – du bist wieder da! Ich war mir nicht sicher, ob ich das geträumt habe oder nicht." Er schaute zwischen uns hin und her, und seine Begeisterung sank. „Oh. Streitet ihr schon?"

Ich schloss meine Augen und zog die Wut und den Schmerz in mich hinein. *Richard ist hier.* Er war gekommen, weil Jace ihn darum gebeten hatte, und er hatte sich wenigstens meine Schilderung dessen, was uns bevorstand, angehört, ohne auszuflippen oder mich für verrückt zu erklären.

„Nein, Baby", sagte ich, denn es war im Grunde die Wahrheit. Der größte Teil des imaginären Streits hatte in meinem Kopf stattgefunden, anstatt in die reale Welt zu entweichen. Und so sollte es auch bleiben. „Ich habe deinem Vater gerade einen Überblick über die Geschehnisse der letzten Zeit gegeben. Es ist keine schöne Geschichte, das ist alles."

Er sah nicht überzeugt aus, doch er nickte. „Okay. Jetzt, da du wieder da bist, kannst du mir sagen, wo du warst? Wird der Typ, mit dem du gesprochen hast, uns helfen? Wer war es überhaupt?"

„Wir haben einen Abstecher nach Neuseeland unternommen", erzählte ich. „Interessanter Ort. Wir sollten unbedingt mal hinfahren, wenn die Welt nicht vorher untergeht."

Jace schnaubte. Richard sah zwischen uns hin und her, als hätten wir beide den Verstand verloren.

„Wir haben mit einer Fae gesprochen, die Albigard früher kannte." Ich ging nicht näher darauf ein, wer diese Fae genau war. „Ich bin mir nicht sicher, ob er uns helfen wird oder nicht, aber zumindest ist er nicht ausgeflippt oder hat versucht, uns anzugreifen oder so. Das ... könnte ein gutes Zeichen sein, denke ich?"

„Cool." Jace warf einen Blick auf den Stand der Sonne und einen sehnsüchtigen Blick in Richtung des Restaurants, wo ein ständiger Strom von Menschen durch den Eingang kam und ging. „Wie wärs mit Frühstück? Ich bin am Verhungern."

„Geht schon mal vor, ihr zwei. Ich komme nach", sagte ich zu ihnen.

Richard warf mir einen langen, durchdringenden Blick zu, bevor er nickte und mit unserem Sohn wegging. Ich sah ihnen hinterher und versuchte, meine rasenden Gedanken zu beruhigen.

Leonides war nicht in seinem Büro, sondern in seinem Zimmer oder besser gesagt, er entspannte sich im Whirlpool hinter seinem Zimmer. Er lehnte den Kopf auf dem Rand zurück und blickte in den Himmel. Der Innenhof ... wo wir Sex gehabt hatten. Ich warf einen Blick in Richtung des Liegestuhls. Die Kissen waren wieder an ihrem Platz. Die Luftfeuchtigkeit war so hoch hier, dass ich mich fragte, ob sie schon eine Chance hatten, zu trocknen.

„Ich werde wahrscheinlich jemanden umbringen", verkündete ich, als ich näherkam. „Vielleicht brauche ich danach ein Alibi. Wollte dich nur vorwarnen."

Er hob seinen Kopf und sah mich an. „Okay. Wen töten wir, und warum?"

Ich wusste es zu schätzen, dass er nicht einmal mit der Wimper zuckte. „Richard ist gekommen. Und, na gut … fairerweise muss ich sagen, dass ich mich geirrt habe. Anscheinend hat er endlich das übernatürliche Licht am Ende des Tunnels gesehen, und jetzt ist er hier, um Jace und mich zu beschützen, wie eine Art Kreuzritter. Was, du weißt schon … das erste Mal wäre."

Ich ließ mich auf den Liegestuhl fallen. Die Kissen schienen tatsächlich schon ziemlich trocken zu sein.

Leonides blinzelte mich an. „Ist das nicht … eine gute Sache? Vorausgesetzt, man berücksichtigt, dass er wahrscheinlich unfähig ist, Kreuzzüge zu führen oder allgemein als Ritter zu überleben."

Ich seufzte und lehnte mich zurück, nahm mir ein Beispiel an ihm und starrte in den hellblauen Morgenhimmel. „Vielleicht? Was nichts an der Tatsache ändert, dass ich ihn wahrscheinlich irgendwann mit einem unkontrollierten Ausbruch umbringen werde."

„Vielleicht wäre es am besten, wenn du ihn so oft wie möglich meiden würdest. Es kommen überraschend viele Leute hierher. Es sollte nicht allzu schwierig sein, ihm weitgehend aus dem Weg zu gehen."

Ich kaute auf meiner Unterlippe und überlegte. „Ja ... du hast recht. Das kann ich machen. Ich bleibe höflich zu ihm, wenn Jace in der Nähe ist, und halte ansonsten Abstand. Okay ... guter Plan. Mord abgewandt."

Wahrscheinlich würde ich ohnehin mit meinem Training und den Strategiesitzungen beschäftigt sein, oder nicht? Und er würde mit Jace Zeit verbringen wollen, da war ich mir sicher. Wie schwer konnte das schon zu bewerkstelligen sein?

Mein neuer Plan, Richard aus dem Weg zu gehen, funktionierte etwa eine Stunde. Ich unterhielt mich gerade mit einer Gruppe von Edwards Bekannten über die Möglichkeit, weitere fokussierende Artefakte für die magisch veranlagten Menschen zu erwerben, die noch keine besaßen, als sich eine vertraute, völlig unwillkommene Stimme einmischte.

„Vonnie!" Richard schritt auf mich zu und warf dem Rest der Gruppe einen misstrauischen Blick zu. „Wir müssen reden."

Ich warf ihm einen irritierten Blick zu. „Ich glaube nicht, dass wir das wirklich tun sollten."

Seine Kiefermuskulatur arbeitete und bewegte sich sichtbar in seinem eingesunkenen Gesicht. Als ich fünfzehn war, hatte ich es irgendwie heiß gefunden, wenn er das tat. Jetzt machte es mich nur ohne Grund wütend.

„Doch, das müssen wir", fauchte er.

Ich hielt mein Temperament metaphorisch, mit beiden Händen zu Fäusten geballt, im Zaum, stand auf, entschuldigte mich bei den anderen und sagte laut, damit es Richard nicht entging: „Ich bin gleich wieder da, okay?", bevor ich ihn aus der unmittelbaren Hörweite der Gruppe führte.

Er nahm kein Blatt vor den Mund, sobald wir innehielten. „Du *schläfst* mit einem von ihnen? Mit ... mit einem *Vampir*? Was zum Teufel soll das werden? *Fifty Shades of Twilight*?"

Und los gehts.

Die erste Runde im Ring hat begonnen.

Alle meine guten Vorsätze flogen sprichwörtlich aus dem Fenster.

„Nicht, dass es dich etwas angehen würde, *Richard*", zischte ich und stieß ihm einen Finger in die Brust, um ihm das klarzumachen, „aber ich bin *in einer Beziehung* mit einem Mann, der mir mehrmals das Leben gerettet hat und dessen Leben ich im Gegenzug gerettet habe. Ein Mann, der mir geholfen hat, Jace zu finden und ihn zu retten, und der mich während dieser ganzen *Scheiße bei Verstand gehalten hat*. Eine Scheiße, die über unsere Familie hereingebrochen ist, weil *du* beschlossen hast, *dir Geld von der verdammten russischen Mafia zu leihen!*"

Ich hatte ihn mehrere Schritte zurückgedrängt, ohne es zu merken, und mein smaragdgrüner Anhänger pulsierte heiß, als ich meine Wut durch ihn kanalisierte, um nicht aus Versehen etwas zu zerstören. Sein Rücken prallte gegen die Wand des Gebäudes, hinter das ich ihn geführt hatte.

„Er ist ein *Vampir*, Vonnie", wiederholte er, als wäre mir dieses Detail im Laufe der letzten Monate irgendwie entgangen. „Wird er dein Blut trinken? Oder versuchen, dich auch in einen zu verwandeln?"

Ich hatte nicht viel darüber nachgedacht, was Albigard vor einiger Zeit zu mir gesagt hatte – zumindest nicht in letzter Zeit. *Wenn du darauf bestehst, diesen Weg einzuschlagen, tätest du gut daran, einen von ihnen zu bitten, dich lieber früher als später zu verwandeln.* Die Erinnerung daran verursachte ein unangenehmes Gefühl in meinem Magen.

Aber trotzdem ...

„Ehrlich gesagt, erwarte ich nicht, dass einer von uns die nächsten Wochen überlebt", zischte ich leise. „Abgesehen davon hat er nie ein Interesse daran bekundet, mich zu verwandeln. Und was das Trinken von Blut angeht ... was wir im Schlafzimmer treiben, geht dich verdammt noch mal nichts an."

Ja, okay. Der letzte Teil war belanglos, aber der Ausdruck, der über Richards Gesicht glitt, war es wert.

„Behandelt er dich gut?", fragte er etwas ruhiger, nachdem er eine Weile mit seinen Gedanken gerungen hatte. „Weil, Vonnie ... einige der Typen, mit denen du ausgegangen bist ..."

Überrumpelt wich ich einen Schritt vor ihm zurück. „Du warst einer von diesen Typen, Richard."

Er schluckte und sein Adamsapfel wippte. „Ich weiß, dass ich das war. Verdammt, Vonnie – *deshalb frage ich ja.*"

Ich ging noch einen Schritt zurück, bis ich mit den Schultern gegen einen der Pfosten stieß, die den Säulenvorbau stützten. „Er behandelt mich gut", hauchte ich. „Er ... Ich habe es dir gesagt. Er hat mir das Leben gerettet. Er hat geholfen, Jace vor den Fae zu retten."

Richard stieß sich von der Wand ab und trat auf mich zu. „Und du bist aus was für Gründen mit ihm zusammen? Aus Dankbarkeit?"

Ich schüttelte langsam den Kopf. „Nein. Richard ... ich bin mit ihm zusammen, weil ich es will."

Stille breitete sich zwischen uns aus.

„Okay. Gut." Er schien mit sich zu ringen, ob er seine nächsten Gedanken aussprechen sollte. „Ähm ... ich weiß, das wird dich nur noch mehr verärgern, aber wenn sich das jemals ändern sollte, kannst du immer zu mir kommen."

Ich starrte ihn an und konnte kaum das ungläubige Lachen unterdrücken, das mir entweichen wollte. Offensichtlich war ich nicht so erfolgreich, wenn es darum ging, meinen Gesichtsausdruck zu neutralisieren, denn er funkelte mich finster an.

„Sieh mich nicht so an!", schnauzte er. „Ich bin nicht völlig nutzlos. Offenbar kann ich einen tollwütigen Geisterwolf entfesseln, wenn ich mich genug aufrege, vorausgesetzt, ich kann, nun ja ... lernen, ihn zu kontrollieren, während ich hier bin."

Ich fuhr mit einer Hand über mein Gesicht. „Ja. Ja, das kannst du, nicht wahr? *Verdammt*."

Er sah mich seltsam an. „Weißt du, früher hast du nicht so viel geflucht."

Ein raues Lachen brach aus mir heraus. Ich gestikulierte um uns herum und versuchte, *nun ja*, alles mit einzubegreifen. „Da habe ich mich auch noch nicht im brasilianischen Regenwald mit einer Gruppe von Vampiren, Hexen und Hexern versteckt und auf den Weltuntergang gewartet. Komisch, wie das alles so gekommen ist."

Er wischte sich mit der Hand über die Augen. „Klar. Total komisch."

Der letzte Rest meiner Wut verflüchtigte sich und ich fühlte mich zu Tode erschöpft. „Hör zu … Ich bin froh, dass du gekommen bist. Für Jace, meine ich. Und … es gibt hier Leute, die dir wahrscheinlich helfen können, die Sache mit deinem Wolf zu kontrollieren. Sprich mit Edward oder mit Albigard, wenn du ihn aufspüren kannst. Er ist unsere ansässige Fae. Und ich werde versuchen, nicht so eine Bitch zu sein. Ich bin nur emotional schon am Limit, ohne unser Elterndrama auf die Liste zu setzen. Also … verbring Zeit mit Jace. Er liebt dich, und ich hatte schon Angst, mir irgendeinen lahmarschigen Grund einfallen lassen zu müssen, warum du nicht auftauchst." Ich holte tief Luft. „Ich bin froh, dass ich das nicht tun musste."

Er nickte langsam. „Ich auch."

Ich kehrte zu den anderen zurück und fühlte mich überraschenderweise nach unserem Gespräch ruhiger, als ich es erwartet hatte. In dieser Nacht ging ich mit Leonides ungewohnt gelassen ins Bett.

Am nächsten Morgen starben die Staatsoberhäupter aller großen Nationen der Welt aus scheinbar natürlichen Gründen und versetzten die Welt in Panik.

KAPITEL ZWEIUNDZWANZIG

„SIE MÜSSEN ALLE IM VORAUS VERZAUBERT WORDEN SEIN", sagte Albigard. „Vielleicht schlummerte der Zauber in ihren Herzen oder ihrem Hirnstamm. Wenn sie es so eingefädelt haben, wäre es nicht schwer, den Zauber zu einem späteren Zeitpunkt zu aktivieren."

Unser improvisierter Kriegsrat war in Leonides' Büro zusammengekommen, das gleichzeitig als Konferenzraum diente. Er bestand aus Rans, Zorah, Edward, Albigard, Leonides und mir sowie einer Handvoll Neuankömmlingen, die ich zwar nicht gut kannte, die aber während unserer kürzlichen Abwesenheit anscheinend informelle organisatorische Aufgaben übernommen hatten. Im Hintergrund dröhnte ein Satellitenfernseher, auf dem ein US-Nachrichtensprecher über die Ereignisse berichtete.

„Leider ist das tatsächlich möglich", stimmte Edward zu. „Es schien immer wahrscheinlich, dass es im Vorfeld des Unseelie-Putsches irgendeine Art von Ereignis geben würde, das ein Massenchaos verursachen würde. Jetzt ist es passiert."

Wir hatten in den letzten Wochen bei unseren zahlreichen Strategiesitzungen über diese Möglichkeit gesprochen. Irgendwie war ich immer noch schockiert über das schiere Ausmaß der Tat.

„Wenn ja, dann war es wohlüberlegt", sagte eine kesse, dämonengebundene Frau, die ich nur als *Sam* kannte. „Die meisten wirtschaftsstarken Länder haben einen soliden Nachfolgeplan, aber selbst dann ..."

„Ganz recht", stimmte Rans grimmig zu. „Die Frage ist, wie wir uns am besten positionieren können, um den Fae entgegenzutreten, wenn sie beschließen, die Kinder der Welt zu zeigen."

Leonides lehnte sich in seinem Stuhl zurück und sah ebenso grimmig drein. „Es wäre viel einfacher, diese Frage zu beantworten, wenn wir wüssten, *wo* diese Enthüllung stattfinden wird."

„Können wir es überhaupt eingrenzen, so wie wir es bei der Osterinsel getan haben?", fragte Zorah.

„Es ist wahrscheinlich ein Ort, der für die Menschen sowohl eine kulturelle als auch eine historische Bedeutung hat", schlug Albigard vor. „Ein uralter Ort."

„Und es darf nicht zu abgelegen sein, sonst können sie es nicht in die ganze Welt übertragen", fügte ich hinzu. „Wie soll das überhaupt funktionieren? Mit dem Effekt der Fae auf jegliche Elektronik, meine ich."

Albigard winkte mit einer Hand. „Es gibt Techniken, mit denen wir unsere Aura in der Nähe menschlicher Technologie zumindest zeitweise dämpfen können. Es ist nur mühsam, sie aufrechtzuerhalten."

Leonides atmete tief durch. „Also ... im Grunde müssen wir versuchen, uns darauf vorzubereiten, mindestens hundert Menschen kurzfristig an einen beliebigen Ort auf der ganzen Welt zu bringen, mitten in einer internationalen Katastrophe. Und jeden Tag tauchen hier mehr Leute auf. *Wunderbar.*"

„Es wäre wahrscheinlich einfacher, wenn wir von einem bevölkerungsreichen Zentrum aus starten würden, als von einer winzigen Stadt im brasilianischen Regenwald", sagte ein anderer der Neuankömmlinge – ein jung aussehender Mann aus dem Nahen Osten, dessen Namen ich wahrscheinlich kennen sollte, aber längst wieder vergessen hatte. „Ab welchem Punkt wird die Geheimhaltung weniger wichtig für uns als die Bereitschaft?"

Wir anderen sahen uns an. „Das ist eine sehr gute Frage", meinte Zorah.

Doch Leonides stieß einen frustrierten Laut aus. „Machen wir uns keine Illusionen. Die Regierungen werden jeden Moment anfangen, den Katastrophenalarm wegen Terrorismus auszurufen, wenn sie es nicht schon getan haben. Der internationale Reiseverkehr wird strenger abgeriegelt werden als Fort Knox."

Rans trommelte mit den Fingern auf den Tisch. „Wir müssen uns also auf magische Weise fortbewegen. Ist das möglich, Alby?"

Die Fae schaute säuerlich drein. „Nicht von hier aus. Jedenfalls nicht, wenn ihr durch meine Portale und via der Kraftlinien reisen wollt."

„Aber wenn wir uns außerhalb des Eisenerzgebiets befinden?", drängte Rans.

Albigard runzelte die Stirn, als er darüber nachdachte. „Ich kann nur ein paar Leute auf einmal über die Kraftlinien transportieren. Und der Versuch, ein Portal für eine so große Anzahl von Menschen über eine weite Entfernung zu halten, würde zu viel Energie erfordern. Selbst wenn ich alle meine verfügbaren Quellen ausschöpfen würde, wäre das zu riskant."

Ich erschauderte, da ich wusste, dass ich eine der fraglichen Quellen war.

„Edward?", fragte Leonides. „Was ist mit dir?"

Der alte Mann zögerte. „Ich bin mir ... nicht sicher."

„Kannst du uns eine Antwort geben, ob er dabei ist oder nicht?", drängte Leonides weiter. „Vorzugsweise bald? Dein Meister war derjenige, der uns überhaupt erst in diese haifischverseuchten Gewässer geworfen hat."

„Ich werde es versuchen, Sir", antwortete Edward.

Kurz darauf wurde das Meeting aufgelöst, und die Teilnehmer verteilten sich, um verschiedene Aufgaben zu erledigen. Es war höllisch verlockend, vor dem Flachbildfernseher des Konferenzraums sitzen zu bleiben und die endlosen Nachrichten aus der ganzen Welt zu verfolgen. Stattdessen trieb ich Albigard in die Enge, bevor er sich davonschleichen und wieder im Wald verschwinden konnte.

„Jace' Vater ist hier", sagte ich. „Er besitzt Lebensmagie und hat einen mörderischen Geisterwolf manifestiert, den er nicht kontrollieren kann – aber erst, nachdem er Rans' Blut getrunken hatte, um eine Verletzung zu heilen. Das erscheint mir für das, was kommen wird, irgendwie nützlich ... wenn er sein Biest kontrollieren *könnte*. Kannst du ihm helfen?"

Er musterte mich. „In praktischer Hinsicht nicht. Und nicht ohne meine eigene Magie. Ich werde mit Edward sprechen und herausfinden, welcher der anwesenden Adepten am besten geeignet wäre, ihm zu helfen. Sieh zu, dass einer der Blutsauger eine Vene für ihn öffnet, aber lass ihn nichts trinken, bevor nicht jemand da ist, der ihn durch den Prozess führen kann."

Ich nickte und machte mich auf die Suche nach einem willigen Vampir.

Edward brachte Richard schließlich mit Bridgette, der exzentrischen Frau mit der Eule zusammen. Ich war mir nicht sicher, ob das bedeutete, dass die Eule nicht echt war, oder eher, dass sie nicht *physisch* war. Richard überraschte mich wieder einmal damit, dass er nicht allzu viel Aufhebens darum machte, und ich ließ sie gewähren.

Danach kehrte ich zu meinem eigenen Training zurück, da ich mir nicht sicher war, was ich realistischerweise noch tun konnte, um hilfreich zu sein. Jace und ich wurden immer besser darin, unsere Kräfte zu kombinieren, auch wenn es immer noch schwer war, den Überblick zu behalten. Er schien über die globalen Neuigkeiten ziemlich erschrocken zu sein, was ich ihm nicht wirklich verübeln konnte.

„Sie bereiten sich darauf vor", sagte er. „Es wird bald so weit sein."

„Ich weiß", sagte ich ihm. „Wir bereiten die Dinge auf unserer Seite so gut wie möglich vor. Du musst dich nur noch um das Training kümmern. Lass uns die Sache mit dem Eissplitter noch einmal versuchen, okay? Letztes Mal hätten wir es fast geschafft, glaube ich."

Ein paar Stunden später traf eine weitere Gruppe besorgter Eltern ein, die unsere Zahl in die Höhe schießen ließ, aber auch die Logistik verkomplizierte, um alle dorthin zu bringen, wo sie letztendlich sein mussten. Zu diesem Zeitpunkt war das Resort bereits überfüllt, und viele der Neuankömmlinge blieben in der Stadt … sehr zur Überraschung der Anwohner von Carajás, wie ich hörte.

Als ich in dieser Nacht endlich in Leonides' Zimmer stolperte und in sein Bett fiel, war ich erschöpft. Ich schlief wie ein Murmeltier und wachte am nächsten Morgen müde und erschöpft auf. Ich erfuhr sofort, dass alle Nachfolger der toten Staatsoberhäupter, die am Vortag offiziell vereidigt worden waren, ebenfalls verstorben waren, und zwar auf die gleiche Weise wie ihre Vorgänger. In vielen Großstädten der Welt war über Nacht Panik ausgebrochen und es kam zu Unruhen.

Es wäre surreal gewesen, wenn ich nicht schon seit Monaten in Surreal City leben würde. Jeder im Resort, der einen Laptop oder eine Handyverbindung hatte, machte sich auf die Suche nach

Hinweisen darauf, wo das Endspiel der Fae stattfinden könnte. Eine weitere eilig einberufene Strategiesitzung ergab einen nebulösen Plan, um zu versuchen, die Kontrolle über die Nachrichtenmedien bei dem, was wir „die Enthüllung" nannten, zu übernehmen, wenn nötig mit magischer Gewalt.

Es schien wahrscheinlich, dass alle nicht magischen Menschen, die persönlich zusahen, schnell dem Einfluss der Fae erliegen und gedankenlos die Propaganda wiederholen würden, die die Unseelie verbreiten wollten. Eine schnelle Befragung der Leute, die in den letzten Tagen zu uns gestoßen waren, förderte eine Handvoll Leute mit Medien- und Kameraerfahrung zutage. Sie wurden sofort in die Planungssitzungen mit einbezogen.

Im Laufe des Tages schien Albigard immer grimmiger zu werden, Edward auch ... was aber nicht hieß, dass der Rest von uns besonders fröhlich war. Es beunruhigte mich, dass die beiden Jungs, die genau wussten, was uns erwartete, sich verhielten, als würden sie einer Totenwache beiwohnen.

Irgendwann hatte ich genug und trieb Albigard erneut in die Enge, um ihn zu fragen, was genau ihn so sehr beunruhigt. Er warf mir einen langen, spekulativen Blick zu, bevor er antwortete: „Es ist nichts, was du nicht selbst denken könntest, Adept."

Ich zog meine Unterlippe zwischen die Zähne und überlegte, ob es nicht besser wäre, es dabei zu belassen. Ich konnte aber nur leider meinen Mund nicht halten. „Du glaubst immer noch nicht, dass wir auch nur den Hauch einer Chance haben, oder? Und Edward auch nicht."

„Er kann die Überlebenschancen der Fledermäuse im Dämonenreich besser beurteilen als ich", erwiderte Albigard.

„Weiche der Frage nicht aus", fauchte ich.

Er warf mir wieder einen dieser langen Blicke zu, und ich spürte, wie sich eine Gänsehaut auf meiner Haut ausbreitete. „Vielleicht ist noch nicht alles verloren", sagte er nach einer Pause.

Erst später fragte ich mich, warum er immer noch so düster dreingeschaut hatte, als er das sagte.

Bei dem ganzen Trubel blieb kaum Zeit für mein Training, bevor das Licht zu schwinden begann und die Sonne im Westen hinter den Bäumen versank. Auch Jace schien nicht ganz bei der Sache zu sein, aber ich führte das auf die Nerven zurück. Wer von uns *war unter den gegebenen Umständen nicht* ein emotionales Wrack?

Wir wollten gerade Feierabend machen, als sich etwas Großes zwischen den Bäumen annäherte und durch das Unterholz krachte. Ich hielt den Atem an, als ein vertrauter, riesiger Wolf auf uns zukam – er schimmerte blass im Abendlicht, aber er sah robuster und realer aus als beim letzten Mal, als ich ihn gesehen hatte.

„*Whoa*", hauchte Jace.

Ich schob ihn hinter mich, nicht ganz sicher, ob ich in Panik geraten oder Magie benutzen sollte, um uns zu verteidigen. Bevor ich mich entscheiden konnte, stürzte eine Eule von oben herab und lenkte den Wolf ab, der sich spielerisch auf sie stürzte und wie ein Welpe hechelte. Hinter ihm krachten und knackten die Äste, dann stürmte Richard auf die Lichtung. Er strauchelte kurz und blieb dann stehen, als er die beiden Tiere erblickte.

„Oh. Da bist du ja", sagte er zu dem Wolf. „*Runter*, Junge."

Der Wolf winselte, sank aber gehorsam auf seinen Bauch und löste sich einen Moment später schimmernd in Luft auf.

„Äh ..."

Jace' Augen wurden groß. „Oh mein Gott. Das ist *so cool*. Ich kann Pflanzen ziemlich gut manifestieren, aber keine Tiere. *Überhaupt nicht*."

Richard rieb sich unbeholfen den Nacken. „Ja ... glaub mir. Ich würde sofort mit dir tauschen, wenn ich könnte."

Ich klopfte Jace auf die Schulter, schenkte Richard ein angespanntes Lächeln und ließ die beiden allein, damit sie sich über ihre Lebensmagie austauschen konnten.

Als ich am nächsten Morgen in Leonides' Armen aufwachte, überkam mich sofort dieselbe existenzielle Angst, die mich am Tag zuvor schon geweckt hatte. Und am Tag davor. Im Grunde war es ein stinknormaler Dienstag.

„Ich sollte aufstehen", murmelte ich schläfrig. „Vielleicht gibt es noch mehr Neuigkeiten."

„Okay", brummte er. „Es gab eine weitere Runde von Attentaten, in Ermangelung eines besseren Wortes. Jeder, der formell auf eine freie Führungsposition vereidigt wurde, ist tot. *Schon wieder*. Ich denke, die Botschaft ist an diesem Punkt ziemlich klar."

Sein Handy lehnte an der Lampe auf seinem Nachttisch – es war stumm geschaltet, aber das Video eines Nachrichtensenders lief trotzdem weiter.

„Hm", sagte ich und versuchte, mein Gehirn auf Touren zu bringen. „Okay. Ich schätze, das ist nicht ganz unerwartet. Lass mich schnell duschen. Ich muss erst mal richtig wach werden, bevor ich versuche, den Tag zu bewältigen."

Er nickte. „Mit etwas Glück ist hier jemand über etwas gestolpert, das uns einen Hinweis darauf gibt, wo wir hinmüssen."

Ich rollte mich zu ihm herum, um ihn zu küssen. „Wir werden das schon irgendwie hinkriegen. Ich erinnere mich gerade daran, dass ich vergessen habe, etwas zu fragen. Hat es Edward geschafft, Nigellus zu überreden, uns zu helfen?"

Leonides' Miene verhärtete sich. „Nein. Er behauptet, der Dämon hätte das gleiche Problem, das Albigard beschrieben hat. Er muss jeden berühren, den er transportiert, und außerdem hätte er, wenn die Enthüllung nicht gerade auf dem südamerikanischen Festland stattfindet, nicht die Kraft, eine so große Anzahl von Menschen über ein Salzgewässer zu transportieren, selbst wenn er nur ein paar auf einmal mitnehmen würde."

Ich dachte kurz darüber nach. „Nun, verdammt."

„Genau mein Gedanke", stimmte er zu. „Ich dachte mir, ich verbringe einen Teil des heutigen Tages damit, herauszufinden, wie viel Geld ich jemandem vor die Füße werfen muss, um einen

Privatjet mit einem Piloten zu chartern, der bereit ist, ein internationales Reiseverbot zu ignorieren."

Ich schnitt eine Grimasse. *Oh Gott.*

„Ich nehme an, die Antwort lautet 'sehr viel'?" Dann kam mir noch etwas anderes in den Sinn. „Wenn die Fae einer Regierung genug Angst machen ... was würde sie dann davon abhalten, uns vom Himmel zu schießen, wenn wir in ihren Luftraum eindringen würden?"

„Absolut gar nichts", antwortete Leonides monoton.

Nachdem ich das einen Moment lang auf mich wirken gelassen hatte, setzte ich mich auf und verließ das Bett. „So. Duschen. Dann die Strategiesitzung."

Ich duschte, zog mir die frischen Klamotten an, die ich gestern Abend rausgelegt hatte, und fühlte mich etwas menschlicher, als ich zurück in mein Zimmer ging, um zu sehen, ob Jace schon wach war. Die Vorhänge waren noch zugezogen, und aus seinem Zimmer kam kein Lebenszeichen, also ging ich in meins und dachte, ich würde mich noch mehr deprimieren, wenn ich die Nachrichten auf meinem Handy abrief, während ich auf ihn wartete.

Fünfundvierzig Minuten später gab es immer noch kein Anzeichen dafür, dass er wach war. Es war schon hell draußen, und wir hatten heute so viel zu tun, dass ich ihn nicht ausschlafen lassen konnte. Ich klopfte an seine Tür, und als er nicht antwortete, schloss ich sie mit meiner Ersatzkarte auf und streckte meinen Kopf hinein.

„Aufstehen, Baby", rief ich und versuchte, meiner Stimme etwas Fröhlichkeit zu verleihen.

Mein Blick fiel auf das Bett. Es war ordentlich gemacht ... und völlig leer. Ein kalter Schauer lief mir über den Rücken und ließ alle Härchen in meinem Nacken zu Berge stehen.

KAPITEL DREIUNDZWANZIG

„OKAY ... KEINE PANIK", murmelte ich entschlossen. „Atme ganz ruhig, Vonnie. *Nur. Keine. Panik.*"

Jace hat bestimmt nur schlecht geträumt oder so, ist früh aufgewacht und hat nicht versucht, wieder einzuschlafen. Er ist bestimmt schon unterwegs ... irgendwo. Er macht gerade ... irgendetwas, beruhigte ich mich. Er hatte offensichtlich im reifen Alter von vierzehn Jahren beschlossen, dass er sein Bett machen sollte, ohne dass ihn jemand dazu aufforderte.

Ich schluckte schwer. Vielleicht half er Edward in der Küche oder war zu Richard gegangen. Offensichtlich war nichts Außergewöhnliches passiert, und es gab überhaupt keinen Grund, sich Sorgen zu machen. Ich schloss die Tür mit einem leisen Klicken hinter mir und joggte in Richtung des Restaurants.

Das Frühstücksbuffet war bereits reichlich gedeckt, und einige Frühaufsteher nutzten die Gelegenheit, sich zu stärken. Jace war nicht unter ihnen. Ich eilte in die Küche, wo Edward einige der Neulinge mit Erfahrung in der Gastronomie rekrutiert hatte, damit alles reibungslos ablief, da unsere Gruppe weiterhin Zuwachs bekam.

„Edward?", rief ich, wobei mir bewusst war, dass meine Stimme nicht richtig klang. Ein paar der Freiwilligen, die das Essen vorbereiten, sahen neugierig auf.

Edward kam aus dem Kühlraum heraus und wischte sich die Hände an einem sauberen Handtuch ab. „Ja, meine Liebe? Was gibt es denn? Ist alles in Ordnung?"

„Hast du Jace heute Morgen gesehen?", fragte ich und bemühte mich, meine Stimme aufrechtzuerhalten.

Er runzelte die Stirn. „Nein, habe ich nicht. Ich dachte nicht, dass er um diese Zeit schon auf ist."

Mit klopfendem Herzen drehte ich mich um und verließ das Restaurant, ohne mir die Zeit zu nehmen, ihm zu antworten. Ich wusste nicht, in welchem Zimmer Richard untergekommen war. Ehrlich gesagt, hatte ich es nicht wissen wollen, also rannte ich zurück zu Leonides und ignorierte die alarmierten Blicke, die mir die anderen zuwarfen.

Leonides riss die Tür auf, bevor ich klopfen konnte, und in seinem Gesicht konnte ich seine Beunruhigung sehen. „Was ist los? Was ist denn passiert? Ich konnte dein Herzklopfen auf halbem Weg hierher vom Haupthaus hören."

Ich ergriff seinen muskulösen Arm, um mich zu stützen, und lehnte mich an seine solide Brust. „Jace ist nicht in seinem Zimmer. Es sieht auch nicht so aus, als hätte er in seinem Bett geschlafen. Er ist nicht im Restaurant. Vielleicht ist er nur bei Richard, aber –"

„Aber?", fragte er.

„Ich habe ein schlechtes Gefühl bei der Sache." Ich konnte nicht verhindern, dass das Zittern in meiner Stimme durchkam.

„Gut, gehen wir." Er ging, ohne zu zögern an mir vorbei, und ich folgte ihm halb rennend, um Schritt zu halten. „Weißt du, wo Richard wohnt?"

„Nein", gab ich zu.

Er nickte. „Ich bin mir ziemlich sicher, dass Bridgette in dem Haus wohnt, in dem Albigard ein Zimmer hat. Sie wird es wissen."

Bridgette sah besorgt aus, als sie unsere Geschichte hörte. Sie brachte uns zu Richards Zimmer, aber von Jace war dort keine Spur zu sehen. Richard schlief noch – zumindest, bis unser Klopfen ihn aufweckte.

„Er ist wahrscheinlich nur spazieren gegangen oder so", sagte er schlaftrunken.

Doch das war Blödsinn. Unser Leben war momentan die physische Manifestation von Murphys Gesetz, und alles, was schiefgehen konnte ... war es mit Sicherheit auch.

„Besteht *irgendwie* die Möglichkeit, dass die Fae hier hereingekommen sind und ihn in der Nacht entführt haben?", fragte ich. „Irgendeine Chance?"

„Mit so viel Eisen unter uns?", fragte Bridgette skeptisch.

„Albigard ist eine Fae, und er ist hier, auch wenn seine Magie geschwächt ist", sagte ich. „Ich möchte mit ihm reden. Vielleicht kann er trotzdem die anderen Fae spüren, auch mit dem Eisen."

„Er hätte etwas gesagt", meinte Leonides betont ruhig. „Er hätte Alarm geschlagen."

„Ich will trotzdem mit ihm reden." Ich drehte mich um und rannte zurück zu dem Gebäude, das wir gerade verlassen hatten.

Mein Klopfen an seiner Tür blieb unbeantwortet. Das war kein Grund zur Sorge, um ehrlich zu sein. Er könnte auf der Jagd sein. Die Tür war nicht verschlossen, also öffnete ich sie und spähte hinein. Das Zimmer war aufgeräumt ... und leer. Genau wie Jace' Zimmer.

Grauen überkam mich, ohne dass es einen wirklichen Grund dafür gab, abgesehen von dem grimmigen Blick, den Albigard gestern aufgesetzt hatte, gepaart mit Jace' Sorge.

Vielleicht ist noch nicht alles verloren, hatte die Fae gesagt, als ich ihn darauf angesprochen hatte.

Dasselbe Grauen trieb meine Füße im Laufschritt in Richtung des Parkplatzes. Mein Herz hämmerte so heftig in meiner Kehle, dass ich glaubte, ich war dem Erstickungstod nahe. Ich kam draußen zum Stehen und sah mich hektisch um. Es waren Dutzende von Autos hier geparkt, jetzt, da so viele andere zu uns gestoßen waren, aber meistens unscheinbare Limousinen und Coupés neuerer Bauart. Außerdem gab es eine Handvoll Pick-ups und ein paar Vans. Kein einziger Land Rover weit und breit.

Plötzlich legte sich die eiskalte Gewissheit wie ein Schraubstock um mein Herz.

Albigard von den Unseelie hatte meinen Sohn entführt und war in der Nacht verschwunden.

Ich fühlte mich wie benommen und sank in die Knie. „Nein ...", flüsterte ich. Und dann schrie ich: *„Nein!"*

Meine Magie brodelte in mir. Ich hatte Angst und ich war wütend. Eine Hand fiel auf meine Schulter.

„Vonnie ..." Es war Richard.

„Fass mich nicht an!", schrie ich, während die Luft um mich herum nach außen gestoßen wurde. Ich hörte den heftigen Aufprall eines Körpers auf Blech, zusammen mit einem schmerzerfüllten Stöhnen, als würde jemandem die Luft aus der Lunge gepresst.

Meine Atmung geriet außer Kontrolle und kam in abgehackten Stößen, die nichts gegen das schwindelerregende Grauen auszurichten schienen, das mich erfüllte. Ein vertrautes Gesicht tauchte plötzlich vor mir auf. Leonides' Hände umfassten meine Wangen und zwangen mich, ihn anzuschauen.

„Vonnie", raunte er sanft.

„Ich schaffe das nicht", keuchte ich, während ich nach Luft schnappte. „Ich kann das nicht noch einmal *durchmachen. Zwing mich nicht, das noch einmal durchzumachen!"*

Fühlte sich so ein Herzinfarkt an? Würde dieser Schock so groß sein, dass mein Körper nachgab? Ich konnte nicht atmen ... konnte nicht denken. Das Grau an den Rändern meiner Sicht wurde immer dichter und hielt mich in einem immer enger werdenden Tunnel gefangen.

„Nein", wimmerte ich, während die Luft um mich herum in einem unkonzentrierten, angstge-

triebenen Strudel wirbelte, der an Leonides' Kleidung und Haaren zerrte.

Leonides zog meinen Kopf nach vorne, bis unsere Stirnen aneinander lagen. „Vonnie. Du musst deine Magie unter Kontrolle bringen. Kannst du das für mich tun?"

Ich gab einen weiteren erstickten Laut von mir und versuchte, mich nach innen zu stülpen. Der Smaragd summte beruhigend – mein Geschenk von der verräterischen Fae. Trotz seiner Herkunft war es mir bereits zur zweiten Natur geworden, den magischen Fluss durch den facettenreichen Edelstein umzulenken. Der kleine Akt der Kontrolle beruhigte meine hektische Atmung, und der trübe Nebel wich allmählich aus meiner Sicht.

„Gut", sagte Leonides, der immer noch mein Gesicht in seinen kühlen Handflächen hielt. „So ist es gut."

„Du musst mich verwandeln", würgte ich. „In einen Vampir. Ich muss stärker sein, wenn ich ihn verfolge. Schwerer zu töten."

Ich spürte, wie Leonides zusammenzuckte.

„Nein", sagte er.

„Du musst es für mich tun", flehte ich. *„Bitte,* Leo!"

„Nein", wiederholte er, diesmal entschlossener. „Selbst wenn ich dazu geneigt wäre, wärst du danach tagelang außer Gefecht gesetzt und dem Blutrausch erlegen. Außerdem wissen wir nicht, was es mit deiner Magie machen würde. Du könntest deine Kräfte ganz verlieren, und Reißzähne hin oder her, deine Kräfte sind die größere Waffe."

Ich versuchte, mir ein Gegenargument einfallen zu lassen, aber natürlich gab es keins. Die Verzweiflung drohte mich erneut zu ertränken. Leonides ließ seine Hände von meinem Gesicht auf meine Schultern gleiten und drängte mich, mich aufzurichten. Ich drehte mich um und entdeckte Richard, der an einer verbeulten Autotür lehnte. Er war blass und atemlos und hatte einen Arm um seinen Brustkorb gelegt.

Leonides wandte sich an Bridgette, die uns finster beobachtete. „Bring Richard zurück zum Hauptgebäude. Finde Rans oder Zorah. Wenn er mehr verletzt ist, als ich denke, besorge ihm etwas Vampirblut. Durchsucht Albigards Zimmer nach etwas Brauchbarem. Wir machen das Gleiche in Jace' Zimmer. Komm dann zu uns zurück."

„Gut", sagte sie, nahm Richard am Arm und führte ihn weg.

Ich schwankte in Leonides' Armen und versuchte erfolglos, mich zusammenzureißen. „Ich werde ihn töten", sagte ich. „Ich werde diese Fae wünschen lassen, wir hätten sie in Eisen gefesselt und mit Dornen gekreuzigt in Dhuinne zurückgelassen."

„Wir müssen erst herausfinden, was genau passiert ist", erklärte Leonides. „Deshalb werden wir ihre Zimmer durchsuchen. Komm."

Wieder konnte ich kein Gegenargument vorbringen, also ließ ich mich führen. Ich hatte die Zimmerkarte vor Jace' Tür fallen lassen, während ich noch versuchte, mir einzureden, dass es keinen Grund zur Panik gab. Ich hob sie vom Boden auf und öffnete die Tür – und wurde erneut von der

Falschheit des sauberen, leeren Raums getroffen. Nachdem wir beide hineingegangen waren, blickte ich mich um und war unsicher, wo ich anfangen sollte.

„Sind seine Klamotten und seine Habseligkeiten weg?", fragte Leonides.

Ich kramte herum und holte den Rucksack mit dem Nötigsten heraus, den Rans und Zorah ihm gegeben hatten. „Nein", sagte ich. „Es ist alles noch da."

Er nickte und begann, Schubladen zu öffnen, um darin nach etwas Brauchbarem zu suchen. Wahrscheinlich war darin nichts Persönliches gelagert. Jace lebte eher aus dem Rucksack, als sich die Zeit zu nehmen, seine spärlichen Habseligkeiten an einem Ort zu lagern, an dem wir nicht lange bleiben würden.

Ich sah mich um und fühlte mich immer noch verloren. Ein gefaltetes Stück Papier lag zur Hälfte unter dem Telefon im Zimmer. Das war ungewöhnlich – mein Kind kannte nur das digitale Zeitalter und notierte sich nichts auf Papier, außer um seine Schularbeiten zu erledigen. Benommen ging ich auf den Nachttisch zu und riss das Papier heraus.

Leonides schaute scharf auf. „Was ist los?"

Ich faltete das Papier auseinander, strich es glatt und ließ mich auf die Bettkante sinken. Jace' krakelige Schrift füllte die Seite. Seine Handschrift war so entsetzlich wie immer.

Liebe Mom,

es tut mir wirklich leid, aber du weißt schon, dass das, was ihr vorhabt, nicht ausreichen wird. Ich habe mit

Albigard gesprochen, und er hat zugestimmt, mich zu den anderen Kindern zurückzuschmuggeln. Wahrscheinlich kontrollieren sie jetzt jeden, der ankommt, auf einen Zauber, aber Albigard sagt, wenn ich ihn mit meiner eigenen Magie verstärke, sollte ich mich an ihnen vorbeischleichen können.

Ich werde da hineingehen und versuchen, die anderen davon zu überzeugen, dass sie von ihren Eltern gesucht werden, so wie du mich gesucht hast, und dass sie sich gegen die Fae wehren müssen, wenn ihr alle auftaucht. Ich war noch nie das 'beliebte Kind', aber jetzt, da ich es bin, kann ich auch versuchen, es für etwas Gutes zu nutzen, oder?

Versucht auf jeden Fall herauszufinden, wo sie uns enthüllen werden, und bringt alle dorthin, wie ihr es geplant habt. Wenn die anderen Kinder sehen, dass ihr wirklich gekommen seid, werden hoffentlich wenigstens einige von ihnen die Seiten wechseln und uns helfen.

Ich weiß, du wirst superwütend sein, wenn du merkst, dass ich weg bin, und vielleicht auch verängstigt. Denk einfach daran, dass ich deinen Anhänger habe, und sie nichts davon wissen. Sie werden mich nicht mehr kontrollieren können.

Jace

P.S. Keine Sorge, dieses Mal wird kein Salzwasser darauf kommen.

Ich schluckte krampfhaft, die Schrift verschwamm vor meinen Augen, während meine Hand zitterte, die Jace' Brief hielt. Leonides riss ihn mir aus der Hand und überflog die Worte schnell. Seine Gesichtszüge verhärteten sich und wurden unergründlich.

Rans und Zorah stürmten in das Zimmer.

„In Albigards Zimmer gibt es nichts Brauchbares", sagte Zorah. „Er hat es aufgeräumt, bevor er ging. Habt ihr hier etwas gefunden?"

Leonides reichte ihr den Brief, und sie und Rans lasen ihn gemeinsam.

„Ah", sagte Rans. „Das hätten wir wahrscheinlich kommen sehen müssen."

„Was sollen wir tun?", fragte ich geschlagen. „Wie kommen wir auf die Osterinsel, ohne eine Fae, die uns hinbringt?"

Rans kam auf mich zu und hockte sich vor mich, wobei sich eine Furche zwischen seinen eleganten Brauen bildete. „Das tun wir nicht. Wir tun genau das, was auf dem Zettel steht, und überlegen uns, wie wir all diese Leute zur Enthüllung bringen können."

Ich starrte ihn an, ohne zu verstehen.

„Holt Edward und trommelt die anderen zusammen", sagte Leonides. „Bringt sie in den Konferenzraum. Wir müssen sie auf den neuesten Stand bringen, und danach werde ich herausfinden, ob jemand hier genug Energie hat, um ein großes Passagierflugzeug so zu tarnen, dass es für militärische Radargeräte unsichtbar ist."

Die Worte gingen komplett an mir vorbei. Die Zeit verging, und auf einmal wurde mir bewusst, dass Leonides und ich wieder allein im Raum waren. Er sah mich durchdringend an.

„Was?", fragte ich dumpf.

„Ich überlege gerade, ob ich dich mitschleppen soll, um mit Edward und den anderen zu reden, oder ob es besser wäre, dich ins Bett zu stecken."

Meine Wut durchbrach den erstickenden Nebel, der mich umgab. *„Wage es nicht,* mich zu bevormunden", knurrte ich.

Er gab nicht klein bei. „Dann reiß dich zusammen, denn wir haben einiges zu planen."

Meine Wut nahm zu, aber wenigstens hatte ich die Geistesgegenwart, sie dieses Mal durch den Smaragd zu kanalisieren. Durch *Albigards* Smaragd.

„Ich werde ihn töten", sagte ich ruhig. „Ich brauche eine deiner Pistolen mit den Eisenkugeln oder ... Zorahs Dolch."

„Niemand tötet hier irgendjemanden, bevor wir die Pläne der Unseelie nicht gestoppt haben", erwiderte er. „Außerdem hast du keine Ahnung, wie man eine Waffe benutzt oder einen Dolch, wenn wir schon dabei sind."

Ich weigerte mich, die Wahrheit dieser Worte anzuerkennen. „Dann werde ich ihn ohne deine Hilfe töten."

Er argumentierte nicht weiter, sondern hielt meinem Blick stand. „Sind wir uns wenigstens einig, dass es das Wichtigste ist, einen Weg zu finden, um dorthin zu gelangen, wo die Fae und die Kinder sein werden?"

Darüber dachte ich einen Moment lang nach. Es würde Tage dauern, um von hier aus auf die Osterinsel zu gelangen – wenn wir überhaupt dorthin gelangen *konnten*. Sie könnten schon weg sein, wenn wir dort ankämen. Und was dann? Es wäre besser, sie dort zu konfrontieren, wo sie als Nächstes hinreisen würden.

„Ja", sagte ich vorsichtig.

Er nickte. „Gut. Wenn das so ist, lass uns gehen."

KAPITEL VIERUNDZWANZIG

EDWARD SCHIEN VON LEONIDES' FRAGE – wie man ein Passagierflugzeug in der Luft tarnen kann – überrascht zu sein. Doch nach ein paar Augenblicken runzelte er nachdenklich die Stirn.

„Möglicherweise könnte das klappen", gab er zu. „Um ehrlich zu sein, ist es mir noch nie in den Sinn gekommen, es zu versuchen."

„Okay. Nächste Frage. Wie sollen wir überhaupt an ein Passagierflugzeug kommen?", fragte ich, nachdem ich durch reine Willenskraft zumindest einen Teil meines Verstandes wieder in Gang gebracht hatte.

Sam tippte mit ihren Fingern auf dem Tisch herum. „Drogendealer? Ich meine, wir sind doch in Südamerika, oder?" Sie rümpfte die Nase. „Ich glaube, Javiér könnte ein paar nützliche Kontakte haben. Wie viel Geld haben wir zur Verfügung, um dieses Problem zu lösen?"

„So viel wie nötig", sagte Leonides. „Es ist nicht so, dass mein Geld hier irgendjemandem viel nützen wird, wenn wir alle Sklaven der Fae sind."

„Das ist gut", antwortete Sam. „Ich werde mit ihm reden und sehen, was wir auftreiben können."

„Und ich werde mit einigen mächtigeren Tarnmagiern sprechen, um herauszufinden, ob jemand jemals so etwas Großes, wie ein Flugzeug, in Angriff genommen hat", fügte Edward hinzu.

Zorah legte den Kopf schief. „Ein Flugzeug ist nicht größer als ein Haus, oder? Du hast schon viele davon mit einem Tarnzauber belegt, Edward."

Der ältere Mann hob eine Augenbraue. „Das habe ich in der Tat, meine Liebe. Aber Häuser haben im Allgemeinen die Eigenschaft, an einem Ort zu verharren."

Sie zuckte mit den Schultern.

„Was ist mit Flughäfen?", fragte ich.

„Zehn Kilometer von hier gibt es einen größeren Flughafen, ob du es glauben magst oder nicht", antwortete Rans. „Die Start- und Landebahn ist nicht riesig, fertigt aber eine Boeing 737 mit Leichtigkeit ab. Carajás selbst mag winzig sein, aber die Mine ist ein wichtiger Wirtschaftsfaktor für die Region. Das bringt eine ganze Menge Verkehr mit sich."

Wenn wir also einen Drogenboss davon überzeugen könnten, uns sein Flugzeug zu leihen … und wenn es Edward schaffen könnte, es so zu tarnen, dass wir nicht abgeschossen werden … und wenn wir dazu noch herausfänden, wo wir überhaupt hinmüssen … dann wäre der Flughafen zumindest von hier aus leicht zu erreichen.

„Großartig", knurrte ich.

Der Rest des Tages bestand aus Besprechungen, kaum zu beherrschenden Panikattacken und lebhaften Tagträumen, in denen ich mir ausmalte, wie ich Albigard dafür bezahlen lassen würde, dass er mir meinen Sohn weggenommen hatte, nachdem ich alles getan hatte, um ihn zurückzubekommen.

Ich wagte es nicht, zu trainieren, aus Angst, die Kontrolle über meine Magie zu verlieren und jemanden zu verletzen.

Ich hatte nicht nachgefragt, ob es Richard gut ging, aber selbst wenn ich ihn ernsthaft verletzt hatte, hätten ihn ein paar Tropfen Vampirblut wieder auf die Beine gebracht. Angesichts unserer Erfolgsbilanz schien es eine schlechte Idee zu sein, jetzt mit ihm zu reden. Ich bat jedoch Bridgette darum, ihm die Details von Jace' Brief weiterzugeben. Er hatte es verdient zu erfahren, was mit seinem Sohn geschehen war – nur nicht von mir.

Als es endlich Abend wurde, war es sowohl ein Segen als auch ein Fluch.

„Du bist erschöpft", sagte Leonides.

Ich nickte, obwohl ich wusste, dass ich kaum ein Auge schließen würde. „Ja. Ich bleibe heute Nacht in meinem Zimmer, Leo. Alleine."

Er schwieg einen Moment lang, was schwer zwischen uns lastete.

„Vonnie ... wenn es etwas war, was ich vorhin gesagt habe ..."

Ich schüttelte sofort den Kopf und schluckte schwer. „Das ist es nicht. Nur ... wenn du deine Arme um mich legst, breche ich zusammen. Und wenn ich zerbreche, werde ich nicht in der Lage sein, das zu tun, was getan werden muss."

Wieder folgte eines seiner langen Schweigen.

„Na gut. Wenn du deine Meinung änderst, weißt du, wo du mich findest", sagte er und ließ mich gehen.

Ab und an, in Schüben, wurde ich vom Schlaf übermannt, aber er war unweigerlich von Albträumen durchsetzt, die mich schweißgebadet hochschrecken ließen. *Jace tot. Jace wieder unter der Kontrolle der Fae.* Ich war vor dem Morgengrauen wach, und das war der einzige Grund, warum ich die Nachrichten über die nächste Salve von Todesfällen sah.

In einigen Ländern war die gesetzliche Nachfolgeregelung bereits auf dem Nullpunkt angelangt, da die verängstigten Politiker lieber zurücktraten, als sich an die Spitze zu stellen und ihren Tod zu riskieren. Außerdem gab es in den letzten vierundzwanzig Stunden weltweit eine Reihe von Militärputschen – reine Zeitverschwendung, denn jeder Putschist, der formell die Führung eines Landes oder einer Region übernommen hatte, war nun tot.

Unmittelbar nach der Schilderung des morgendlichen Grauens wurde in den Nachrichten jedoch etwas anderes gemeldet.

„Eine mysteriöse Nachricht wurde an alle großen Nachrichtensender geschickt", sagte der besorgt dreinblickende Moderator. *„Unmittelbar nach den heutigen Berichten über die Todesfälle der Politiker wurde eine einfache Textnachricht gleichzeitig von allen Nachrichtenredaktionen, die wir empfangen, gesendet. Sie bestand nur aus dem Wort 'Stonehenge', gefolgt von einer Zahlenfolge, die eine Zeitangabe zu sein scheint, die sich auf übermorgen um die Mittagszeit bezieht."*

Ich horchte auf.

„Viele spekulieren, dass diese Botschaft von einer Gruppe oder einer Terrororganisation stammt, die die jüngste globale Terrorherrschaft anführt, und dass sie

möglicherweise einer Liste formeller Forderungen oder Absichtserklärungen vorausgeht."

Ich war schon zur Tür hinaus – barfuß und nur mit meinem Schlafanzug bekleidet –, bevor das Echo des letzten Wortes verklungen war.

Übermorgen. Zwei Tage. Die Worte hallten wie ein Mantra durch meinen Kopf. Das war nicht genug Zeit ... nicht einmal annähernd. Leonides hatte mit Javiér und Sam die Köpfe zusammengesteckt und versuchte verzweifelt, das Vertrauen von jemandem zu gewinnen, der keine Skrupel hatte und ein großes Flugzeug besaß.

Doch selbst wenn sie auf wundersame Weise Erfolg haben und morgen ein Flugzeug vor unserer Haustür stehen würde, müsste es immer noch getarnt werden. Und Edward war sich nicht hundertprozentig sicher, ob ihm das gelingen würde. Zu allem Überfluss würde ein Flug von Brasilien nach Großbritannien über elf Stunden dauern.

Die Rechnung würde einfach nicht aufgehen ... und doch blieb uns nichts anderes übrig, als es zu versuchen.

Am Ende des Tages war angeblich ein einzelner Mann bereit, auf Leonides' Angebot einzugehen und uns seinen Narco-Jet zur Verfügung zu stellen, der offen gesagt viel zu klein für unsere Zwecke war. Die Diskussionen drehten sich darum, wer gehen und wer bleiben würde, wenn wir nur ein paar Dutzend Leute mitnehmen konnten, und darum, ob es besser wäre, auf die Tarnung des Flugzeugs zu verzichten, wenn wir dadurch rechtzeitig ankommen würden, um tatsächlich etwas zu unternehmen ... vorausgesetzt, dass wir nicht unterwegs abgeschossen wurden.

Die Planung unseres Einsatzes trat in den Hintergrund, bis ich nur noch die Verzweiflung tief in meinem Inneren spüren konnte. Ich konnte den Gedanken nicht ertragen, oder gar die Möglichkeit in Betracht ziehen, dass ich nicht in der Lage sein würde, Jace zu erreichen und dass ich ihn vielleicht nie wieder sehen würde, außer als gehirngewaschene Galionsfigur in den Nachrichten, die die Welt in eine neue Ära der Sklaverei und des Grauens führt.

Am frühen Abend begann ein Mann, den ich als Mitglied der Gruppe von Edwards dämonischen Bekannten erkannte, mit einer Flasche Schlaftabletten die Runde zu machen, für jeden, der sie wollte. Ich fragte nicht, welche es waren. Ich fragte nicht, woher er sie hatte. Stattdessen nickte ich nur zustimmend, steckte mir eine in den Mund und schluckte sie ohne Wasser hinunter.

Es war eine gute Entscheidung. Ich wartete, bis ich die Wirkung zu spüren begann, bevor ich mich hinlegte. Dann schloss ich die Augen, und als ich sie wieder öffnete, wurde es draußen bereits hell. Ich war wie benommen und mein Mund fühlte sich an, als hätte mir jemand Watte unter die Zunge gestopft, aber wenigstens hatte ich geschlafen, anstatt mich die ganze Nacht über herumzuwälzen.

Nachdem es mir gelungen war, den Sand aus meinen Augen zu blinzeln, sah ich mir die Nachrichten an. Es gab noch mehr tote Staatsoberhäupter, aber keine weiteren Nachrichten von den Fae. Die Reporter strömten bereits nach Stonehenge, aber am alten Steinkreis war es völlig ruhig.

Ich duschte und frühstückte, bevor ich die anderen aufspürte, um die Neuigkeiten wegen des Flugzeugs zu erfahren.

Es gab *keine* Neuigkeiten. Es war kein Flugzeug da, aber es würde im Laufe des Tages angeblich hier ankommen, außer, der Drogentyp machte einen Rückzieher, womit wir dann am Arsch wären. Ehrlich gesagt, waren wir jetzt schon ziemlich aufgeschmissen.

Das Vereinigte Königreich war uns fünf Stunden voraus. Wir gingen davon aus, dass die *Mittagszeit* entweder die Ortszeit oder UTC bedeutete. Die daraus resultierende Differenz ... nun, es bedeutete, dass wir nichts mehr ausrichten könnten, wenn wir heute nicht bis zum frühen Abend auf die Rollbahn des Flughafens in Carajás rollten.

Der Versuch, das Flugzeug zu tarnen, kam zu diesem Zeitpunkt nicht mehr infrage. Wir mussten das Risiko eingehen, und die Chancen sahen nicht gut aus. Im besten Fall würde uns die Royal Air Force zwingen, innerhalb der britischen Grenzen zu landen. Im schlimmsten Fall würden sie uns über dem Atlantik abschießen. Die Vampire konnten so etwas überleben. Edward vermutlich auch, obwohl es ihm mehr wehtun würde, wieder zusammengesetzt zu werden. Alle anderen wären erledigt, mich eingeschlossen.

„Wenn sie uns zwingen, innerhalb der Staatsgrenzen zu landen", sagte Leonides, „können wir sie vielleicht hypnotisieren. Wir könnten sie dazu bringen, uns einen Hubschrauber oder etwas anderes zu besorgen, um die verbleibende Strecke zurückzulegen."

„Und wie lange würde das wohl dauern?", fragte ich hoffnungslos.

„Das hängt davon ab, wo wir landen", sagte er und klang dabei nicht viel optimistischer als ich.

Der Tag zog sich hin. Das Flugzeug kam nicht an.

„Das ist eine Katastrophe", stöhnte Zorah nachmittags um sechzehn Uhr und vergrub ihre Hände in ihren wilden Locken.

„Kommt", sagte Rans und erhob sich vom Tisch des Konferenzraums. „Alle, die in dieses Flugzeug passen, sollten ihre Sachen packen und zum Flughafen fahren. Das spart Zeit, falls der Vogel doch in den nächsten Stunden noch ankommt."

Verzweifelt stand ich mit den anderen auf und machte mich bereit. Jeder Teil dieses Plans war eine Katastrophe, aber wenn das Flugzeug nicht auftauchte, wäre das die größte Katastrophe von allen. Was würde ich tun, wenn ich hier festsäße und im Fernsehen zusehen müsste, wie die Welt um uns herum zusammenbrach? Würde Jace denken, ich hätte ihn absichtlich im Stich gelassen?

Wir trafen den Rest der Gruppe auf dem Parkplatz, alle mit Rucksäcken voller Essen, Trinken, wetterfester Kleidung und in einigen Fällen auch Waffen im Schlepptau. Am Ende hatten wir die Gruppe auf die drei Vampire, Edward, mich, Bridgette, Sam, Javiér und die Eltern der anderen entführten Kinder, die selbst die größte Affinität zur Magie gezeigt hatten, eingegrenzt.

Ich wandte mich an Rans. „Wenn das Flugzeug nicht auftaucht, könntest du dann als Nebelwolke dorthin fliegen? Du und die anderen?" Es war mir zuwider, die Vampire zu bitten, sich allein in eine so aussichtslose Situation zu begeben, *aber wir konnten doch nicht einfach nur zuschauen.*

Rans sah geradezu krank vor Selbstvorwürfen aus. „Wenn wir in dem Moment aufgebrochen wären, als die Fae die Zeit und den Ort verraten haben, hätten wir vielleicht eine Chance gehabt, noch rechtzeitig anzukommen. Im Nachhinein betrachtet ist es klar, dass wir genau das hätten tun sollen. Doch jetzt ist es zu spät."

Es war ein Wagnis gewesen. Rans hatte uns gewarnt, dass sie zwei bis drei Stunden gebraucht hatten, um die knapp vierhundert Kilometer zwischen Salas y Gomez und der Osterinsel zu überwinden. Stonehenge war sechstausend Kilometer von hier entfernt.

„Lasst uns gehen", sagte Leonides und erhob seine Stimme, um von der Menge gehört zu werden. „Vielleicht haben wir Glück und es wartet ein Flugzeug auf uns, wenn wir ankommen."

Zwischenzeitlich hatten wir darüber debattiert, ein beliebiges Flugzeug vom Flughafen zu entführen, falls wir niemanden bestechen konnten, uns ein Flugzeug zur Verfügung zu stellen. Wir waren sogar schon so weit gegangen, Leute in Richtung des Flughafens zu schicken, um die Gegend auszukundschaften, aber sie hatten nichts Größeres als eine zweisitzige Cessna gemeldet. Der Flughafen war im Grunde genommen geschlossen – alle großen Flugzeuge waren von ihren Fluggesellschaften zurückbeordert worden, als die Flugsperre verkündet wurde.

Ich wollte gerade auf den Rücksitz der unscheinbaren grauen Limousine klettern, in der wir mitfahren sollten, als das leise Grollen eines Motors, der sich dem Parkplatz näherte, meine Ohren erreichte. Wir drehten uns alle gleichzeitig um und sahen einen schäbigen Land Rover auf uns zukommen. Ich schnappte nach Luft, während mein Herz stotterte und mir bis zum Hals hochschlug.

Leonides griff in eine Außentasche seines Rucksacks und zog seine Pistole heraus, wobei er schnell das Magazin überprüfte.

„Bleibt alle zurück ...", rief Rans, während sich Zorah, Leonides und er aufmachten, um das Auto einzukreisen, das auf der anderen Seite des Parkplatzes zum Stehen gekommen war. Ich ignorierte seinen Befehl und folgte ihnen, während meine Magie unter der straff gespannten Leine meiner Selbstkontrolle unruhig knisterte.

Bitte lass Jace darin sitzen. Bitte, bitte lass ihn im Auto sein, betete ich leise. Wenn er hier in Sicherheit wäre, wäre es mir egal, wenn der Rest der Welt den Bach herunterginge. Es wäre mir egal, ob wir alle versklavt würden.

Als wir uns näherten, öffnete sich knarrend die Fahrertür und Albigard stieg mit wütender Miene aus. Bevor ich anfangen konnte, ihn zu beschimpfen, riss er die hintere Tür auf, griff hinein, zerrte eine grauhaarige Gestalt am Arm heraus und schleuderte sie uns vor die Füße.

„Was zum Teufel?", murmelte Zorah.

„Wo ist Jace?", verlangte ich zu wissen, auch wenn sich mir die Nackenhaare aufstellten. Die Gestalt, die mit dem Gesicht nach unten im Dreck lag, stöhnte. Seine Handgelenke schienen hinter seinem Rücken gefesselt zu sein und ein eisernes Halsband war um seinen Hals gelegt.

Albigard warf mir einen irritierten Blick zu. „Er ist auf der Osterinsel, Adept. Wo sonst?"

Ich hätte in diesem Moment nichts lieber getan, als ihn mit Magie zu töten ... oder ihm zumindest wehzutun. Er war hier wehrlos, da er auf Milliarden Tonnen Eisenerz stand. Mir juckte es in den Fingern, ihn für seine Taten bezahlen zu lassen.

Doch bevor es dazu kam, rollte sich Albigards Gefangener auf den Rücken und das lange, graue Haar fiel ihm aus dem Gesicht. Mir stockte der Atem.

„Ist das ... *Balfour*?", fragte ich geschockt.

Es war der Unseelie-Master, der meinen Schimmer in Hanga Roa durchschaut hatte und der beinahe den Vorsitz über meine Hinrichtung geführt hätte. Er blickte zu mir auf. Rans trat vor und stellte sich zwischen uns und erhob eine Hand, um mich aufzuhalten.

„Du solltest jetzt vielleicht anfangen zu reden, Alby", sagte er. „Es gibt hier Leute, die im Moment ziemlich sauer auf dich sind, und mindestens einer von ihnen hat eine Waffe in der Hand, die mit Eisenkugeln geladen ist."

Albigard warf ihm einen verärgerten Blick zu. „Wir haben keine Zeit für dein unaufhörliches Gejammer, Blutsauger. Du musst mir helfen, diese Fae zu foltern, damit sie uns die Informationen gibt. Gibt es in der Küche Messer?"

Ich blinzelte und versuchte, meine Gedanken in Worte zu fassen. „Du hast Jace bei den Unseelie gelassen! *Alleine!*"

„Wir haben keine Zeit", wiederholte Albigard, der offensichtlich am Ende seiner Geduld war.

„Warte", warf Zorah ein. „Albigard ... wir wissen bereits, wo und wann die Enthüllung stattfinden wird. Wir haben noch etwa vierzehn Stunden, um nach Stonehenge zu kommen."

Ich sah zu, wie es Albigard dämmerte, und ballte meine Fäuste, um die Kontrolle zu behalten. „In vierzehn Stunden?", wiederholte er. „Warum seid ihr nicht schon längst losgeflogen? Es wird fast zwölf Stunden dauern, um dorthin zu gelangen."

Leonides stieß einen frustrierten Fluch aus und verstaute die Waffe. „Es ist schwierig, jemanden mit einem Passagierflugzeug zu finden, der zweihundert Menschen illegal über den Atlantik bringen will, und das mit nur achtundvierzig Stunden Vorlaufzeit."

Die grünen Augen der Fae brannten sich in seine. „Du sagst, du hast kein Transportmittel?"

Leonides' Gesichtsausdruck war steinern. „Wir wollten gerade zum Flughafen fahren, um zu sehen, ob das Flugzeug, über das wir verhandelt haben, angekommen ist."

„Mit anderen Worten: Nein, haben wir wahrscheinlich nicht", übersetzte Rans mit brutaler Ehrlichkeit. „Es ist ohnehin zu klein, um uns alle aufzunehmen. Wir haben uns aus Verzweiflung auf diese Gruppe reduziert." Er gestikulierte zu den anderen, die sich nun zu uns gesellten.

Ich richtete meinen Blick zurück auf Balfour, der auf dem Boden kauerte, und versuchte, meine glühende Wut zu vergessen. Das würde nicht funktionieren. Wir waren aufgeschmissen. Wir brauchten etwas Besseres.

Doch nun hatten wir noch eine Fae. Eine Fae, mit magischen Transportfähigkeiten.

Der Versuch, ein Portal für eine so große Anzahl von Menschen über eine weite Entfernung zu halten, würde zu viel Energie erfordern. Selbst wenn ich alle meine verfügbaren Quellen ausschöpfen würde, wäre das zu riskant, hatte Albigard gesagt.

Balfour war ein Fae-Master. Diese Fae hatte Albigards Schimmer sofort erkannt, ohne auch nur ins Schwitzen zu geraten. Sie hatte Feuerbälle auf Leonides geschleudert, die in wenigen Minuten ein ganzes Haus verschlungen hatten.

„Kannst du Balfours Magie nutzen, um ein Portal für uns alle zu öffnen?", platzte ich heraus. „Eines, das uns nach Stonehenge bringen könnte?"

Alle Augen richteten sich auf die schrumpelige Fae am Boden. Balfour sah alarmiert zu uns auf. Ich fragte mich, wann er das letzte Mal so hilflos gewesen war.

Albigard schnaubte missmutig. „Nicht hier", sagte er.

„Aber würde es abseits der Eisenvorkommen funktionieren?", drängte Rans.

Die Lippen der Fae verzogen sich und enthüllten Eckzähne, die zwar nicht mit den Reißzähnen eines Vampirs mithalten konnten, aber doch deutlich spitzer waren, als mir lieb war. „Eine interessante Frage. Ich sehe nur einen Weg, um das herauszufinden." Seine Stimme wurde samten und ich erschauderte alarmiert.

KAPITEL FÜNFUNDZWANZIG

ES DAUERTE LÄNGER, als mir lieb war, alle für die Abreise zu organisieren, bewaffnet nur mit den Vorräten, die sie in einem Rucksack oder einem kleinen Koffer tragen konnten. Das war die Kehrseite dieser plötzlichen Planänderung, denn wir hatten vorher beschlossen, dass nur einige von uns mitkommen könnten.

Der Vorteil hingegen war, dass wir, wenn es klappen würde, in einer viel stärkeren Position sein würden, als wir es andernfalls gewesen wären. Wie Leonides gesagt hatte, waren jetzt fast zweihundert Menschen in dem Resort der nahe gelegenen kleinen Bergbaustadt versammelt und die meisten von ihnen waren Eltern wie ich, die verzweifelt nach einer Chance suchten, ihre Kinder zurückzubekommen. Leider besaßen die meisten von ihnen entweder keine oder nur eine unterschwellige Magie, und sie waren noch nicht lange genug hier, um genug Training bekommen zu haben.

Einige von ihnen besaßen magische Artefakte, die sie mit sich herumtrugen, ohne ihre Macht zu kennen, so wie es mir jahrelang mit Großtante Mabels Anhänger gegangen war. Edward und die anderen, die über okkultes Wissen verfügten, hatten mit ihnen gearbeitet, soweit es ihnen möglich war. Dennoch war es sehr wahrscheinlich, dass viele dieser Menschen anfällig für den Einfluss der Fae sein würden ... vorausgesetzt, wir würden erfolgreich dorthin gelangen, wo wir hinwollten. Aber Jace hatte gesagt, wir sollten sie mitnehmen, denn ihre Anwesenheit könnte eine entscheidende Rolle in seinem Plan spielen.

Ich wollte Albigard immer noch wehtun. *Unbedingt*. Aber zu seinem Glück brauchten wir seine besonderen Fähigkeiten.

Schließlich verließen wir die Stadt endlich. Wir bildeten eine lange Karawane von nicht zusammenpassenden Fahrzeugen, allen voran der Höllen-Rover. Leonides und ich fuhren in dem Auto, das als Nächstes in der Reihe fuhr, und ließen eine angemessene Lücke vor uns, damit die Fae-Magie nicht die Elektrik des Fahrzeugs zerstörte, wenn die Kräfte der zwei Fae zurückkamen.

Rans, Zorah und Edward fuhren mit den beiden Unseelie als zusätzliche Wachen mit, obwohl Balfour in seinem eisernen Halsband und den Fesseln völlig machtlos aussah. Wir nahmen dieselben Straßen wie zuvor, als wir unseren Ausflug nach Neuseeland gemacht hatten. Es würde dunkel sein, wenn wir die äußere Grenze der Eisenerzvorkommen erreichten, und ich hoffte inständig, dass niemand hinter uns eine Panne haben würde.

„Glaubst du, Albigard ist wirklich stark genug, um diesen Kerl zu kontrollieren und ihm seine Magie zu stehlen?", fragte ich, als die Stille im Auto zu lange andauerte.

Sam, Javiér und ein Typ, dessen Namen ich nicht kannte, waren auf dem Rücksitz zusammengepfercht, Leonides saß am Steuer und ich auf dem Beifahrersitz. Sam und Javiér tauschten Blicke aus, sagten aber nichts.

„Wie er auf dem Parkplatz sagte", meinte Leonides, „es gibt nur einen Weg, das herauszufinden. Und das Funkeln in seinen Augen sah nicht so aus, als hätte er die Absicht, zu versagen."

Ich sah im Rückspiegel, wie die Sonne hinter den Bäumen verschwand, während sich die Dunkelheit über den Regenwald legte. Wir fuhren weiter ... und weiter ... das einzelne rote Rücklicht in der Ferne vor uns, gab die Position des Höllen-Rovers an. Das andere Rücklicht war offenbar defekt.

Schließlich hielt der Land Rover an. Entweder hatte das verdammte Ding eine Panne, oder wir hatten es endlich aus der Todeszone der Fae-Magie heraus geschafft. Leonides setzte den Blinker und hielt in einigem Abstand zu dem anderen Fahrzeug an. Ein Blick in den Rückspiegel zeigte, dass die lange Kolonne hinter uns dasselbe tat.

Wir stiegen aus und gingen auf den Rover zu, dessen Lichter noch eingeschaltet waren. Ich hörte, wie die Autotüren zugeschlagen wurden, und andere in der Karawane unserem Beispiel folgten. Vor uns zerrte Albigard Balfour vom Rücksitz und zwang ihn im Schein der Scheinwerfer auf die Knie. Leonides hatte wieder einmal seine Waffe gezückt und war bereit, sich zu verteidigen, als wir bei den anderen zum Stehen kamen.

„Der Rest von euch bleibt zurück", rief Rans, dessen Stimme vor Autorität strotzte. Und dann, etwas leiser, sagte er: „Was brauchst du dafür, Alby?"

„Eine Klinge", sagte Albigard.

„Sei kein Narr, Junge", sagte Balfour. „Wenn du das tust, werde ich dich überwältigen, sobald du mich losbindest."

Ich wusste genau, dass Albigard Jahrhunderte alt war, und wunderte mich ein wenig über die herablassende Bemerkung.

„Wir werden sehen", war alles, was er erwiderte.

Albigard trat Balfour in die Kniekehle, sodass er mit dem Gesicht voran im Dreck landete. Zorah reichte ihm einen Dolch, und ich hielt den Atem an, als er in die Hocke ging und erst seine Handfläche und dann die von Balfour aufschlitzte. Er drückte die Wunden aufeinander und vermischte ihr Blut.

„Verdammt", murmelte Leonides.

Ich entdeckte Edward, der, vor Überraschung über den unverhohlenen Einsatz von Blutmagie, seine Augen weit aufgerissen hatte. Balfour knurrte in den Dreck, immer noch von Albigards Knie an Ort und Stelle gehalten. Edwards Mund war zu einem schmalen Strich verzogen.

„Lass mich los, du Verräter", zischte Balfour und wehrte sich ruckartig gegen die Fesseln.

„Wie Ihr wünscht, *Master*", erwiderte Albigard und nickte Rans zu. Er rollte Balfour auf die Seite und strich mit seiner unverletzten Hand über den Schädel der älteren Fae, sein Blick hoch konzentriert. „Tu es", sagte er zu Rans.

Rans ging in die Hocke und entfernte den Stift, der das Scharnier des eisernen Halsbandes geschlossen hielt. Er nahm es ab und warf es beiseite, und dann tat er dasselbe mit den Handgelenkfesseln, bevor er ein paar Schritte zurückging und in den Schatten verschwand. Neben mir hielt Leonides seine Waffe hoch, vermutlich bereit, Balfour eine Kugel ins Herz zu jagen, falls es ihm gelänge, Albigard zu überwältigen.

Mein Anhänger pulsierte und summte, als Balfour knurrte und seine Macht entfesselte. Einen Augenblick später überkam mich ohne Vorwarnung ein nur allzu vertrautes, ziehendes Gefühl hinter meinem Brustbein, und meine Knie gaben nach. Gleichzeitig sah ich, wie Zorah auf der Stelle schwankte. Rans gab ein leises, überraschtes Knurren von sich und packte sie an den Schultern, um sie zu stützen.

Albigard schien im Scheinwerferlicht des Land Rovers zu glühen, die Luft wirbelte um ihn herum und hob sein blondes Haar an. Ich klammerte mich an Leonides' Arm, wohl wissend, dass es schiefgehen konnte, da er eine geladene Waffe in der Hand hielt.

Balfour stieß einen tiefen, krächzenden Laut aus, der immer lauter wurde, bis er schließlich schrie. Mir wurde schwindlig, mein Magen drehte sich um. Albigards Mund verzog sich, während er knurrte, und plötzlich sackte Balfour reglos unter ihm zusammen.

Der Ruck, mit dem mir die Kraft entzogen wurde, hörte abrupt auf.

Albigard ließ Balfours Schädel los und erhob sich auf die Füße. Er starrte einen Moment lang auf seine rot gefärbte Hand, bevor er seinen Kopf hob, um erst zu mir und dann zu Zorah zu schauen. „Gebt den beiden etwas Blut", sagte er. „Sie werden ihre Kraft später brauchen."

Jetzt, da ich nicht mehr in unmittelbarer Gefahr schwebte, umzufallen, starrte ich ihn mit offenem Mund an. Albigard, die anspruchsvolle Fae, die über alles, was mit Vampiren und Blutmagie zu tun hatte, spottete, hatte ihr Blut mit dem von Balfour vermischt, um ihn an sich zu binden, und von Zorahs vampirischer Lebensenergie und meiner profitiert, um seinem Angriff die nötige Stärke zu verleihen.

Leonides hatte recht gehabt. Albigard hatte nicht vor zu versagen, selbst wenn das bedeutete, die Moral der Fae über Bord zu werfen.

Mein Blick wanderte zurück zu Balfour, der schlaff auf dem Boden lag. „Ist er tot?", fragte ich, denn das schien mir eine vernünftige Frage zu sein, die man unter diesen Umständen wohl stellen sollte.

„Nein", sagte Albigard monoton. „Obwohl es möglich ist, dass ich ihn dauerhaft unschädlich gemacht habe."

Mir lief ein Schauer über den Rücken.

„Guthrie, Kumpel", sagte Rans. „Wenn du Zorah einen Schluck von deinem Blut gönnst, öffne ich eine Vene für Vonnie."

Ich vermutete, dass das so viel hieß, wie: *Zorah wird wieder gesund, aber der arme Mensch braucht jede Hilfe, die er bekommen kann.* Ich saugte trotzdem gehorsam an Rans' Handgelenk, bis mein Magen zu rebellieren drohte. Neben mir stützte Leonides seine Enkelin, während sie das Gleiche tat.

„Macht die Menschen bereit", sagte Albigard. „Dieses Portal zu halten, wird selbst mit der gestohlenen Kraft eine enorme Belastung sein. Sie müssen es äußerst schnell durchqueren."

Rans nickte. „Wo wirst du uns in Stonehenge ausspucken? Es wimmelt dort schon von Kameras und Reportern."

Albigard schien das kurz zu überdenken. „King Barrow Ridge. Er ist weniger als eineinhalb Kilometer von Stonehenge entfernt und auf beiden Seiten bewaldet, um uns vor den Blicken der Straße zu schützen."

„Das klingt angemessen", stimmte Rans zu. „Gib uns ein paar Minuten, um alle zu organisieren und sie darüber zu informieren, was sie erwartet."

Ich erholte mich noch immer von meiner unerwarteten Energiespende, aber Zorah schien es bereits besser zu gehen. „Was ist mit Gandalf hier?" Sie stieß den schlaffen Körper am Boden mit ihrem Fuß an. „Lassen wir ihn einfach zurück?"

„Ja", sagte Albigard. „Bis Balfour in der Lage ist, sich zu bewegen, wird das, was in Stonehenge passieren wird, bereits geschehen sein."

Sie zuckte die Achseln. „Okay, in Ordnung. Und übrigens, wenn du mir jemals wieder Energie entziehst, ohne mich vorher zu warnen, werde ich sehr wütend sein. Und du wirst es nicht mögen, wenn ich wütend bin."

„Ich werde es mir merken", sagte Albigard und klang dabei so, als wäre es ihm völlig egal.

Am Ende dauerte es mehr als nur ein paar Minuten, um die große Gruppe in Position zu bringen und ihnen ausreichend zu erklären, was passieren würde, damit hoffentlich niemand zu Schaden kam. Die Kurzfassung war: *Macht euch auf kühles Wetter und eine andere Landschaft gefasst. Lauft einfach weiter, um Platz für die Leute zu machen, die hinter euch kommen. Schreit nicht, fuchtelt nicht mit Taschenlampen herum und macht auch sonst keinen Aufstand, denn es werden Häuser und Straßen in der Nähe sein ... und was vielleicht am wichtigsten ist: Wenn ihr euch übergeben müsst, versucht es irgendwo am Straßenrand zu tun, damit andere nicht versehentlich hineintreten.*

Es fuhren gelegentlich Autos an uns vorbei, und ich fragte mich, was sie von der Karawane und der wuselnden Menge hielten. Wenigstens hatte Rans Balfour auf den Grünstreifen geschleppt, außer Sichtweite, denn das wäre schwierig zu erklären gewesen. Als alle in Reih und Glied standen und bereit waren, loszugehen, atmete Albigard tief und konzentriert durch. Das Portal, das er beschworen hatte, war so hell, dass ich die Augen zusammenkneifen musste. Sein in Flammen stehender Rand leuchtete wie ein Leuchtfeuer.

„Los, los, los!", drängte Leonides und winkte die ersten Leute durch.

Zorah führte den Weg an, gefolgt von einer Person nach der anderen, die sich so schnell wie möglich fortbewegte. Ich hatte das bizarre Bild im Kopf, dass jemand am anderen Ende stolperte, vor das Ausgangsportal fiel und eine Kettenreaktion auslöste. Blinzelnd schüttelte ich den Gedanken ab und schaltete die Scheinwerfer des Höllen-Rovers aus, da sie nicht mehr nötig waren. Ich hatte keine Ahnung, ob wir an diesen Ort zurückkehren würden. Vermutlich nicht, aber es ergab keinen Sinn, die Batterie ohne Grund zu entladen. Zumindest würde es demjenigen die Arbeit erleichtern, der sich schließlich mit vier Dutzend verlassenen Fahrzeugen am Straßenrand herumschlagen musste.

Selbst wenn sich alle ein bis zwei Sekunden eine Person durch das brennende Oval begab, würde sich der Prozess noch etwas in die Länge ziehen. Die Minuten vergingen, und die Helligkeit des Portals ließ nach, ebenso wie die Energie, die von Albigard ausging.

„Geh", sagte Leonides zu Rans. „Du auch, Edward. Vonnie ..."

„Erst wenn du gehst", protestierte ich, während die anderen nickten und hindurchtraten.

Es waren vielleicht noch zwanzig oder fünfundzwanzig Menschen übrig, und am Rand des Portals begann sich Rauch zu entwickeln.

„Ihr beide ... geht schon", rief Albigard entschlossen. „Die Mächtigsten von uns müssen in Stonehenge sein."

Leonides zögerte nur einen Augenblick, bevor er meine Hand nahm, in die Schlange einrückte und mich durch das Portal zog. Abrupt traf ich mit meinen Füßen auf weiches Gras. Ich stolperte vorwärts, doch Leonides fing mich ab. Wir gingen den übrigen Menschen aus dem Weg und drehten uns um, damit wir zusehen konnten.

Das Portal begann zu flackern und summte unregelmäßig wie eine defekte Lampe. Ich hielt den Atem an, als immer mehr Menschen hindurch taumelten und sich beeilten, den Weg freizumachen. Sie sahen sehr mitgenommen aus. Schließlich trat Albigard hindurch. Das stotternde Portal schnappte so dicht hinter ihm zu, dass ich um sein langes, blondes Haar fürchtete.

Indessen brach die Dunkelheit über uns herein. Im flackernden Licht des Portals hatte ich einen ersten Eindruck der schmalen Lichtung mit Bäumen an beiden Seiten gewonnen. Jetzt war nur noch der Sternenhimmel über uns zu sehen, und die Bäume waren nur an ihren schwarzen Silhouetten zu erkennen. Die Geräusche von ein paar Hundert Menschen, die versuchten, sich ruhig zu verhalten, obwohl sie sich fürchteten, übertönten das leise Zirpen der Insekten und das Rascheln der Vögel, die durch unsere Ankunft aufgeschreckt wurden. Es war neblig, und der Ort roch nach gemähtem Gras und fruchtbarer Erde.

Ein Rascheln in der Nähe ging der leisen Stimme Rans' voraus. „Haben es alle geschafft?"

„Ja", erwiderte Albigard, ebenso leise.

„Gut. Zorah und ich werden ein wenig Luftaufklärung betreiben und Bericht erstatten. Verhaltet euch bis dahin ruhig." Ein Zischen kündigte den Aufbruch der Vampire an.

„Albigard. Ruh dich aus", sagte Leonides zu der Fae. „Umarme ein paar Bäume oder was auch immer, denn wir brauchen dich bei dieser Sache wieder bei voller Stärke. Ich werde die Runde machen und versuchen, alle ruhig zu halten, da ich wenigstens sehen kann, wo zum Teufel ich hingehe."

„Ich komme mit dir", rief ich sofort, da ich mir nicht sicher war, ob ich die Kontrolle über meine Wut behalten würde, wenn er mich mit Albigard allein ließ. „Pass nur auf, dass ich nicht in irgendetwas hineinlaufe, bitte."

Zorah und Rans kamen nach vielleicht fünfzehn oder zwanzig Minuten zurück.

„Es ist immer noch ruhig in Stonehenge", sagte Zorah, als wir die symbolischen Anführer der Gruppe versammelt hatten. „Es ist *unheimlich* ruhig. Ich meine, sollte es hier nicht von Polizei und dem Militär wimmeln, wenn man bedenkt, was hier passieren soll?"

„Ich denke, wir wissen bereits, wer die Polizei und das Militär hinter den Kulissen anführt", sagte Rans grimmig.

„In der Tat", stimmte Albigard zu.

„Okay", seufzte Leonides. „Mir gefällt der Gedanke nicht, diese Leute im Dunkeln über einen Kilometer über offene Felder und Gräben wandern zu lassen. Also ... warten wir auf die Morgendämmerung und machen dann den letzten Schritt?"

„Auf jeden Fall vor Tagesanbruch", sagte Rans. „Es werden keine angenehmen Stunden für die Leute hier sein, aber es ist hier nicht zu kalt, glaube ich."

So kam es, dass wir für ein paar Stunden an Baumstämme gelehnt saßen und uns die Zeit totschlugen. Viele Menschen saßen zu zweit oder zu dritt, um sich aneinander zu kuscheln und zu wärmen. Der kühle Körper, an den ich mich anlehnte, brachte zwar nicht viel Wärme, aber es gab andere Vorteile. Ich zog meinen Alpakawollponcho enger um mich und ließ meinen Kopf auf Leonides' Brust ruhen.

„Wir haben es geschafft", murmelte ich. „Ich war mir eine Zeit lang nicht sicher."

Er drückte kurz meine Schulter, um die er einen Arm gelegt hatte, und ließ wieder locker. „Es war deine Idee, Balfour die Macht zu entziehen, erinnerst du dich? Und es hätte kein besseres Fae-Arschloch treffen können."

Ich suchte in mir nach den Schuldgefühlen, wenn ich daran dachte, dass er komplett unschädlich für alle Zeit sein könnte, aber ... nope. Nichts. Ich bedauerte nur, dass es ihn getroffen hatte und nicht den Aufseher.

„Finde ich auch", erwiderte ich.

Eine leuchtende, vierbeinige Gestalt näherte sich. Ich schaute auf und sah Richard, der seinen Wolf als Taschenlampe benutzte.

„Hey", sagte er unbeholfen und betrachtete mich, wie ich mich an Leonides schmiegte.

Keiner von uns machte einen Versuch, sich zu trennen.

„Richard", sagte ich leise. „Alles in Ordnung?"

Er rieb sich mit einer Hand über den Hinterkopf. „Ja ... ich meine ... es ist nur so, dass die Leute fragen, ob es einen Plan für morgen früh gibt, oder ...?"

Ich kuschelte mich tiefer in meinen Poncho, um es mir bequemer zu machen. „Soweit ich weiß, werden wir jetzt, da wir ein paar Stunden Vorlaufzeit haben, versuchen, vor so viele Kameras wie möglich zu kommen, um unsere Gegenbotschaft zu verbreiten, bevor die Fae anfangen, die Wahrnehmung der Leute zu manipulieren."

Er nickte. „Verstanden. Das ergibt Sinn. Also … Magie ist normal, was ich übrigens immer noch versuche, zu verstehen. Und diese gruseligen Fae-Typen haben unsere Kinder entführt."

Leonides legte den Kopf schief. „Das trifft es so ziemlich, ja. Wenn du es hinbekommst, führ deinen Fido den Kameras vor, okay? Kann nicht schaden."

Richard schnaufte, was in einem anderen Leben vielleicht ein Lachen gewesen wäre. „Stimmt. Er ist auf jeden Fall viel fotogener als ich."

Schritte raschelten im Gras. „Richard?", sagte eine Frau zaghaft, kam auf uns zu und sah uns nervös an. Ich erkannte sie … sie war eine der anderen Mütter. Ich hob meine Augenbrauen.

„Hey, tut mir leid, Carolyn", sagte er und streckte ihr eine Hand entgegen, die sie bereitwillig annahm. „Ich habe nur versucht, ein paar Details über morgen zu erfahren. Das ist meine Ex, Vonnie Morgan. Jace' Mom. Und, äh, Guthrie Leonides. Das ist Carolyn Fletcher. Sie hat ein kleines Mädchen namens Elsie, das vermisst wird."

Ich war immer noch leicht geschockt, dass Richard offenbar Sex gehabt hatte, aber der Name rührte etwas in meiner Erinnerung. Ich setzte mich ruckartig auf. „Elsie? Warte, ich glaube, ich kenne sie."

„Was?" Carolyn wurde plötzlich so blass wie der Wolf.

Ich nickte und empfand Mitgefühl für sie. „Es ist mir vor einer Weile gelungen, mich in das Lager zu schleichen, wo sie die Kinder in Hanga Roa auf der Osterinsel festhalten. Ein Mädchen namens Elsie hat mich herumgeführt. Soweit ich weiß, ging es ihr gut, als ich ging."

Carolyns freie Hand bedeckte ihren Mund und fing bitterlich an zu weinen. Richard zog sie an seine Brust und legte einen Arm um sie.

„Das ist doch gut, oder?", sagte er.

Ich holte tief Luft, um sicherzugehen, dass ich meine Stimme unter Kontrolle hatte. „Halte durch, Carolyn, okay? Wir werden unsere Kinder in ein paar Stunden wiedersehen."

Sie nickte wortlos und hielt sich weiter den Mund zu, um ihr Schluchzen zu unterdrücken. Ihre Tränen fingen das Licht des Gespensterwolfs ein, der sich an ihr Bein schmiegte. Ich kannte diesen Blick nur zu gut. Ich hatte ihn in den letzten Wochen unzählige Male im Spiegel gesehen.

Richard führte sie weg, und ich neigte meinen Kopf und vergrub mein Gesicht an Leonides' Schulter.

KAPITEL
SECHSUNDZWANZIG

SOBALD WIR IN DER MORGENDÄMMERUNG etwas sehen konnten, machten wir uns auf den Weg, während unsere halb erfrorenen Glieder sich gegen die plötzliche Aktivität sträubten. Der Nebel war unser ständiger Begleiter auf der Wanderung nach Stonehenge, die circa eineinhalb Kilometer lang war. Rans und Zorah kundschafteten erneut das Gebiet aus, doch es gab keine Anzeichen auf eine militärische oder anderweitige Präsenz – sie sahen nicht einmal das britische Äquivalent eines Parkrangers.

Es wimmelte jedoch vor Kameras und Reportern. Und das kam uns gerade recht. Wir waren bei Weitem nicht die Einzigen, die hierher gereist waren, um dem Schauspiel beizuwohnen. Die Menge aus Einheimischen und Ortsfremden schwoll immer weiter an, die gekommen waren, um zu sehen, was hier passierte.

Abgesehen von den Bildern online, die jeder kannte, war ich mit Stonehenge überhaupt nicht vertraut, aber anscheinend war es für Touristen aufgearbeitet worden. Der Steinkreis war von einem niedrigen Zaun umgeben, der kennzeichnete, wie nahe sich die Besucher den Megalith nähern durften. Er war nicht so hoch, dass man Schwierigkeiten hatte, darüber zu klettern, sondern eher als psychologische Barriere gedacht, um die Anlage zu schützen. Bisher schienen sich die Anwesenden größtenteils an die Regeln zu halten.

Trotz der wachsenden Menschenmenge war es nicht schwer, vor eine Kamera zu kommen. Die Reporter standen im Vorfeld dessen, was am Mittag kommen sollte, unter Druck, die Wartezeit mit etwas zu überbrücken, um die Zuschauer davon abzuhalten, auf einen anderen Kanal umzuschalten.

Um Bridgette und ihre Eule hatte sich eine nette kleine Schar von Reportern mit Mikrofonen versammelt, und auch Richard und sein Wolf sowie Carolyn hatten ihre Aufmerksamkeit erregt. Mir graute es vor der Vorstellung, vor einer Kamera zu stehen und meine Seele zu entblößen, und ich war mir nicht sicher, ob ich es überhaupt tun sollte.

„Die anderen können diesen Part übernehmen", sagte Leonides leise. „Es ist sicherer für dich, wenn dein Gesicht nicht überall in den Nachrichten auftaucht. Und auch für Jace."

Ich nahm den Rettungsanker, den er mir anbot, dankbar an, auch wenn ich mich immer noch ein wenig schuldig fühlte. Die anderen leisteten jedoch gute Arbeit, um unsere Botschaft zu verbreiten. Sie gaben in groben Zügen einen Überblick, was gegen Mittag passieren würde, und wandten sich gegen die Vorstellung, die Kinder seien irgendwie besonders oder übermenschlich. Magie sei real, sagten sie immer wieder. Es gab sie schon, als die Menschen noch Steine beschlugen, um Werkzeuge herzustellen, und die Kinder nur Kinder waren und ihren Familien entrissen und einer Gehirnwäsche unterzogen wurden, um einem Kult anzugehören, der die Weltherrschaft anstrebte.

Einige der verbisseneren Reporter drängten darauf, mehr über den Tod der Staatsoberhäupter zu erfahren. Die Standardaussage, mit der wir sie fütterten, war, dass es das Werk der Entführer war, nicht der Kinder. Und *Gott allein* wusste, *wie sehr* ich hoffte, dass dies der Wahrheit entsprach.

Als es auf die Mittagszeit zuging, versammelten wir alle, um uns nicht in der Menge zu verlieren, falls die anderen Schaulustigen in Panik geraten oder gewalttätig werden sollten. Die Spannung stieg mit jeder Minute, die verstrich. Ich hatte Rans und Zorahs Blut getrunken und vibrierte förmlich vor Macht, die nur darauf wartete, entfesselt zu werden.

Leonides stand angespannt neben mir, unter seinem langen Ledermantel bis an die Zähne bewaffnet. Die anderen Vampire waren es auch, und ich hatte heute Morgen einige von Edwards Bekannten dabei beobachtet, wie sie ihre Waffen an verschiedenen Stellen verstaut hatten. Albigard hatte immer noch den Dolch, den er sich von Zorah geliehen hatte, und er sah aus, als würde er die Gelegenheit gerne nutzen, um einigen der Fae ein paar Gliedmaßen mit bloßen Händen abzureißen.

Alle Augen und Kameras waren auf den massiven Steinkreis gerichtet, als die Kirchenglocken im benachbarten Amesbury läuteten und sich gleichzeitig ein Dutzend Fae-Portale öffneten. Angstschreie brachen in der Menge aus, und viele der Menschen um unsere dicht gedrängte Gruppe versuchten, sich weiter zu entfernen.

Die Reporter berichteten über die Geräuschkulisse hinweg, sprachen in ihre Mikrofone und die Kameras, während ihre Hände oft an den Headsets lagen, durch die sie ihre Anweisungen direkt ins Ohr geflüstert bekamen. Es schien, als ob die Fae tatsächlich ihre technikzerstörenden Auren unter Verschluss hielten, während sie durch die brennenden Ovale marschierten. Jeder Fae folgte eine Schar von Kindern in weißen Gewändern, vom Kleinsten bis zum Größten, die leblos in die Menge starrten. Ich suchte verzweifelt nach Jace, konnte ihn aber nirgends entdecken. Und dann verfluchte ich mich selbst dafür, dass ich zu wütend und aufgeregt gewesen war, um daran zu denken, Albigard zu fragen, welchen Schimmer er für Jace geschaffen hatte. Ich hatte keine Ahnung, wie er jetzt aussah.

Die Menge war immer noch in Aufruhr, und ihre Rufe stiegen an, bis sie fast schrien.

„Schweigt!", rief eine silberhaarige Fae, und ich erkannte den Aufseher von der Osterinsel wieder, während mich eine Welle des Hasses überrollte. „Menschen – eure Staatsoberhäupter sind tot. Jeder, der in Zukunft versucht, diese Positionen zu beanspruchen, wird das gleiche Schicksal erleiden. Eine neue Rasse hat sich erhoben und wird diese Welt in eine bessere Zukunft führen. Sehet eure neuen Meister und jubelt!"

Mein Anhänger brannte auf meiner Brust, als sich sein Einfluss und der Einfluss der anderen Fae auf die versammelte Menge ausbreitete. Die Schreie und Rufe verblassten zu unruhigem Gemurmel ... und dann herrschte eisige Stille.

Ich zerdrückte fast Leonides' Hand, und mein Herz hämmerte vor Nervosität, als ich nach vorne trat. Er blieb dicht an meiner Seite, und mir wurde bewusst, dass Zorah und Rans das Gleiche auf meiner Linken taten.

„Nein! Wir werden uns nicht eurem Einfluss beugen!", rief ich zurück. „Ihr seid nichts weiter als Kidnapper, und *wir wollen unsere Kinder zurück!*"

Alle hinter mir, die nicht sofort vom Einfluss der Fae überwältigt worden waren, brüllten ihre Zustimmung. Ich glaubte zu sehen, wie sich Wiedererkennen und gleichzeitig Zorn in den Gesichtszügen des Aufsehers abzeichneten, als er mich finster anstarrte. Doch das spielte keine Rolle, denn hinter ihm schimmerte das blonde Haar eines Jungen, und plötzlich starrte mich Jace an und umklammerte mit einer Hand den unsichtbaren Anhänger um seinen Hals.

„Jace!", rief ich. „Ich bin hier! Elsie? Deine Mom ist auch hier! Wir sind euretwegen gekommen ... um euch zu retten! Wir werden kämpfen, um euch nach Hause zu bringen!"

„Elsie?" Carolyns leise Stimme durchbrach das verwirrte Gemurmel um uns herum. „Ich bin hier, Baby! Du musst dich wehren. Lass nicht zu, dass sie dich kontrollieren!"

Und dann riefen auch andere Eltern ihren Kindern Botschaften der Liebe und Hoffnung zu. Die Kinder, zumindest einige von ihnen, schienen in ihrer Überzeugung ins Schwanken zu kommen, und sahen sich nervös an.

„*Schweigt!*", brüllte der Aufseher erneut. „Ihr habt keine Kontrolle über diese Adepten. Sie sind über eure schwachen Plattitüden hinausgewachsen! Ihr werdet euch ihnen beugen oder unter Qualen sterben!"

„Sie haben uns angelogen!", rief Jace plötzlich und wandte sich an die anderen Kinder. „Sie haben uns gesagt, dass niemand kommen würde, um uns zu holen und dass unsere Familien uns nicht vermissen würden! Sie haben versucht, uns dazu zu bringen, sie anzubeten, aber unsere Familien *sind* gekommen! Sie sind hier, um uns zu retten!"

Immer mehr Kinder hinterfragten jetzt, was ihnen gesagt worden war, und schauten zwischen Jace, ihren Eltern in der Menge und den Fae, die ihnen eine Gehirnwäsche verpasst hatten, hin und her. Ich sah Elsie, die sich an ein etwa gleichaltriges Mädchen klammerte, das neben ihr stand. Ihre Augen waren groß vor Angst und Verunsicherung.

Die grünen Augen des Aufsehers verengten sich zu Schlitzen, als er Jace ansah, und mir lief ein Schauer über den Rücken.

„Es war nicht gelogen, Verräter", knurrte er. „Sie sind nicht euretwegen gekommen. Sie kamen hierher, um zu sterben."

Ich bemerkte nur am Rande, wie Albigard und Edward an uns vorbeigingen und sich an die Spitze der Gruppe stellten. Meine Aufmerksamkeit richtete sich bereits nach innen, auf die magischen Felder um uns herum. Ich konzentrierte mich auf den Smaragd um meinen Hals und bündelte meine Magie in einem schützenden Strudel, bereit, dem Aufseher all meine Angst und Wut entgegenzuschleudern, sollte er es wagen, die Hand gegen meinen Sohn zu erheben.

Der erste Angriff war nicht auf Jace gerichtet. Wir waren sein Ziel. Eine blaue Flamme schnellte wie ein Blitz auf uns zu. Leonides warf sich vor mich, und ich weitete meinen Schutzschild aus, um uns beide zu umhüllen. Albigard und Edward wehrten den Angriff gemeinsam ab, während sich Zorah und Rans in Nebel auflösten, um dem Angriff auszuweichen. Der größte Teil der Flammen glitt über meinen unsichtbaren Schutzwall hinweg, aber ich hörte Schreie auf beiden Seiten von uns, als einige Flammen ihr Ziel fanden.

Chaos brach aus, und der größte Teil der Menge versuchte zu fliehen, während sich unsere Gruppe dem offensiven Ansturm entgegenstellte. Leonides klebte an meiner Seite, seine Pistole erhoben, aber er konnte keinen Schuss riskieren, da die Kinder den Fae so nahe waren. Einige dieser Kinder drehten sich jetzt um und sahen ihre Fae-Entführer an, als würden sie sie zum ersten Mal *sehen*.

Richards Geisterwolf stürzte an mir vorbei, sprang in den Steinkreis, packte eine der Unseelie am Arm und schüttelte seinen Kopf, wie ein englischer Terrier mit einer Ratte im Maul. Die Fae schrie schockiert auf und presste eine Hand auf den Schädel der Bestie, die durch die Berührung zu leuchten begann. Der Wolf explodierte in tausend Lichtsplitter und verschwand, aber aus der Wunde, die er verursacht hatte, tropfte silbernes Fae-Blut.

„Greift sie an!", schrie Jace. „Beschützt eure Eltern!"

Dann schloss er die Augen, die Hand fest um Großtante Mabels Anhänger geschlossen, und ein Teil des uralten Steins, vor dem der Aufseher stand, explodierte. Die Fae strauchelte fluchend vorwärts, bevor sie ihr Gleichgewicht wiederfand.

„Ungehorsamer Welpe!", knurrte sie und ließ die blauen Flammen um ihre Finger auflodern.

Ich schrie und entfesselte den stärksten Aeromantikstoß, den ich aufbringen konnte, als der Aufseher die tödliche Magie auf meinen Sohn schleuderte, doch meine Schusslinie war verstellt. Mein Angriff streifte die Unseelie-Fae und ließ sie straucheln, aber es war zu spät.

„Nein!", schrie ich, einen Augenblick, bevor Albigard sich vor Jace schmiss. Die Explosion traf Albigard mitten in die Brust und schleuderte ihn gegen einen der massiven Steine. Ich hörte das dumpfe Knirschen brechender Knochen, als er aufprallte und regungslos zu Boden sackte.

Mein Herz zog sich zusammen. Jace starrte Albigards leblose Gestalt mit offenem Mund an ... doch der Aufseher kämpfte sich bereits wieder auf die Beine. Ich bereitete einen weiteren Angriff vor, während Leonides auf die Fae schoss, was sie zurück in die Knie zwang. Um uns herum kamen aus allen Richtungen magische Geschosse geflogen, und einige der Kinder wandten sich gegen ihre Unseelie-Master. Ich erhaschte einen Blick auf Rans und Zorah, die auf der anderen Seite des Steinkreises gegen eine der Fae kämpften und sich dabei immer wieder in Nebel auflösten, um ihrem Gegenangriff auszuweichen.

Zwei weitere von ihnen schleuderten immer noch Magie auf die Hauptgruppe der Eltern, die jetzt nur noch von Edward verteidigt wurde. Leonides schoss auf die Fae, wo er konnte, aber in dem Durcheinander war es fast unmöglich, keinen der Verbündeten oder Unschuldigen zu gefährden.

Eine elektrische Schockwelle flog über meine Schulter und wurde kaum von meinem Schutzschild abgehalten, den ich versuchte, um uns herum aufrechtzuhalten. Ich spürte jedoch, wie ich immer schwächer wurde. Selbst mit dem Vampirblut konnte ich immer nur ein paar Mal mit voller Kraft zuschlagen und das, ohne dass jemand von der gegnerischen Seite auf mich schoss.

Eine der Fae packte ein kleines Mädchen an der Schulter und schleuderte es zu Boden, während es versuchte, seinen Zauber aufzubauen. Ich knurrte und ließ alles, was ich hatte, auf die Fae los, aber sie taumelte nur ein paar Schritte zurück. Trotz unserer Überzahl wendete sich das Blatt gegen uns. Wenn sie beschließen würden, ihre Verluste zu begrenzen und sich auf unsere Kinder zu stürzen, wären wir machtlos, sie aufzuhalten.

"Verdammt noch mal!", schrie ich frustriert und versuchte Jace' Lithomantie-Trick nachzuahmen, um einen der stehenden Steine zu sprengen. Wenn ich näher an ihn herankommen würde, könnten wir vielleicht unsere Kräfte bündeln, wie wir es geübt hatten.

Ein weiteres Kind kreischte. Edward schrie auf und taumelte rückwärts, womit wir unseren Schild an der Spitze der Gruppe verloren. Leonides hielt meine Hand mit eisernem Griff und fluchte leise, als er die Szene beobachtete. Ich sah, wie Jace auf einen am Boden liegenden Jungen zustürmte und dabei mehreren Offensivangriffen ausweichen musste.

Wir würden verlieren.

Ich dachte gerade über einen letzten Sprint durch die Reihen der verbleibenden Fae nach, um zu Jace zu gelangen, als überall um uns herum flammende Portale aufrissen.

KAPITEL
SIEBENUNDZWANZIG

ICH HATTE KAUM ZEIT, UM *„Oh, verdammt!"* zu rufen, als Dutzende grimmig dreinblickender Frauen, bewaffnet mit Armbrüsten, aus den Rissen in der Realität heraus schwärmten. In ihren geflochtenen Haaren schimmerten Gold- und Edelsteine, die das trübe Licht der Sonne reflektierten. Ich starrte erstaunt, wahrscheinlich stand mir sogar der Mund unladylike offen, und als ein weiterer blauer Feuerball an meinem Ohr vorbeiflog, bewahrte mich nur mein unverschämtes Glück davor, meinen Schöpfer zu treffen.

„Feuer einstellen!", schrie die Anführerin der Neuankömmlinge und übertönte auf unnatürliche Weise die Schreie und Explosionen des weiter anhaltenden Kampfes. Ihr Befehl hallte wie ein Glockenschlag durch den Steinkreis, während der vertraute Rotschopf in die Mitte des Megalithkreises trat. Auf dem Weg dorthin wischte sie die blauen Flammenschläge wie nervige Moskitos beiseite, die an ihr vorbei schwirrten.

Ich erkannte sie, als die Frau vom Seelie-Court wieder, die relativ höflich mit uns gesprochen hatte, als Leonides und ich auf der Suche nach Antworten nach Dhuinne gereist waren. Leonides fluchte erneut und zerrte mich hinter den nächstgelegenen Stein. Ich brauchte einen Moment, um mich daran zu erinnern, dass wir bei den Mitgliedern des Courts nicht gerade beliebt waren, nachdem wir uns mit Albigard aus dem Staub gemacht hatten. Mit Grauen fragte ich mich, ob Albigard überhaupt noch am Leben war.

„Nehmt diese Fae mit Verdacht auf Verrat am Court von Dhuinne in Gewahrsam", sagte sie, und ihre glockenklare Stimme drang mir durch Mark und Bein.

Zorah materialisierte sich neben uns. „Verdammt", hauchte sie. „Ich hätte nie gedacht, dass ich das mal sagen würde, aber ich glaube, Teague ist auf unserer Seite."

„Ja, ich hätte auch nicht gedacht, dass das mal passieren würde", meinte Leonides und blinzelte überrascht.

„Wo ist Jace?", rief ich verzweifelt.

„Rans bringt ihn in Sicherheit", sagte Zorah und drückte mir beruhigend auf die Schulter. „Allerdings stellt sich jetzt die Frage, was wir jetzt machen sollen."

Ich wagte einen raschen Blick hinter dem Megalith hervor. Es sah so aus, als ob die Seelie-Kriegerinnen bereits dabei wären, den Aufseher und seine Anhänger zu überwältigen. *Das ging ja schnell.* Zwei weitere erschienen plötzlich hinter uns und ein gebrochener Laut entrang sich meiner Kehle.

„Mom!" Jace löste sich aus Rans' Arm und stürzte auf mich zu.

„Jace", flüsterte ich, schlang meine Arme um ihn und drückte ihn fest an mich. „Oh, Gott ... ver-

sprich mir, dass du so etwas nie wieder tun wirst!"
Leonides' Hand schloss sich um meine Schulter, um mir seine stille Unterstützung zu geben.

„Alby wurde ausgeknockt", sagte Rans grimmig. „Ich glaube nicht, dass er tot ist, aber es ist nur noch eine Frage der Zeit, bis ihn die Seelie bemerken und realisieren, wer er ist. Wir müssen ihn irgendwie von hier wegbringen."

Eine Bewegung aus dem Augenwinkel ließ mich den Kopf herumreißen. Ich wirbelte herum und drängte Jace schützend hinter mich.

„Vielleicht kann ich dabei behilflich sein", sagte Teague, der vor uns zum Stehen kam und unsere kleine Gruppe mit Abscheu betrachtete – sein Blick verweilte auf Leonides.

Rans sah nicht viel glücklicher aus als die Fae, aber er antwortete: „Okay. Wenn du uns ein diskretes magisches Transportmittel zur Verfügung stellen könntest, könnten wir den Rest erledigen." Dann wandte er sich wieder an uns. „Wollt ihr drei mit uns nach St. Louis kommen? Das wäre vielleicht sicherer."

Jace sah verzweifelt zu mir auf. „Mom, nein. Wir können die anderen nicht allein lassen. Die Kinder haben Angst und einige von ihnen sind verletzt."

Ich verschränkte unsere Hände und drückte zu, wobei ich Leonides ansah, um sicherzugehen, dass er mit meiner stummen Entscheidung einverstanden war. Er nickte knapp.

„Wir bleiben hier", entgegnete ich. „Bringt Albigard in Sicherheit und kümmert euch gut um ihn.

Sagt ihm, dass ich ihn nicht töten werde, zumindest nicht im Moment."

Teague warf mir einen finsteren Blick zu, aber ich ignorierte ihn.

„*Du* bekommst keine Gnadenfrist", ließ ich ihn wissen. „Aber du hast Glück und ich bin gerade erschöpft, und alle, die du töten wolltest, sind noch am Leben. Also … *danke*, dass du die Kavallerie mitgebracht hast."

Offenbar verdiente ich es immer noch nicht, direkt angesprochen zu werden, denn die Fae ignorierte alles, was ich gerade gesagt hatte, und wandte sich an Rans. „Kommt", sagte er. „Wir haben wenig Zeit."

Rans nickte. „Passt auf euch auf. Alle drei. Bis bald."

„Lasst euch nicht unterkriegen", sagte Zorah und umarmte mich kurz, dann Leonides und dann Jace, der daraufhin sehr rot wurde.

„Danke, ihr auch nicht", rief ich ihnen nach.

Eine angespannte Stille hatte sich über Stonehenge ausgebreitet, während die überlebenden Unseelie in Eisenfesseln gelegt und durch die Portale geschleift wurden, um sich in Dhuinne vor Gericht zu stellen. Ich konnte keine Anzeichen von Edward oder unseren anderen dämonengebundenen Verbündeten sehen, was mich hoffen ließ, dass sie sich rar gemacht hatten, anstatt zu riskieren, dass sie von den Seelie bemerkt wurden.

Schade war nur, dass sie für ihren Mut keine Anerkennung bekommen würden, obwohl sie die größte Offensive geschultert hatten, und das brachte jetzt ein ziemliches Problem mit sich, denn Leonides und ich konnten es uns auch nicht leisten, aufzufallen.

„Ich werde Dad suchen gehen", sagte Jace. „Ich bin ein Niemand für sie, und Dad auch. Sieh mal ... sie sind nett zu den anderen Kindern. Entweder kann Dad mit ihnen reden und ihnen erklären, was los ist, oder er kennt jemand anderen, der es tun kann."

Jeder Instinkt in meinem Körper schrie danach, Jace nie wieder aus den Augen zu lassen, aber er hatte recht. Die Seelie liefen zwischen den Kindern hindurch, heilten ihre Verletzungen auf magische Weise und erlaubten ihnen, sich wieder mit ihren Eltern zu vereinen.

Und natürlich verdiente Richard die Gewissheit, dass Jace in Sicherheit war.

„Okay, Baby", sagte ich. „Aber versprich mir, dass du vorsichtig sein wirst."

„Das werde ich", murmelte er. „Nur, lass sie dich nicht sehen. Ich will nicht, dass sie ..." Er schüttelte den Kopf, als müsste er einen schrecklichen Gedanken abschütteln. „Egal. Pass einfach auf, in Ordnung?"

„Wir haben nicht vor, uns erwischen zu lassen, glaub mir", versicherte ich ihm. „Doch wenn dir irgendetwas komisch vorkommt, schrei ganz laut und dann kommen wir sofort zu dir. Los jetzt."

Er warf mir einen langen Blick zu. „Das würdest du wirklich tun, oder?"

„Darauf kannst du wetten", antwortete ich mit Überzeugung. „Wir beide würden es tun. Und dein Dad auch."

Seine Lippe bebten – die erste wirkliche Reaktion auf das neue Trauma, abgesehen von der anfänglichen, verzweifelten Umarmung, die er mir gegeben hatte. „Ich weiß", erwiderte er und lief davon.

Als er außer Sichtweite war, schmiegte ich mich an Leonides' Brust und ließ meinen Gefühlen freien Lauf. Er legte seine Arme um mich und sein Kinn ruhte auf meinem Scheitel, während ich tief durchatmete, um mich zu beruhigen.

„Sei nicht zu streng mit ihm, weil er sich mit Albigard weggeschlichen hat", sagte er. „Was er getan hat, war sehr mutig."

„Ja", gab ich zu, wobei meine Stimme trotz all meiner Bemühungen zitterte. „Vielleicht beschließe ich trotzdem, Albigard irgendwann in den Arsch zu treten. Falls … falls er es schafft."

Er küsste mich auf den Scheitel und hielt mich fester.

Richard trat an die Spitze der menschlichen Delegation und sprach zusammen mit Jace und Carolyn mit den Seelie-Fae. Ich war irgendwie erleichtert, seinen Geisterwolf an ihrer Seite zu sehen, nachdem die Fae, die ihn angegriffen hatte, ihn während des Kampfes explodieren lassen hatte. Sobald es uns sicher erschien, verloren Leonides und ich uns in der Menge der Eltern und Kinder, die sich auf dem Feld vor dem alten Monument tummelten. Leonides spendete einigen der Menschen sein Blut, die während des Kampfes verletzt worden waren. Mir drehte sich der Magen um und ich musste den Blick abwenden, als ich am Rande eine Reihe von Leichen bemerkte, die mit Decken, Jacken und allem, was sonst noch zur Hand war, zugedeckt waren.

Einige der Reporter hatten sich an den Zaun des Steinkreises zurückgezogen, nachdem sich die Lage beruhigt hatte, aber es wurde schnell klar, dass ihre gesamte Ausrüstung durch die schiere Menge an Fae-Magie, die umhergeschleudert wurde, durchgebrannt war. Ich hatte keine Ahnung, ob es auf lange Sicht besser war, die Wahrheit über die Seelie und die Unseelie zu offenbaren oder eine Geschichte zu erfinden, die den Eindruck erweckte, als wären alle Beteiligten in Wahrheit nur ein paar verrückte Weltuntergangstheoretiker mit zu viel Geld für Special Effects.

Würde die Menschheit in Panik geraten, wenn wir ihr Beweise für die Existenz der Fae, Dämonen, Vampire und verschiedene Parallelwelten vorlegen würden? Spielte das überhaupt noch eine Rolle, wenn man bedachte, dass die Menschheit bereits in Panik geraten war, nachdem ihre Staatsoberhäupter auf unerklärliche Weise tot umgefallen waren? Und ... das würde doch jetzt aufhören, oder?

Glücklicherweise schienen die Seelie kein großes Interesse an der Gruppe von Menschen zu haben, die noch anwesend war. Sie sorgten lediglich dafür, dass alle Kinder zu ihren Familien gebracht wurden oder vorübergehend bei der Familie eines anderen befreundeten Kindes untergebracht wurden, falls ihre Eltern unter den Toten waren. Sie gingen nicht von Person zu Person durch die Menge, um ein paar Pseudo-Kriminelle zu identifizieren.

Schließlich öffneten sie ein paar Portale und verließen den Schauplatz des Kampfes. Anscheinend hatten sie vor, ihre Hände in Unschuld zu waschen, nachdem sie ihre Verräter in Gewahrsam genommen und die Kinder zurückgegeben hatten. Als ich sicher war, dass sie alle weg waren, eilte ich zu Richard, Leonides dicht auf meinen Fersen.

Mein Ex schien völlig unter Schock zu stehen. Carolyn war immer noch an seiner Seite, ihren Arm fest um Elsies schmale Schultern gelegt. Das kleine Mädchen sah verloren aus, als wäre ihr gerade der Boden unter den Füßen weggezogen worden. Es zerriss mir das Herz, daran zu denken, was für ein Genesungsweg vielen dieser Kinder noch bevorstand. Ich erinnerte mich nur zu gut an den schmerzhaften Prozess, den Jace mit Albigard durchgemacht hatte, um deprogrammiert zu werden.

„Und?", fragte ich und schaute von einem zum anderen. „Was haben sie gesagt?"

Richard blinzelte ein paar Mal. „Im Grunde haben sie gesagt, dass ihnen das alles leidtut und dass sie die Kerle, die sie in Gewahrsam genommen haben, vor Gericht stellen werden."

Ich starrte ihn an. „Das war's?"

Er zuckte mit den Schultern und nickte.

Jace meldete sich zu Wort. „Sie haben auch gemeint, dass die Fae keine menschlichen Kinder nehmen dürfen, außer den Zehnten, was auch immer das ist. Und definitiv keine magisch veranlagten Kids. Oh, und sie schienen ziemlich beeindruckt von Dads Geisterwolf zu sein."

„Der Rest der Unseelie, der nicht direkt involviert war, ist also immer noch hier auf der Erde", sagte Leonides ausdruckslos. „Teague eingeschlossen. Und es wird sich nichts ändern, außer dass das globale Machtgefüge jetzt in Scherben liegt. Großartig."

Ich schloss erschöpft die Augen. „Weltweite Krisen können bis morgen warten, hoffe ich. Denn hier gibt es Tote und Verletzte, um die man sich kümmern muss, und jeder braucht einen Platz, wo er heute Nacht bleiben kann, ohne sich an einen Baumstamm lehnen zu müssen und zu versuchen, nicht zu erfrieren."

„Du hast recht", stimmte Leonides zu, seufzte und kniff sich in den Nasenrücken. „Wir haben keine Transportmittel, weder magische noch anderweitig. Hat jemand ein funktionierendes Handy?"

Wir holten alle unsere Handys heraus. Meines war gesplittert und der Bildschirm leuchtete nicht auf, wenn ich versuchte, es zu wecken. „Mausetot", berichtete ich, und die anderen nickten ebenfalls.

„Ich schätze, ich werde ein wenig Einfluss auf die Nachrichtenteams ausüben und sehen, was ich herausfinden kann", sagte Leonides. „Wenn ich mich recht erinnere, ist Amesbury nur knappe acht Kilometer von hier entfernt. Im schlimmsten Fall kann ich dorthin fliegen und sehen, ob die örtliche Polizei und die Rettungsdienste von den Fae kontrolliert werden. Vielleicht könnte ich ein paar Reisebusse mieten, die uns abholen. Ich werde mir auf jeden Fall etwas einfallen lassen."

„Danke", murmelte ich und drückte seine Hand. Er nutzte die Berührung, um mich zu einem schnellen Kuss heranzuziehen, der mir trotz unserer düsteren Realität Wärme und Trost spendete.

Als er weg war, wandte ich mich an die anderen. „Kommt schon. Stonehenge muss doch ein Besucherzentrum haben, oder nicht? Lasst uns versuchen, alle dorthin zu lotsen. Ich nehme an, es wird zumindest überdacht sein. Vielleicht funktionieren auch ihre Telefone noch."

Eine Stunde später befanden wir uns in dem seltsam unförmigen Gebäude, dessen unebenes, schräges Dach, von unzähligen dünnen Metallpfeilern gestützt wurde. Das Besucherzentrum war menschenleer, was mich vermuten ließ, dass die Unseelie die Angestellten nach Hause geschickt hatten, um jede unerwartete Störung ihrer Enthüllungspläne zu verhindern. Die Telefone waren tot, ebenso wie alle anderen elektronischen Geräte. Die interaktiven historischen Displays der Ausstellungen waren alle dunkel und die Lichter waren aus. Glücklicherweise fiel durch den architektonischen Stil natürliches Licht durch die großen Fenster.

Falls nötig könnten wir hier ein oder zwei Tage bleiben, es sei denn, die Behörden würden auftauchen und uns rauswerfen. Es gab Toiletten. Es gab ein Café und genug Essensvorräte für alle, die ohnehin bald schlecht werden würde, da die Kühlung ausgefallen war. Die letzten Monate hatten mich offensichtlich moralisch flexibel gemacht, denn ich hatte keine Skrupel, in die Restaurantküche einzudringen und den anderen dabei zu helfen, sich etwas zu essen zu suchen.

Als Leonides zurückkam, war es bereits dunkel. Wir hatten einige Holzbänke aufgestapelt und benutzten sie als Brennmaterial für die Feuer in einer Handvoll metallener Tonnen, die unter dem seltsam geformten Metalldach standen. Da wir sie auf der anderen Seite des Fensters des großen Gemeinschaftsbereichs aufgestellt hatten, sorgten unsere Feuer für ausreichend Licht im Inneren, sodass wir wenigstens nicht übereinander stolperten. Außer zusammengerollten Jacken gab es nichts, was wir als Kissen hätten verwenden können, doch wir arrangierten uns mit dem, was wir hatten.

„In Amesbury ist komplett der Strom ausgefallen", sagte Leonides, als er zu uns ins Besucherzentrum kam. „Das gesamte Stromnetz ist lahmgelegt, und die meisten Fahrzeuge sind auch defekt."

„Heute Abend kommen wir zurecht", sagte ich zu ihm. „Lass uns einfach etwas ausruhen und morgen früh frisch ans Werk gehen."

Er nickte müde und folgte mir in eine Ecke, wo Jace unter meinem Alpaka-Poncho döste. Ich ließ mich neben ihm an der Wand nieder, und Leonides legte seinen langen Ledermantel um mich. Sanft lächelnd atmete ich den Duft von Tabak ein und schlief dabei ein.

Am nächsten Tag machte er sich auf nach Salisbury, einer etwas größeren Stadt in etwa fünfzehn Kilometer Entfernung. Wir durchsuchten erneut die Restaurantküche, wobei wir uns zuerst auf Lebensmittel konzentrierten, die bei Zimmertemperatur keinen weiteren Tag überleben würden. Einige der Männer fanden einen Lagerraum mit Gartengeräten, worunter Spitzhacken und Schaufeln waren. Sie machten sich auf den Weg, um die Leichen auf dem Salisbury-Plain zu begraben, denn es war klar, dass eine richtige Beerdigung, wie es in vielen Religionen üblich war, in nächster Zeit nicht möglich war.

Zu unserer Verwunderung kam niemand von offizieller Seite, um zu sehen, was zum Teufel am Vortag in Stonehenge passiert war. Ohne die Nachrichten und ohne Kontakt zur Außenwelt war es geradezu unheimlich ... so als wären wir vom Rest der Welt abgeschnitten worden.

Leonides kehrte zurück und berichtete, dass auch Salisbury ein Katastrophengebiet ohne Strom und Kommunikation sei. Selbst, wenn die Behörden Personal für einen Vorfall außerhalb ihres unmittelbaren Zuständigkeitsbereichs entbehren könnten, gäbe es nicht genügend Fahrzeuge, um Hunderte von Menschen von hier wegzutransportieren.

„Ich denke, wir werden nach Amesbury laufen müssen", sagte er. „Die Situation dort ist nicht viel besser als hier, aber wenigstens gibt es dort einen Supermarkt."

„Dann sollten wir morgen früh aufbrechen", beschloss ich. „Eine Nacht werden wir hier noch durchstehen."

An diesem Nachmittag lief ich mit Jace zurück zum Steinkreis, um ihn mir genauer anzusehen, und ich endlich wieder an etwas anderes als die drohende Versklavung der Menschheit denken konnte. Das kleine, unscheinbare Mädchen aus St. Louis hatte es geschafft, die Welt zu bereisen. Und diese Welt war, alles in allem, verdammt unglaublich.

„Oje", murmelte Jace und trat gegen einen faustgroßen Steinbrocken, der im verkohlten Gras lag. „Ich kann nicht glauben, dass wir Stonehenge zerstört haben. Die Briten werden uns eine Millionenstrafe aufbrummen, wenn sie das rausfinden."

Ich betrachtete den Brocken des massiven Megaliths, den Jace und ich versucht hatten, als Waffe einzusetzen. „Dieser Ort muss unglaubliche Sachen gesehen haben", dachte ich laut nach. „Und letztendlich war unser Kampf nur ein kleiner Teil dieser Geschichte."

Das Gras in unserer näheren Umgebung war zertrampelt und verbrannt. Und der Zaun, der errichtet worden war, um die Touristen zurückzuhalten, war an mehreren Stellen durchbrochen worden. Doch Stonehenge würde sich irgendwann erholen. Nur ein paar der altehrwürdigen Wächter, die jenen schicksalhaften Tag markierten, behielten Spuren des Kampfes zurück, den wir uns hier mit den Unseelie-Fae geliefert hatten.

„Komm schon", sagte ich. „Lass uns zurückgehen."

Als wir zurückkamen, standen vier abgenutzte Doppeldeckerbusse auf dem Parkplatz des Besucherzentrums. Ich tauschte einen ungläubigen Blick mit Jace aus, und wir rannten los. Edward begrüßte uns, als wir schnaufend und keuchend am Haupteingang ankamen.

„Hallo, meine Liebe", sagte er. „Hallo, Jace. Ich dachte mir, ihr könntet eine Mitfahrgelegenheit gebrauchen, um aus Wiltshire rauszukommen. Anscheinend haben die Fae hier großen Einfluss."

Ich schlang meine Arme um den älteren Mann und hielt ihn ganz fest. Aus den Augenwinkeln hatte ich gesehen, wie Edward während des Kampfes unter einem Hagel von blauen Feuerbällen zu Boden gegangen war. Und obwohl ich mir eingeredet hatte, dass seine dämonische Bindung mit Nigellus ihn retten würde, war es doch nicht dasselbe, als ihn mit eigenen Augen zu sehen.

„Du bist mein Held", sagte ich überschwänglich. „Passen wir alle rein?"

Er gluckste und klopfte mir auf die Schulter. „Es ist vielleicht ein bisschen eng, aber es sollte passen, ja. Wir werden etwas Passenderes finden, wenn wir aus der technologisch toten Zone heraus sind. Doch zuerst müssen wir alle versammeln und etwas sehr Wichtiges besprechen."

KAPITEL ACHTUNDZWANZIG

ZEHN TAGE SPÄTER saß ich an dem kleinen Esstisch unseres luxuriösen Wohnmobils, das wir am Rande der Klippen der schottischen Hebrideninsel Skye geparkt hatten, und nahm einen Schluck von meinem Kaffee. Nachdem er mit allen Eltern und Kindern gesprochen hatte, die im Besucherzentrum von Stonehenge mit uns festsaßen, hatten uns Edward und seine Freunde in seine kleine Flotte von vierzig Jahre alten Doppeldeckerbussen geladen und waren mit uns in Richtung Norden, zur Isle of Skye, gefahren.

Die Probleme mit dem Stromnetz und die Netzausfälle hatten die ersten hundertsechzig Kilometer angehalten. Danach hatte sich die Situation verbessert ... oder auch nicht. Die Menschheit erholte sich nur allmählich von der weltweiten Panik, während die Regierungen vorsichtig neue Staatsoberhäupter aufstellten, um die Lücken zu füllen, die durch den Angriff der Unseelie-Fae entstanden waren. Ich atmete erleichtert auf, als diese Staatsoberhäupter die Nacht überlebten.

Die Nachrichten waren ein Irrgarten aus Spekulationen und Fehlinformationen. Jegliche Übertragungen aus Stonehenge waren in dem Moment abgebrochen, als die magische Offensive begann. Die Experten beharrten darauf, dass die Aufnahmen von den Leuten, die aus flammenden Portalen auftauchten, gefälscht waren. „Die CGI-Qualität ist höchsten mittelmäßig", beklagte ein Hollywood-Guru für Special Effects.

Alles, was die Welt mit Sicherheit wusste, war, dass es ein paar Tage lang mysteriöse Todesfälle auf höchster Ebene gegeben hatte, gefolgt von verwirrenden, teilweise widerlegten Videoclips aus dem Vereinigten Königreich und einer Handvoll Reporter, die dort gewesen waren und unglaubliche Berichte über dunkle Magier und Kinderherrscher verbreiteten. Die Regierungen tendierten unaufhaltsam dazu, die Angriffe als „Terrorismus" darzustellen, und die Paranoia war groß, da die verschiedenen Supermächte mit dem Finger aufeinander zeigten. Das Einzige, was einen weltweiten Krieg zu verhindern schien, war die unausweichliche Tatsache, dass jede einzelne Nation mit genau demselben Problem zu kämpfen hatte.

Doch nichts davon erreichte uns so weit abseits der Realität.

Als Edward angeboten hatte, uns an einen ruhigen und abgelegenen Ort zu bringen, damit er und seine dämonengebundenen Freunde die Traumatherapie und das magische Training der Kinder übernehmen konnten, hatten alle bis auf eine Handvoll von uns die Chance ergriffen. Ich erinnerte mich daran, dass Edward mir einmal erzählte, dass er ursprünglich aus Nordschottland stammte, aber ich hatte keine Ahnung, wie lange er schon nicht mehr hier gewesen war. Mit ziemlicher Sicherheit redeten wir hier über Jahrhunderte.

Idrigill war ein kleines Bauerndorf, das sich an die grünen Klippen der nördlichen Spitze von Skye schmiegte. Es war ein wunderschöner, wilder Ort, übersät von gepflegten kleinen Bauernhöfen. Die Anwohner wären überfordert gewesen, wenn wir versucht hätten, Massen dorthin zu bringen, also kamen wir stattdessen in Wohnwagen in der Nähe der Ortschaft unter und ließen uns unsere Vorräte aus der Hauptstadt Portree anliefern.

Eigentlich wäre es für uns einfacher gewesen, in Portree zu bleiben, aber Edward hatte Idrigill wegen der Nähe zum Fairy Glen ausgesucht, einem naturbelassenen wunderschönen Landstrich voller Stein, Gras, Wasser und einem klaren Himmel, der praktisch vor Naturmagie nur so strotzte. Ich war in den ersten Tagen mit den Kindern dorthin gefahren, und als ich mich den bizarr geformten Hügeln und den plätschernden Bächen näherte, löste sich etwas in mir, das mir erlaubte, endlich frei zu atmen.

Ich war im Land meiner Vorfahren, und es fühlte sich an wie eine Heimkehr.

Als wir allmählich eine gewisse Routine hatten, nahm ich mir schließlich etwas Zeit, um mich von dem Wahnsinn zu erholen, der mein Leben in letzter Zeit bestimmt hatte. Die Kinder waren nicht die Einzigen, die das Trauma verarbeiten mussten, aber ich war im Moment hauptsächlich damit beschäftigt, guten, ungestörten Schlaf zu finden.

Das Wohnmobil, das Leonides gekauft hatte, bot Platz für vier Personen, obwohl wir nicht alle

Betten nutzten. Es kostete wahrscheinlich mehr, als ich in den letzten fünf Jahren zusammen verdient hatte, doch ich hatte nicht nachgefragt. Ich wusste nur, dass es schöner war als viele der Wohnungen, in denen ich bisher gelebt hatte ... und die Aussicht war unschlagbar.

Ich blickte aus dem Küchenfenster direkt über die steinige Klippe und betrachtete das glitzernde Blau des Wassers. Die Luft war so klar, dass sie fast nicht real erschien. Jace war den ganzen Tag mit den anderen beim Fairy Glen, um Magie zu praktizieren und um mit der Natur in Einklang zu kommen. Ich hatte, und das war etwas verwirrend, absolut nichts geplant. Nicht heute, nicht morgen ... und schon gar nicht am darauffolgenden Tag.

Nachdem ich meinen Kaffee ausgetrunken hatte, stand ich auf, spülte die Tasse im Waschbecken aus und stellte sie zum Trocknen auf den Kopf. Das Hauptschlafzimmer befand sich im hinteren Teil des Wohnmobils, hinter zwei Flügeltüren, die für genügend Privatsphäre sorgten. Ich schlüpfte hinein, ließ meinen Morgenmantel zu Boden fallen und krabbelte zurück ins Bett. Leonides schaute mich an und ein Lächeln umspielte seine Lippen, bevor er sich wieder dem Kreuzworträtsel zuwandte, das er gerade löste.

„Genie aus dem Nahen Osten?", fragte er. „Sechs Buchstaben."

„Aladin", antwortete ich, ohne zu zögern. „Er hat an der Lampe gerieben, um Genie zu beschwören, der ihm drei Wünsche erfüllt. Clever, wenn du mich fragst."

„Hmm", überlegte er und füllte es aus. „Ich muss zugeben, daran habe ich nicht gedacht."

Ich schnaubte. „Das liegt daran, dass du kein Kind hast, das eine Disney-Phase durchgemacht hat."

„Du hast recht", gab er zu.

„Also", begann ich und fuhr mit den Fingerspitzen an der Innenseite seines mit dem Laken bedeckten Oberschenkels hinauf. „Woran *hast* du gedacht?" Meine Finger trafen auf eine harte Länge, die unter meiner Berührung köstlich zuckte.

Sofort legte er sein Rätsel und den Stift beiseite und schenkte mir seine volle Aufmerksamkeit. „Sex am Morgen? Ich dachte, du hättest keine Lust darauf."

Ich zuckte mit den Schultern und verbarg mein Lächeln. „Na ja, ich habe schon Kaffee getrunken, also zählt es nicht." Ich begann ihn zu massieren und er zuckte wieder, während er noch härter wurde. „Außerdem haben wir das Ende der Welt verhindert und ich bin nicht mehr ständig gestresst."

„Okay. Dagegen habe ich nichts einzuwenden", sagte er. Er hob die Hand und strich mit seinem Daumen sanft über meine Unterlippe – eine Berührung, die meine Lust weckte und meine Nippel hart werden ließ. „Sollen wir das vielleicht an einen Ort verlegen, der nicht sofort in Flammen aufgehen kann?"

Ich schüttelte den Kopf. „Nein, ich habe alles unter Kontrolle", sagte ich und zeigte auf den Anhänger um meinen Hals. „Jetzt, da ich etwas Zeit hatte, mir meine Magie als etwas anderes als eine potenzielle Waffe vorzustellen, habe ich unter der Dusche ein wenig experimentiert." Ich lächelte ihn glücklich an. „Ich kann es jetzt kontrollieren."

Die Experimente hatten mich davon überzeugt, dass es nicht so sehr das *Haben* war, das mir mit meiner Pyrokinese Schwierigkeiten bereitete, sondern das *Wollen*. Meine aufkeimende Lust ließ mich Dinge in Brand setzen, wenn ich nicht darauf vorbereitet war. Doch wenn ich mich darauf konzentrierte, während sich mein Orgasmus aufbaute, konnte ich es eigentlich beherrschen, selbst wenn ich die Konzentration verlor.

Leonides zuckte lediglich mit den Schultern, obwohl er mehr Grund als die meisten hatte, sich vor meinen spontanen Ausbrüchen zu fürchten. „Wenn du das sagst. Gib mir Bescheid, wenn ich dich zu sehr ablenke", neckte er mich, und ich streckte ihm die Zunge heraus.

Es gab etwas, das ich schon lange tun wollte, also zog ich ihm die Decke weg, wodurch seine schwarzen Boxershorts zum Vorschein kamen. Ich zog den Bund der Boxershorts über die beeindruckende Beule, die ich zuvor durch die Laken gestreichelt hatte, und er hob bereitwillig seine Hüften an, damit ich sie ihm ausziehen und zur Seite werfen konnte.

Als ich mich darüber beugte, um an der Unterseite seines Schwanzes entlangzulecken, brummte er zufrieden und vergrub seine Hand in meinem Haar. Doch als ich meine Lippen um seine Eichel schloss und meine Zunge kreisen ließ, zog er mich sanft zurück.

„Nein", sagte er.

Ich sah ihn schockiert an. „Was?", fragte ich etwas abwehrend. „Warum nicht?"

Doch er schenkte mir nur eines seiner rätselhaften Lächeln und streichelte meine Wange. „Du schaust in die falsche Richtung, das ist alles."

Er rutschte das Bett hinunter, bis er flach auf dem Rücken lag, schloss eine Hand um meinen linken Oberschenkel, führte ihn über seinen Oberkörper und positionierte mich so, dass mein Unterkörper rittlings über seinem Gesicht schwebte. Langsam ging mir ein Licht auf, was er plante und meine Hitze pulsierte. Ich stellte sicher, dass dieser Wärmestoß durch meinen Smaragd kanalisierte wurde und nicht Gefahr lief, ungefiltert nach außen zu entweichen. Als ich sicher war, dass meine Macht nicht unkontrolliert entkommen würde, erlaubte ich ihm, meine Hüften zu seinem Mund zu ziehen, während ich mich nach vorne beugte, um das fortzusetzen, was ich begonnen hatte.

Leonides brummte zufrieden und wölbte seine Hüften in kleinen Stößen, während ich an ihm saugte. Es war verdammt lange her, seit ich das getan hatte, und dies war das erste Mal, dass ich es von mir aus tun *wollte*. Seit wir hier angekommen waren, hatte sich mein Repertoire an *Dingen, die mich zum Orgasmus bringen*, nach und nach erweitert, allerdings war ich auch wieder eine Vollzeit-Mom, sodass sich unser Sexleben auf Zeiten beschränkte, in denen Jace mit den anderen Kindern trainierte oder bei Richard und Carolyn übernachtete.

Jetzt wurde mir schnell klar, dass ich *Morgensex* schon viel früher hätte ausprobieren sollen. Und wo wir gerade davon sprechen …

Ich stöhnte um den Schwanz in meinem Mund herum, als Leonides mit seiner Zunge in mich eindrang. Meine Gedanken verweilten nur zur Hälfte auf meiner magischen Kontrolle, während ich mich ansonsten darauf konzentrierte, wie gut sich das anfühlte. Er hob sein Becken, und ich wich zurück, da mir plötzlich eine Idee gekommen war. Ich verlangsamte meine Bewegungen, sodass ich ihn zwar nicht am Rande der Klippe hängen ließ, aber ihn auch nicht mit voller Fahrt voraus in Richtung Erlösung stieß.

Er zeigte keine Zurückhaltung, und es vergingen nur wenige Minuten, bis ich das verräterische Ziehen in meinem Inneren spürte, das einen herannahenden Orgasmus ankündigte. Ich zog mich keuchend zurück, als mich mein Höhepunkt durchzuckte, und presste meine Mitte schamlos gegen seine Lippen und seine Zunge, um jeden Moment auszukosten. Sein Schwanz zuckte im Kreis meiner Finger, aber er entlud sich nicht.

Ich ignorierte die Trägheit in meinen Gliedern, als ich von meinem Endorphinhoch herunterkam, kroch an seinem Körper hinunter und sank Reverse-Cowgirl-Style auf seine Länge nieder. Es dauerte ein paar Sekunden, bis ich mich in der ungewohnten Position zurechtfand, aber ich hatte gehört, dass sie unglaubliche Orgasmen hervorbringen sollte. Stöhnend hob und senkte ich mein Becken, und seine harte Länge rieb an allen richtigen Stellen.

Es … war definitiv eine gute Position.

„*Gütiger Gott*", hauchte er und packte meine Hüften mit seinen langen Fingern und hob und senkte mich über ihm.

Ehrlich gesagt, war ich froh über die Hilfe. Meine Beine fühlten sich bereits wie Wackelpudding an. Ich lehnte mich nach vorne, stützte meine Hände zu beiden Seiten seiner Knie ab und ließ ihm freien Zugang. Der Smaragd pulsierte im Takt mit den Bewegungen unserer Hüften, während er unverwandt gegen meine Brust klatschte. Innerhalb weniger Minuten befand ich mich wieder am Rande des Abgrunds, und meine Lust überwältigte mich fast noch stärker als beim ersten Mal. Ich hing dort für eine gefühlte Ewigkeit, eingehüllt in die Wonne, die nicht weniger intensiv war als ein richtiger Orgasmus.

Als Leonides stöhnte und sich in mich ergoss und seine Stöße immer unregelmäßiger wurden, fiel ich schließlich über den Rand der Klippe und folgte ihm, während sich meine Wände fest um ihn zusammenzogen. Schwer atmend setzte ich mich auf und ließ mich an seiner Seite auf das Bett fallen. Ich fühlte mich köstlich erschöpft und war ziemlich stolz auf mich, weil es nirgendwo im Schlafzimmer rauchte. *Kein Feuer der Lust.*

„Mmm", brummte Leonides und zog mich an sich. „Schön. Und du sagst, ich habe das dem Kaffee zu verdanken? Dann werde ich dir die teuerste Sorte bestellen, die ich finden kann."

„Win-win für alle", stimmte ich nickend zu.

In Gedanken versunken spielte ich mit meinem Anhänger, während wir schweigend ruhten, und langsam wieder zurück in die Realität kamen.

„Glaubst du, dass es den anderen gut geht? Zorah und Rans und Albigard, meine ich."

„Das ist ein etwas abrupter Gedankensprung", erwiderte er und streichelte mir übers Haar. „Aber ja, das nehme ich an. Mit etwas Glück können wir bald wieder mit ihnen telefonieren."

Trotz mehrfacher Versuche hatten wir seit unserer Ankunft hier weder per Handy noch per E-Mail Glück gehabt, Rans oder Zorah zu erreichen. In Anbetracht der globalen Situation und der Tatsache, dass sie mit einer technikvernichtenden Fae festsaßen und versuchten, unter dem Radar zu fliegen, war das nicht sonderlich überraschend. Doch ich würde mich erst besser fühlen, wenn ich sicher sein konnte, dass es ihnen gut ging.

„Ja, hoffentlich", stimmte ich zu und blickte meinen Smaragdanhänger an. „Wo wir gerade bei den Fae sind." Ich hielt inne und legte mir die Worte zurecht. „Weißt du, Albigard hat mal zu mir gesagt, ich solle mich lieber früher als später von dir in einen Vampir verwandeln lassen."

Seine Hand in meinem Haar erstarrte. „Hat er das?", fragte er langsam, zu ruhig.

Ich nickte. „Er meinte, du könntest ewig leben und wärst unzerstörbar, außer du würdest geköpft, mit Silberpfeilen durchbohrt oder von einem rachsüchtigen Dämon getötet. Ich hingegen bin nur eine gewöhnliche Eintagsfliege."

„Ich will nicht, dass du ein Vampir wirst, Vonnie", sagte Leonides. „Das ist kein erstrebenswertes Leben."

Ich war mir nicht sicher, ob ich mit seiner Meinung übereinstimmte, aber …

„Ich glaube auch nicht, dass ich einer sein will." Ich strich nachdenklich über seine Brust. „Aber ich habe nachgedacht. Zorah hat mal gesagt, dass Vampirblut nicht nur Wunden heilt. Es kann einen Menschen auch davor bewahren zu altern ... oder es verlangsamt das Altern zumindest sehr."

„Hm, das stimmt", sagte er zögerlich.

Ich holte tief Luft. „Und, na ja, ich bin jetzt schon eine Weile auf der South Beach Vampir Blutdiät. Ich sehe keinen Grund, jetzt damit aufzuhören. Das ist alles, was ich damit sagen will."

Er war so still, wie es nur Vampire sein konnten – kein Atemzug, kein Herzschlag.

„Was ist mit Jace?", fragte er schließlich.

Ich kaute einen Moment lang unschlüssig auf meiner Unterlippe herum, bevor ich antwortete. „Er ist erst vierzehn. Na ja ... bald fünfzehn. Er ist noch ein Kind. Wenn er erwachsen ist ... können wir über die verschiedenen Möglichkeiten sprechen. Nur Gott weiß, wie stark seine Magie werden könnte, wenn er anfängt, Vampirblut zu trinken."

Leonides nickte langsam. Es war klar, dass ich ihn mit meinen ganzen Gedanken überrumpelt hatte. Ich begegnete seinem Blick und hielt ihn gefangen.

„Ich liebe dich, Leo", sagte ich ernst. „Ich will dich nicht verlassen oder dir das Herz brechen ... nicht ein zweites Mal."

Leonides zuckte zusammen, als hätte ich ihn geschlagen. Ich legte eine Hand beruhigend auf sein Brustbein und sah ihn unverwandt an. Einen Moment lang schloss er die Augen, die Brauen besorgt zusammengezogen. Und als er sie wieder öffnete, funkelten sie in violettem Licht, das aus seinem Inneren zu kommen schien.

„Vonnie ... ich kann dir nicht versprechen, dass wir für immer zusammen sein werden. Nicht mit diesem Dämon, an den ich gebunden bin." Er schluckte schwer. „Aber ich liebe dich so sehr, dass es mir eine Höllenangst macht. Und ich will dich an meiner Seite haben, solange ich lebe."

Ich blinzelte die Tränen weg, die mir bei seinen Worten in die Augen gestiegen waren, und legte meine Hand an seine Wange, um meine Lippen in einem keuschen Kuss auf seine zu pressen.

„Ich werde dich nie verlassen", versprach ich und schlang meine Arme wie ein Oktopus um ihn. Er erwiderte meine Umarmung ebenso fest. „So lange, wie es das Schicksal für uns bereithält, werden wir zusammen sein."

EPILOG

LANGE ZEIT SPÄTER SPRANG ICH UNTER DIE DUSCHE, zog mich an und ging nach draußen, um mich mit einer frischen Tasse Kaffee unter die Markise des Wohnmobils zu setzen. Überrascht musste ich jedoch feststellen, dass einer der drei verfügbaren Stühle bereits besetzt war. Nigellus saß mit überschlagenen Beinen und den Ellbogen auf den Armlehnen gestützt da, die Finger nachdenklich vor sich verschränkt, während er über die Bucht hinausblickte.

„Ähm ... Leo?", rief ich laut genug, um von dem Vampir im Wohnmobil gehört zu werden. „Du solltest vielleicht mal herkommen!"

Der whiskeyfarbene Blick des Dämons ruhte plötzlich auf mir. „Guten Tag, Vonnie", sagte er. „Verzeih mir, dass ich es mir gemütlich mache. Das ist ein ganz außergewöhnlicher Ausblick, den du hier hast."

Leonides trat aus der Tür des Wohnmobils und zögerte auf der zweiten Stufe, als er sah, wer auf ihn wartete. Einen Moment später löste er sich aus seiner vorübergehenden Schockstarre und trat an meine Seite.

„Nigellus", sagte er ausdruckslos.

„Leonides", antwortete Nigellus freundlich. „Darf ich euch zu eurem Sieg gratulieren? Und natürlich dafür, dass ihr die Sache mit den Kindern so gut geregelt habt? Es wurde zwar mittendrin etwas chaotisch, aber letztendlich habt ihr das Hindernis gemeistert."

Leonides' Gesichtsausdruck hätte aus Stein gemeißelt sein können. „Menschen sind gestorben, Arschloch."

Der Dämon blickte interessiert auf seine Hände nieder. „Ja", stimmte er zu. „Menschen neigen leider dazu, zu früh von uns zu gehen."

Ich legte Leonides beschwichtigend eine Hand auf den Arm.

„Wir wissen, dass wir dir eine Menge zu verdanken haben", sagte ich vorsichtig. „Zum Beispiel, dass du Edward zu uns geschickt hast, als wir ihn dringend gebraucht haben. Und dass du geholfen hast, die anderen Eltern ausfindig zu machen, um sie nach Carajás zu holen, obwohl du dich nicht einmischen konntest."

Er hob eine Augenbraue zu mir. „Oh, Vonnie, ich habe keine Ahnung, was du meinst. Ich bin seit Wochen auf mich allein gestellt und hänge ohne meinen Butler in der Schwebe. Wäre er nicht an mich gebunden, wäre ich versucht, den undankbaren alten Kauz zu feuern."

Leonides verschränkte die Arme. „Okay. Wie du meinst. Du bist also den ganzen Weg hierhergekommen, nur um von oben auf uns herabzusehen?", fragte er streng.

Nigellus hob beschwichtigend die Hände. „Ganz und gar nicht. Ich war nur neugierig, ob ihr in letzter Zeit etwas über unsere gemeinsamen Freunde in St. Louis gehört habt."

Ich spürte, wie mein Magen sackte und mein Herz schneller zu schlagen begann. „Nein ... haben wir nicht. Keinen Pieps. Warum? Stimmt etwas nicht?"

Der Dämon winkte die Worte in lässig ab. „Nein, nein, Vonnie. Vergiss, dass ich gefragt habe. Es ist nichts, worüber du dir Gedanken machen musst. Doch schick mir bitte meinen Butler zurück, wenn ihr ihn nicht mehr braucht, ja? Ich wäre dir zutiefst verbunden."

Und damit verschwand er im Nichts – erst war er da, dann war er weg.

Leonides und ich starrten einen Moment lang auf die Stelle, an der er gesessen hatte, und versuchten stumm, die Lücken zwischen den kryptischen Worten des Dämons zu füllen.

„Oh ...", begann Leonides.

„Verdammt", beendete ich.

Ende

Lens und Albigards Geschichte beginnt mit *Verstoßene Fae: Buch Eins.*

Weitere Bücher dieses Autors finden Sie unter www.rasteffan.com

Printed in Poland
by Amazon Fulfillment
Poland Sp. z o.o., Wrocław